La Malédiction
d'Ariane

Du même auteur :

La Pierre d'Azur

Au temps où les fées dansaient, Tome 1

Les Chroniques de Khalitekla

Le petit renne de Jalan

Rose P. Katell

La Malédiction d'Ariane

Couverture réalisée par © Fleurine Rétoré

ISBN : 978-2-9601490-9-8

À mon amie Aislune, sans qui cette histoire n'aurait pas été la même.

Chapitre 1

Assise sur un banc à la peinture écaillée, la jeune fille frissonne sous l'effet du vent frais et observe ce qui l'entoure.

Un peu plus tôt dans la matinée, ses pas l'ont menée jusqu'à la gare. Semblant là depuis des siècles, la bâtisse la domine de sa silhouette ; elle paraît vouloir l'impressionner avec ses nombreuses gravures et ses portes imposantes. Elle n'a pas le cœur à y entrer. Aussi beaux et majestueux soient-ils, des bâtiments sont des bâtiments, inanimés et sans vie. Elle préfère rester sur le quai pour étudier ses semblables.

Certains sont assis non loin d'elle. D'autres se dépêchent d'aller acheter leur billet, acquièrent le journal au kiosque d'en face, fixent leur montre, ou encore jouent avec leur smartphone.

L'adolescente ne fait rien de tout ça. Elle n'a même pas de train à prendre. Elle se contente d'observer. Son regard saute d'un passant à l'autre, avide de détails ; la curiosité est un défaut qui l'habite depuis l'enfance. Plus loin en hauteur, un panneau se met à clignoter : quelques mots s'y affichent. Une voix féminine résonne dans les haut-parleurs et confirme un léger retard pour le prochain train.

Plusieurs personnes grommellent et lèvent les yeux au ciel ; la jeune fille ne peut s'empêcher de sourire. Aussi différents que soient ces individus, certaines choses ont le don de les rassembler.

Elle concentre ensuite son attention sur le quai. Du monde arrive chaque minute. Prise dans le tourbillon de ses pensées, elle en oublie la raison de sa sortie matinale. Y en avait-il seulement une ? Cette question lui apparaît sans importance. Fixant les rails devant elle, elle s'interroge : que se passerait-il si elle sautait dans le prochain train, sans même se renseigner sur sa destination ? Du plus loin qu'elle s'en souvienne, elle a toujours rêvé de s'en aller, de vivre sa propre aventure. Elle ne le peut toutefois pas. Pas encore.

Elle se surprend à dévisager les autres avec envie. Eux ont la chance de pouvoir partir, de tout quitter ne serait-ce que pour un court moment. Mais ils ne pensent qu'à maugréer sur les quelques minutes de retard annoncées. L'adolescente secoue la tête avec résignation. Elle n'y changera rien et le sait, la vie est comme ça.

Un homme attire son attention. Elle ne l'avait pas remarqué et s'en étonne, elle qui n'est pourtant pas mauvaise observatrice. Elle n'arrive plus à en détacher son regard. Loin d'être agacé par le contretemps, il a l'air plutôt perdu et nerveux, voire désemparé. Il ne cesse de considérer ce qui l'entoure du coin de l'œil et se balance d'un pied sur l'autre. On pourrait croire que tout son corps lui refuse l'immobilité.

Intriguée, la jeune fille l'examine plus en détail. Comment a-t-elle fait pour ne pas le voir plus tôt ? Le teint aussi pâle que la mort, les yeux rougis et les mains tremblantes, on le jurerait sorti d'une pièce de théâtre tant ses habits ont l'air d'appartenir à une autre époque. Un instant, elle se demande s'il n'est pas acteur. Peut-être même s'est-il égaré ?

Désireuse de s'en assurer, elle se lève, prête à aller lui proposer de l'aide, et sursaute lorsqu'une voix féminine résonne une nouvelle fois dans les haut-parleurs. L'arrivée du train en gare est imminente. Autour d'elle, des soupirs soulagés se font entendre. « Enfin », semblent-ils tous signifier. Elle n'y prête pas attention. Dans son soubresaut, elle a perdu l'homme de vue. Ses yeux cherchent à le localiser dans la foule qui s'agglutine au plus près des rails.

Elle ne peut s'empêcher de pester en ne le remarquant nulle part. Où est-il passé ? Il doit pourtant être repérable avec ses drôles de vêtements et ses cheveux blond vénitien, presque roux par endroits.

Retrouve-le, lui murmure une voix.

Sous le coup de la frayeur, un cri meurt dans sa gorge : les mots ont jailli dans sa tête, la tétanisant sur place. Par chance, personne n'a perçu son trouble. L'adolescente se calme et tente de se persuader qu'il s'agit d'une hallucination, avant de promener une fois encore son regard sur la foule. Son cœur tambourine dans sa poitrine. Elle n'a pas conscience du bruit que fait le train en s'approchant de la gare, prêt à embarquer de nouveaux passagers.

Retrouve-le.

Cette fois, impossible de prétendre que rien n'est arrivé. La voix est bien trop distincte. Pire : elle a l'étrange impression de la connaître. Comme si elle l'accompagnait depuis toujours. L'urgence du ton ne lui échappe pas. Il la rend nerveuse, l'oblige à chercher l'homme avec plus d'empressement.

Enfin, elle le repère !

À l'écart des autres voyageurs, il se tient au bord du quai et regarde en direction du train. Même de là où elle se trouve, la jeune fille peut voir qu'il pleure…

Empêche-le !

Comprenant ses funestes intentions, elle se précipite vers lui et bouscule quelques personnes au passage.

Aide-le… l'implore la voix. *Tu dois lui venir en aide, Cassandra !*

— Monsieur ! hurle-t-elle. Monsieur, s'il vous plaît !

Plusieurs passagers se tournent vers elle, intrigués, mais l'homme l'ignore. Rien n'indique qu'il l'ait entendue. Paniquée, elle cherche à le rejoindre au plus vite, d'autant plus pressée par les réguliers « aide-le » que lui intime cette voix. Dans le feu de l'action, elle ne pense qu'à une chose : atteindre cet individu avant qu'il ne soit trop tard pour lui. Elle y pense tant et si bien qu'elle ne songe pas un seul instant à s'interroger sur cette mystérieuse présence.

— Monsieur ! crie-t-elle derechef, priant pour qu'il se détourne des rails.

Peine perdue. Le train arrive sur la voie et, affolée, elle voit l'homme fermer les yeux, prêt à avancer.

— Non !

Dans un élan, elle bondit avec le mince espoir de

parvenir à temps à ses côtés. Elle doit empêcher ça. Il le faut, elle le sent au plus profond d'elle-même. La voix l'y encourage. Elle lui répète sans arrêt qu'elle en est capable, qu'elle peut réussir.

Mais le train la dépasse. D'un saut, l'homme disparaît de sa vue.

Elle hurle.

Chapitre 2

Je m'éveille en sursaut, apeurée. Mon cœur s'affole. Ma respiration est saccadée, des tremblements me parcourent. Il me faut quelques minutes pour recouvrer mon calme, prendre conscience que je suis dans ma chambre et réaliser que la clarté filtre à travers les volets de l'unique fenêtre.

Encore ce maudit rêve… J'ai parfois le sentiment que je ne m'en débarrasserai jamais.

L'esprit embrumé de sommeil, je m'assieds au bord du lit et regarde mon réveil. Dans moins de cinq minutes, il sonnera pour m'annoncer que je dois me lever, sous peine d'être en retard. Inutile de me rendormir donc. Je ne m'en pense de toute façon pas capable. Pas après ce cauchemar, celui qui me hante depuis maintenant des années, toujours le même : je suis à la gare et remarque cet homme étrange. J'entends une voix, tente d'empêcher un drame, mais n'y parviens pas.

Je secoue la tête dans l'espoir de me débarrasser des dernières images.

Je devais avoir un peu moins de dix ans lorsque j'ai fait ce rêve pour la première fois. À l'époque, je ne m'en étais pas vraiment inquiétée. Il m'arrivait souvent de cauchemarder, j'étais facilement influençable. Mais à mes treize ans, juste après la mort de mes parents, il est revenu me hanter : il s'est rappelé à moi quelques fois par an, puis tous les mois, jusqu'à ce qu'il finisse par se manifester toutes les semaines…

Depuis vendredi, c'est la deuxième fois qu'il me tire du sommeil. Plus je vieillis, plus il semble fréquent.

Je ne veux plus y songer : je me lève pour de bon et ouvre ma fenêtre. Un autre jour sans soleil s'annonce ; l'automne commence à se faire sentir. Je frissonne rien qu'à la pensée de sortir et traîne pour m'habiller, attrapant sweat et jean au hasard. Comme à mon habitude, j'attache mes cheveux en une queue de cheval haute, et sans motivation aucune, je descends au rez-de-chaussée. Direction la cuisine.

Un set de table est installé pour moi, sur lequel m'attend un post-it. Je n'ai pas besoin de le lire pour deviner qu'il s'agit de mon frère me prévenant qu'il a dû partir plus tôt. Depuis qu'il s'est approprié la galerie d'art que géraient nos parents, Miguel n'a plus une seule minute à lui, mais son boulot lui plaît et je sais qu'il n'accepterait pas de travailler ailleurs. Déjà avant l'incendie et le mouvement de foule qui a causé leur mort, papa et maman parlaient de lui faire reprendre le flambeau.

J'ouvre le frigo et le fouille du regard. Il faudrait aller faire des courses, nous n'avons plus grand-chose à nous mettre sous la dent. Tel que je le connais, Miguel a sans doute préparé une liste : de nous deux, il est de loin le plus organisé. J'attrape un yaourt nature et la brique de jus d'orange. Vu la vitesse à laquelle je me suis apprêtée, je n'ai plus beaucoup de temps ; je dois partir en cours.

Ce modeste petit-déjeuner englouti, je jette un coup d'œil à l'horloge murale et me retrouve d'un bond dans le vestibule. Malgré mes précautions, je suis en retard et vais être obligée de courir si je veux avoir mon bus.

La porte d'entrée s'ouvre sans m'opposer de résistance. Je grelotte à cause de la bise matinale. En bas de la rue, juste après le tournant, mon arrêt m'attend. Je prie pour que le véhicule en fasse tout autant !

Une chance pour moi, j'arrive au même moment que lui. Saluant le chauffeur, je vais m'asseoir tout au fond et laisse mon regard dériver par la fenêtre. La nature revêt ses couleurs automnales ; les arbres se parent de leur manteau chatoyant. Ce spectacle est plus agréable à contempler que celui qu'offrent les habitations du quartier, toutes identiques à quelques détails près. Je vis ici depuis un peu plus de cinq ans et je n'ai jamais réussi à aimer cet endroit. Il est bien trop triste, trop morne. Si notre ancien lieu de vie n'était pas très grand, il avait au moins l'avantage de se situer dans une ville animée, où il était impossible de s'ennuyer.

Trop vite à mon goût, le bus me dépose devant le lycée. Un soupir m'échappe : une nouvelle journée de calvaire commence…

En cours depuis à peine un quart d'heure, je dois déjà m'empêcher de lever les yeux trop souvent pour regarder l'heure. Je n'ai qu'une envie : être dehors. Du plus loin que je me souvienne, j'ai toujours détesté les études – à l'inverse de mon frère, qui n'a pas une seule fois ramené une mauvaise note à la maison. Je n'ai jamais compris l'intérêt de rester assis toute la journée dans des classes aussi tristes, à mener une existence monotone, alors que le monde recèle tant de merveilles. L'un de mes rêves est d'ailleurs de voyager pour les voir de mes propres yeux. De partir sur les routes le matin même de mes dix-huit ans et de ne m'arrêter que sur de courtes durées, faire des rencontres, découvrir de nouvelles cultures…

Un coup de coude de mon voisin de table me ramène à la réalité.

— Toujours dans la lune, se moque gentiment Jared.

— Tu avoueras que ce n'est pas difficile de décrocher pendant le cours de M. Erle.

Il sourit, complice, et m'indique mon livre. Je l'ouvre. Comme chaque année, notre professeur de biologie nous a demandé d'acheter un ouvrage sur lequel il base ses leçons. À chaque heure que nous avons avec lui, il nous le fait sortir et nous désigne une page à lire, tandis que lui-même se lance dans un long monologue de sa voix plate et morne. Ce cours est le plus ennuyeux de toute l'année et, si ça ne tenait qu'à moi, je m'en passerais bien volontiers.

Malheureusement, je ne peux pas…

Il y a quelques semaines, j'ai juré à Miguel d'être plus consciencieuse, d'accorder plus d'attention à mes études. Mon frère a toujours été quelqu'un d'inquiet. Me voir échouer contrôle après contrôle et recevoir plusieurs lettres lui annonçant que je ne m'étais pas présentée en classe l'a dévasté. Tant et si bien qu'au lieu de crier, il s'est effondré sur le canapé, la tête entre les mains. Jusque-là, je n'avais pas réalisé à quel point ma scolarité était importante à ses yeux. Je n'ai pu faire autre chose que lui promettre de m'améliorer, de vraiment m'appliquer. Même si parfois nous nous disputons, je n'ai pas le cœur à le décevoir. Je n'ai plus que lui pour toute famille…

Je chasse ces pensées, me focalise sur mon livre et tente de suivre les paroles de mon professeur. J'y arrive un moment avant que mes rêveries me rattrapent. Ma nature distraite ne m'a jamais aidée à me concentrer – pas plus que le manque d'intonation de M. Erle – et malgré mes efforts, je me sens partir dès que j'essaie de me reconnecter à la réalité.

À côté de moi, Jared me jette de fréquents coups d'œil, étonné de me voir le nez collé à mon cours. Je ne peux pas lui en vouloir, il est vrai que c'est plutôt inhabituel de ma part. Pourtant, ces œillades m'énervent. J'ai le sentiment qu'elles sont en partie responsables de mon peu d'attention, qu'elles m'empêchent de me concentrer comme je le devrais.

Il faut que je reste calme, je le sais. Plus je vais m'agacer sur ce genre de détails, moins je réussirai à travailler. Tout en inspirant profondément, je me replonge dans ma lecture. Ce n'est qu'une question de volonté !

Une feuille orangée vient se coller contre la vitre, amenée par le vent. Je l'observe un instant. Elle semble me narguer, me demander de regarder au-dehors, de constater à quel point tout y est mieux que dans cette salle de classe. Je me refuse à sortir la tête de mon bouquin. Je peux y arriver.

— Tout va bien ?

Surprise, je dévisage Jared et acquiesce.

— Je ne t'avais encore jamais vue… si concentrée.

— Il y a un début à tout.

— Et dire que certains ne croient pas aux miracles, plaisante-t-il.

Malgré moi, je souris. J'ai beau n'avoir rien fait pour m'attirer sa sympathie, Jared se montre un excellent camarade. On pourrait même devenir de bons amis si je nous laissais une chance de fraterniser hors de ces murs. Je n'en ai toutefois ni la force ni l'envie.

Après l'incendie, je me suis peu à peu éloignée de mes proches. Tous ont compris que j'avais besoin d'être seule, mais pas que ça serait passager. Lorsque je suis enfin sortie de la léthargie dans laquelle la mort de mes parents m'avait plongée, je me suis sentie comme abandonnée. Je suppose qu'ils en ont tous eu assez d'attendre que « l'ancienne Cassie » revienne…

Heureusement, Miguel était là pour moi, pour me rappeler que je n'étais pas seule et que je n'étais pas obligée de me morfondre plus que de raison. C'est lui qui m'a remémoré à quel point j'aimais lire avec papa, qui m'a suggéré d'aller m'inscrire à la bibliothèque. Encore aujourd'hui, je lui en suis très reconnaissante. Les livres sont devenus des amis fidèles pour moi, ils ne m'ont laissé tomber à aucun moment. À travers eux, j'ai voyagé plus que je ne l'aurais imaginé et j'ai appris à supporter la douleur, à me sentir plus forte.

Mes yeux se posent sur le dernier mot de la page de mon livre et je me rends compte que je n'ai pas lu une seule ligne de celle-ci, prise dans mes souvenirs.

Je suis une plaie !

— Mademoiselle Deschamps ?

Je relève vivement la tête et dévisage M. Erle :

— Oui ?

— Peut-être pourriez-vous répondre à la question ?

Je me mords la lèvre, maudissant ma malchance. Je n'ai même pas entendu ladite question. Ignorant les œillades insistantes de Jared, je me contente de rétorquer la première chose qui me vient à l'esprit :

— Je ne sais pas.

M. Erle me sourit avec un air suffisant.

— C'est bien ce qu'il me semblait. Je vous conseille d'être plus attentive lorsque je donne cours.

Je ne réplique pas et fixe mon livre, toute volonté de me concentrer envolée. Même en essayant, je n'y arrive pas. J'ai parfois le sentiment que l'école n'est tout simplement pas faite pour moi.

— Désolé de ne pas avoir été assez clair, murmure Jared. J'ai tenté de te montrer la réponse, mais…

Je ne souhaite pas discuter et coupe court à la conversation :

— Ne t'en fais pas, ce n'est pas grave.

Un sourire triste orne ses lèvres avant qu'il ne replonge dans son propre manuel. Quelque part, je l'envie. Jared n'a jamais éprouvé aucune difficulté pour suivre les cours. Il n'a pas besoin de se forcer, ça lui vient naturellement. Sa famille est sans doute fière de lui, il n'a pas à affronter leurs regards déçus.

Je sens que je n'arriverai plus à rien pendant le reste de l'heure et culpabilise. Je commence bien ma promesse ! Je n'ai plus qu'à prier pour parvenir à étudier tout ça une fois seule, pour réussir le prochain test.

Comme personne n'a les yeux fixés sur moi, je sors mon portable de la poche avant de mon jean et le cache derrière mon livre de biologie. Autant ne pas passer la fin du cours à m'ennuyer. Jared secoue la tête mais demeure silencieux. J'ouvre mon application pour lire les e-books et poursuis ma trouvaille de la veille : une histoire qui raconte les exploits d'une tueuse de vampires.

J'ai toujours aimé les ouvrages parlant de créatures, ou d'univers fantastiques regorgeant d'aventures. Ce sont ceux qui permettent le plus de voyager, d'entrer dans un nouveau monde pour un temps. Ce sont ceux qui m'ont le mieux consolée, autrefois.

Plongée dans ma lecture, j'oublie tout ce qui m'entoure, tout de cette salle de classe où j'ai été si souvent mal à l'aise. Plus rien n'a d'importance sinon cette jeune femme courageuse qui risque sa vie à chaque instant. Enfin, je me sens bien. Tellement bien que je n'entends pas le bruit des pas de mon professeur qui s'avance dans ma direction, ni les discrets avertissements de mon voisin de table.

— Mademoiselle Deschamps !

Je sursaute.

— Si mon cours vous ennuie à ce point, vous êtes libre de vous en aller. Je suis certain qu'un surveillant se fera un plaisir de rester avec vous dans la salle de colle jusqu'à la fin de l'heure.

J'écarquille les yeux, paniquée : il ne faut pas que je sois virée, auquel cas Miguel ne manquera pas de recevoir une lettre ou un coup de fil. Je tente de me défendre, bien qu'il n'y ait pas grand-chose à dire :

— Non, je…

— Vous ? insiste M. Erle en voyant que je ne continue pas ma phrase.

— Je suis désolée, je ne recommencerai pas.

Je range mon téléphone et espère que ça sera suffisant.

— Votre portable, poursuit mon professeur.

— Oui ?

Il tend la main et me regarde fixement :

— Donnez-le-moi ou quittez cette classe.

Même si j'en ai très envie, je ne peux pas partir de ce cours. Avec un pincement au cœur, je ressors mon téléphone, prends soin de l'éteindre, et le lui remets.

— Bien, clame-t-il. Il serait temps de grandir, mademoiselle Deschamps. Veuillez rester attentive.

Silencieuse, je me mords la joue pour ne pas répliquer. Je n'ai plus rien à lire sans mon portable, toutes mes nouvelles acquisitions sont dessus. « Tu l'as mérité », me dirait sans doute Miguel. Et peut-être que c'est le cas, en effet.

Peu désireuse de m'attirer plus d'ennuis, je me tiens à carreau le reste du cours. Lorsque la sonnerie retentit, je m'empresse de ranger mes affaires ; je refuse de demeurer plus longtemps dans cette salle de classe.

— On se voit en maths, me lance Jared avec un sourire timide.

— C'est ça, oui.

Je ne comprendrai jamais ce qu'il me trouve pour se montrer aussi agréable avec moi, quand bien même je ne fais rien pour l'encourager. Je m'éloigne en tentant d'ignorer ma culpabilité vis-à-vis de lui.

À midi, encore de mauvaise humeur, je me rends à la cafétéria. Le bruit des conversations y est assourdissant. À chaque table, des groupes d'étudiants commencent à se former, heureux de pouvoir profiter d'une pause dans la journée.

Assise à l'une d'entre elles, je repère vite Laura qui me fait de grands signes pour que je la rejoigne. Comme à son habitude, elle est éblouissante et arbore une coiffure différente de la veille. Aujourd'hui, ses cheveux roux sont détachés et une fine tresse orne son front, lui donnant une allure plutôt bohème. Allure en parfait accord avec sa tenue. Laura pourrait aisément être qualifiée de caméléon de la mode : je ne compte plus le nombre de fois où je l'ai vue avec un nouveau style. Malgré tout, elle garde toujours cette petite touche personnelle qui fait d'elle ce qu'elle est. Même de là où je me tiens, je devine que son teint est impeccable. On pourrait croire qu'elle ne souffre jamais du manque de sommeil.

Je m'avance vers elle et retrouve un semblant de sourire. Laura et moi nous sommes rencontrées peu après ce maudit incendie. Depuis, elle est pour ainsi dire ma seule véritable amie. Loin de tourner les talons à l'instar des autres face à ma détresse, elle est venue vers moi et ne s'est pas laissé décourager par mon mutisme. J'ai appris à la connaître, tout comme elle l'a fait pour moi ; elle m'a aidée à aller mieux au moins autant que mon frère. Malgré nos caractères différents, nous avons vite sympathisé et sommes devenues des amies proches. Cette année, à mon grand regret, le sort a voulu que nous ne soyons pas dans la même classe.

Je m'installe en face d'elle et, en guise de bonjour, lui offre un sourire.

— Tu n'as pas l'air en forme, me déclare-t-elle de but en blanc.

C'est l'une des choses que j'apprécie chez elle : lorsqu'elle a un truc à dire, elle ne passe pas par quatre chemins.

— C'est l'incident du cours de biologie qui te met dans cet état ? ajoute-t-elle.

Je la dévisage, stupéfaite.

— Tu es déjà au courant ?

— Trésor, sourit-elle, on est dans un lycée : *tout le monde* est déjà au courant.

— Super ! marmonné-je.

Le prochain à le savoir sera sans doute mon frère. Cette semaine s'annonce plus que mauvaise.

— Ne tire pas cette tête, ce n'est pas si grave. Ce n'est pas la première fois que M. Erle te fait une remarque.

Je ne peux m'empêcher de soupirer. Elle n'a pas totalement tort, pourtant…

— Tu as raison, mais j'ai donné ma parole à Miguel et…

— Ah, oui, me coupe-t-elle avec un sourire, M. Parfait veut que tu deviennes Mme Parfaite, j'avais oublié.

— Exact. Et comme tu le vois, je tiens bien ma promesse…

De sa main fine aux doigts manucurés, Laura m'enserre le poignet.

— Tout le monde commet des erreurs, rentre-toi ça dans le crâne, me réconforte-t-elle.

— J'essaie.

— Et puis… Miguel n'a pas besoin de tout savoir. S'il apprend que tu t'es fait confisquer ton téléphone, tu n'auras qu'à lui dire que c'est de ma faute, que je t'ai envoyé un message pendant le cours. Ou un truc dans le genre !

Face à son expression confiante, je ne peux que me relaxer. Laura a toujours eu cette sorte d'insouciance en elle. Elle est capable de dédramatiser tout et n'importe quoi, de remarquer du positif là où personne n'en voit.

— Merci.

— De rien, ma Cassouille. Maintenant, détends-toi un peu, me prie-t-elle de sa voix la plus douce.

J'obtempère, me sentant déjà mieux que tout à l'heure, et commence à manger.

Un garçon passe à côté de nous, puis s'arrête à hauteur de mon amie. Grand et musclé, il porte un vieux T-shirt rouge ainsi qu'un jean. Je ne me souviens pas l'avoir aperçu au lycée et, au vu de sa taille, il doit être plus âgé que nous. Dès qu'elle le remarque, Laura lui offre son plus beau sourire.

— Jérémy ! Je te manquais ?

— Tu n'imagines pas.

— Assieds-toi, l'invite-t-elle.

Ledit Jérémy n'en fait rien. À la place, il se masse la nuque, signe plus qu'évident de son malaise. Je me contente d'attendre la suite. Cette discussion ne me concerne pas.

— Désolé, mes potes patientent dehors. Je venais juste te prévenir que j'dois annuler, pour ce soir.

Pas la peine d'être médium pour deviner que cette nouvelle n'enchante pas Laura.

— Oh. Très bien, siffle-t-elle.

— Ne sois pas fâchée, on s'verra demain.

Il se penche pour l'embrasser, mais n'obtient qu'un baiser froid et court en retour.

— Je suppose, oui. Bonne journée, dans ce cas.

Sans lui accorder un autre regard, Laura se retourne vers moi, mettant fin à la conversation. Dépité par son attitude, Jérémy me dévisage. Je hausse les épaules. Laura est comme ça, qu'y puis-je ? Elle n'aime pas passer au second plan.

Le jeune homme n'insiste pas et fait marche arrière. Je fixe mon amie :

— Tu ne l'as pas ménagé, il avait l'air plutôt triste. D'ailleurs, qui est-ce ?

— Il s'appelle Jérémy. Je l'ai rencontré vendredi soir ; son arrivée en ville est récente. Ne t'inquiète pas pour lui, il apprendra vite, me répond-elle, sans aucun regret.

— Si tu lui laisses le temps de te connaître, tu veux dire…

Du plus loin que je me souvienne, Laura a toujours enchaîné les aventures, restant rarement plus d'une semaine avec le même gars. Il faut avouer qu'avec son physique de rêve, nombreux sont ceux qui se précipitent à ses pieds.

— Vilaine, persifle-t-elle en me tirant la langue. Ce

n'est pas ma faute si je n'ai pas encore trouvé mon âme sœur.

Je souris. Laura et ses idées romantiques…

— On ne peut pas toutes attendre que notre prince arrive, insinue-t-elle en me fixant de son regard vert.

— Je n'attends rien du tout.

— Pour l'instant, peut-être, me contredit-elle. Mais mignonne comme tu es, tu ne vas pas rester seule indéfiniment.

Je ne m'estime pas si jolie, mais je ne réponds pas. Je n'ignore pas son entêtement. Depuis que nous nous connaissons, Laura est persuadée que l'Amour est le remède à tous les maux et tente de me dénicher quelqu'un. Cela dit, je ne peux qu'admirer sa persévérance. Beaucoup auraient abandonné à sa place !

— Bien. Bien, bien. Je vois que le sujet ne t'inspire pas, poursuit-elle. Parlons d'autre chose.

D'un sourire, je la remercie. Elle a toujours été très douée pour stopper une conversation au bon moment.

— Que comptes-tu faire pour ton anniversaire ?

— Mon anniversaire ? répété-je.

Étonnée, Laura me fixe, la bouche ouverte en un rond parfait.

— Ne me dis pas que tu l'as oublié ? Allô la Lune, tu as seize ans le mois prochain !

Je grimace.

— Ça m'était sorti de la tête. Avec Miguel, on ne fête plus vraiment nos anniversaires depuis… Bref.

Un peu de peine passe dans ses yeux. Elle s'efforce de me le cacher. Laura sait que je ne prends pas plaisir à ce qu'on me plaigne pour ce qui est arrivé à ma famille.

— On pourrait aller au ciné ce jour-là, qu'en penses-tu ? me propose-t-elle d'une voix enjouée.

— Pourquoi pas.

J'évite de répondre par l'affirmative. Pourtant, j'ai envie d'accepter, de retrouver une vie d'adolescente normale.

Laura me sourit comme si elle avait déjà gagné la partie.

— Je regarderai les prochaines sorties en rentrant chez moi et t'enverrai un message. On verra si un film t'attire !

C'est à mon tour de sourire.

— Perdu. Mon téléphone est sur le bureau de M. Erle.

— Mince ! Tu n'as pas tenté de le récupérer ?

— J'étais trop en colère, je ne voulais pas risquer de dire une chose que j'aurais pu regretter plus tard.

Replaçant une mèche derrière son oreille, mon amie insiste :

— Je pense que tu devrais lui demander si tu peux le reprendre. Le reste du cours s'est bien passé, non ? Je suis sûre qu'il est encore dans sa classe, à corriger des copies.

— Apprécié comme il l'est, avec qui veux-tu qu'il aille déjeuner ? Mais tu as raison, il faut au moins que j'essaie.

Elle acquiesce, m'adresse un clin d'œil complice :

— Vas-y. Tu as un peu de temps avant que les cours recommencent.

— Je te laisse débarrasser les plateaux !

Je me lève de ma chaise sans écouter ses protestations et me dirige vers la salle de biologie. Laura a deviné juste : M. Erle y est toujours. Assis à son bureau, un stylo rouge à la main, il est le stéréotype même du professeur qui ne vit que pour son métier. Je respire un bon coup, m'avance jusqu'à être devant lui et patiente plusieurs secondes. Je suis finalement obligée de me racler la gorge pour qu'il relève la tête, me toisant derrière ses lunettes ovales.

— Oui ?

J'adopte le ton le plus humble possible. Mon comportement influencera sa décision, après tout.

— J'aimerais savoir si je peux reprendre mon portable, s'il vous plaît.

— Ah oui. Le téléphone, soupire-t-il en attrapant ledit objet.

Alors que je m'attends à ce qu'il me le donne, M. Erle ouvre l'un de ses tiroirs et le glisse à l'intérieur, balayant d'un geste tous mes espoirs.

— Vous pourrez le récupérer en fin de semaine si vous demeurez attentive en cours. Et uniquement à cette condition.

— Fin de semaine ?

Je manque de m'étrangler. Miguel s'apercevra à coup sûr que je n'ai plus mon portable d'ici vendredi !

— Cela vous pose un problème ? m'interroge-t-il.

J'ai le sentiment qu'il est fier de lui, comme s'il cherchait à prouver quelque chose. Je reste calme, ce n'est pas le moment de m'emporter.

— J'aurais aimé le récupérer aujourd'hui, si ça ne vous dérange pas.

Le temps s'écoule sans que j'obtienne de réponse. Ne sachant que dire d'autre, je patiente, un rien nerveuse.

Le tic-tac de l'horloge se fait plus assourdissant au fur et à mesure que les secondes passent.

— Vous ne pouvez vous en prendre qu'à vous-même, me déclare enfin M. Erle. Sortez maintenant, et estimez-vous heureuse : je n'apporterai pas votre téléphone au directeur et ne préviendrai pas vos parents.

Cette dernière remarque m'atteint comme un coup de poignard, balayant d'un souffle toutes les barrières que j'avais dressées. Le calme me déserte. Je dois lutter pour me retenir de lui crier que je n'ai plus de parents.

Furieuse, je m'éloigne tandis qu'il replonge le nez dans ses copies. La colère afflue en moi à chacun de mes pas. Plus que la privation de mon portable, c'est cette horrible phrase qui me met hors de moi. Personne dans cette école n'ignore ce qu'il est advenu de mes parents, la presse locale s'en étant bien chargée il y a plus de deux ans. M. Erle est probablement l'être le plus cruel que je connaisse !

Arrivée devant la porte de sa classe, je ne peux pas m'en empêcher : je me retourne et tends mon majeur, persuadée qu'il ne le verra pas. Un geste puéril qui me permet de me défouler un minimum.

— Mademoiselle Deschamps !

Sauf que mon professeur a relevé la tête de ses copies pour me regarder sortir…

Chapitre 3

Seulement deux heures de détention. Je ne m'en sors pas si mal en fin de compte.

Comme à chaque fois que je me retrouve en salle de colle, je m'assieds sur l'un des premiers bancs : au plus proche de la porte, le plus loin possible des autres élèves. Bien qu'ils permettent de faire passer le temps plus vite, leurs commérages incessants ont le don de m'agacer.

Faisant face à la petite dizaine d'étudiants que nous sommes, le surveillant semble s'ennuyer encore plus que moi. Il se contente de nous fixer sans se préoccuper de la façon dont nous nous occupons.

Je soupire en pensant à la confiscation de mon téléphone : sans lecture, ce moment risque d'être plus long que d'ordinaire. À l'heure qu'il est, vu le geste que j'ai eu envers M. Erle, mon portable doit être dans le bureau du directeur, et ce jusqu'à nouvel ordre. Il va falloir que je prie pour que mon frère ne découvre rien de ceci… Au moins, il ignorera tout de cette détention. Chaque mardi, Miguel rentre de sa galerie d'art vers vingt heures, ce qui me laisse plus que le temps de retourner chez moi sans qu'il se demande où je suis passée.

Quelqu'un frappe à la porte et je relève la tête, curieuse. Avec la permission du surveillant, la personne entre ; je suis surprise de reconnaître Logan O'Kelly. Il n'est pas vraiment ce qu'on pourrait appeler un collectionneur de colles. Sans un mot, il s'avance vers le bureau du pion et lui tend son papier.

— Pardon pour le retard, s'excuse-t-il.

Dans un soupir, l'homme l'invite à prendre place. Toujours silencieux, Logan jette un coup d'œil autour de lui. Il finit par s'installer devant moi, évitant les autres. Ça ne m'étonne pas plus que ça : je l'ai rarement vu discuter avec qui que ce soit. Taciturne, il fuit le monde encore plus que je ne le fais.

Je me souviens de la première fois où je l'ai aperçu : assis seul à la cafétéria, il avait l'air d'en vouloir à la terre entière – et j'exagère à peine ! J'étais déjà amie avec Laura à l'époque et je n'ai pas pu m'empêcher de la cuisiner à ce sujet :

— Laura ?

— Hmm ?

— Qui est-ce ?

— Logan O'Kelly, a-t-elle reniflé après un rapide coup d'œil dans sa direction. L'éternel solitaire. Aucune fille d'ici ne lui plaît ; il faut croire que personne n'est assez bien pour lui.

Encore aujourd'hui, je souris de cette réponse. Laura n'a jamais voulu me raconter le râteau qu'elle s'est pris, mais je peux comprendre qu'elle ait tenté sa chance : avec son mètre soixante-quinze, ses cheveux bruns emmêlés et ses yeux gris, Logan possède un charme qui n'échappe à personne.

Malgré moi, je m'interroge sur sa présence en ce lieu. Logan n'est pas du genre à causer des problèmes. Bien qu'il ne prenne jamais ou presque la parole en cours, il est attentif et ses résultats s'en ressentent ; raison pour laquelle les professeurs ne disent rien sur son manque de participation.

Pendant que je continue de me poser des questions, une fille assise au fond profite du fait que le surveillant sorte un moment pour venir près de lui. Elle se faufile vers la place libre de son banc et engage la conversation :

— C'est rare de te trouver ici.

— Je sais.

C'est la seule réponse qu'elle obtient. Loin d'abandonner, elle désigne son groupe et se rapproche, allant jusqu'à appuyer sa main sur son avant-bras.

— Tu n'as pas envie de te joindre à nous ?

— Pas le moins du monde.

Sa déception est perceptible, mais il faut croire qu'elle est têtue ; elle insiste sans une once d'hésitation :

— Pourquoi ? Tu dois t'ennuyer à être tout le temps seul.

Revenir à la charge n'était pas la meilleure chose à faire. Je peux voir d'ici Logan serrer les poings sous la table.

— Le surveillant ne va pas tarder à réapparaître. Si j'étais toi, je regagnerais ma place.

Le ton est sec, voire cassant. La demoiselle se lève, blessée dans son amour-propre. Je devine sans peine qu'elle n'a pas l'habitude d'essuyer un tel refus et, malgré moi, je laisse un petit rire m'échapper tandis qu'elle s'éloigne. Pas assez discret, puisque Logan se tourne vers moi :

— Je ne vois pas ce qu'il y a de drôle, Deschamps.

Je ne sais pas s'il est moqueur ou sérieux, mais j'ai horreur de me faire appeler par mon nom de famille. Je réplique de façon plus agressive que je ne l'aurais voulu :

— Pas ton amabilité, en tout cas.

S'il est vexé, il ne le montre pas et se détourne comme si je ne lui avais rien dit. Je hausse les épaules, impatiente que ces heures de colles se terminent.

L'air frais me donne des frissons. Cet automne s'annonce particulièrement frisquet. Tout en sortant de l'enceinte de l'école, je me dirige vers l'arrêt de bus, puis change d'avis et décide de rentrer à pied. Même si Miguel préfère que j'utilise mon abonnement – qu'il m'a offert dans le seul but que je ne traîne pas avant de revenir à la maison –, marcher me fait du bien.

Les rues sont calmes. Ni le froid ni la pénombre qui s'installe n'encouragent les gens à mettre le nez dehors. Aux fenêtres de certaines façades, quelques décorations d'Halloween ont déjà été arrangées. Je souris lorsque j'aperçois un fantôme particulièrement réussi.

Au fil de mes pas, je me détends de plus en plus, et c'est sereine que j'arrive devant chez moi. Comme toujours, notre maison semble silencieuse. Sans vie. S'il n'y avait pas un chat en train de gratter à la porte, on pourrait croire que personne n'y habite réellement. Avec lenteur, je pousse la barrière en fer et remonte le chemin de pierre qui me sépare de l'entrée.

— Bonjour, Baron, dis-je lorsque le félin vient se frotter contre mes jambes.

Ce chat doit être le plus câlin que je connaisse. Tout en me penchant pour lui accorder une caresse, je cherche mes clefs, grimpe les marches du perron et ouvre la porte. Baron ne m'attend pas pour entrer et se précipite vers la cuisine. Câlin et gourmand. Cet animal ne changera jamais.

Je referme derrière moi puis laisse tomber mon sac à terre.

— Je suis rentrée.

Aucune réponse ne me parvient en retour et je souris. C'est agréable de ne pas avoir Miguel sur le dos pour me questionner sur ma journée, impatient de savoir si celle-ci était bonne, si les cours se sont déroulés sans incident, et tout un tas d'autres choses. Il faut dire que depuis l'incendie, mon frère est devenu un professionnel de l'interrogatoire ; je ne compte même plus les fois où il m'a demandé si je me sentais bien, *vraiment* bien. Je ne peux pas lui en vouloir. J'ai conscience qu'il s'inquiète pour moi. J'aimerais juste qu'il le montre moins de temps en temps.

Lorsque j'arrive dans la cuisine, Baron m'y attend toujours. Je remplis sa gamelle de croquettes et l'observe une dizaine de secondes avant de me diriger vers le grenier. Il est rare que je sois seule à la maison. J'ai bien l'intention d'en profiter.

Les combles m'accueillent dans un grincement dès que j'en ouvre la porte. Je ne prends pas la peine de la refermer et dénombre les lattes au sol jusqu'à atteindre la trente-sixième, celle qui ressort un peu du plancher. Plusieurs jours après avoir emménagé ici, j'ai découvert qu'il était possible de la soulever entièrement. Depuis, je m'en sers comme cachette lorsque j'en ai besoin. À l'heure actuelle, cette petite planque renferme des livres.

Ceux de notre père.

Enfin, elle contient les seuls que j'ai pu sauver…

Après la mort de nos parents, Miguel s'est débarrassé de beaucoup de choses dans la maison : les bijoux et les peintures de notre mère, la bibliothèque de notre père ainsi que tout un tas d'autres objets. Je n'ai réussi qu'à récupérer quelques bouquins et le tableau offert pour mon dixième anniversaire. Ce dernier se trouve toujours dans ma chambre, mais je n'ai pas eu le courage d'y exposer aussi les livres. J'ai préféré les cacher ici.

Si au départ j'en ai voulu à mon frère, créant dispute sur dispute à ce sujet, je n'en ai très vite plus reparlé. Je n'ai pas immédiatement réalisé qu'il s'était débarrassé de tous ces objets pour la même raison qui me poussait à les garder : la douleur. S'ils me permettaient d'oublier un instant ma peine au beau milieu des souvenirs, ils ne faisaient que lui rappeler ce qui était arrivé. Comment continuer à lui en vouloir, dès lors ?

Pour m'obliger à sortir de mes pensées, je soulève la latte du sol et récupère mes précieux livres : *Le tour de monde en 80 jours*, *Les trois mousquetaires*, *Dracula* et *Malpertuis*. Par réflexe, je cherche mon portable dans ma poche pour savoir de combien de temps je dispose avant le retour de Miguel. Une fois de plus, je maudis mon professeur de biologie. Je dois cependant avouer que si j'avais encore mon téléphone – seul appareil sur lequel je télécharge mes e-books –, je ne serais sûrement pas montée au grenier aujourd'hui, et ce malgré l'absence de mon frère. J'aurais choisi de poursuivre les péripéties de cette tueuse de vampires, pressée de connaître la suite.

D'un tracé délicat, je laisse mes doigts frôler la couverture du livre d'Alexandre Dumas. Bien que je l'aie lu un nombre incalculable de fois, je pense m'y plonger de nouveau. D'aussi loin que je me souvienne, j'ai toujours aimé les romans d'aventures pleins de personnages intéressants et de rebondissements improbables.

Je me rappelle mon père me narrant cette histoire, assis au bord de mon lit. Tous les soirs, il me lisait un ou deux chapitres pour que je m'endorme. Un sourire orne mes lèvres lorsque je me remémore cette époque et ouvre la première page du livre…

Un claquement de porte me tire brusquement de ma lecture. Je sursaute : quelle heure est-il ? Captivée par l'histoire, je ne me suis pas rendu compte qu'autant de temps s'était déjà écoulé.

Je referme mon livre et m'empresse de le ranger sous la planche, avec les autres. Il faut que je me dépêche de descendre avant que Miguel ne me trouve. S'il devine que je viens lire ici et que j'ai gardé des ouvrages de la bibliothèque de notre père, je pourrai dire adieu à mon havre de paix.

Courant sur la pointe des pieds pour ne pas faire grincer le plancher, je me précipite dehors et ferme la porte du grenier.

— Cassie ?

Cet appel, que je perçois faiblement, provient du rez-de-chaussée. Toujours d'un pas rapide, je vais au premier étage pour que mon frère croie que j'étais dans ma chambre.

— Cassie ? m'interpelle-t-il d'une voix plus forte.

J'ai l'impression qu'il est sur les nerfs, ce qui n'annonce rien de bon. L'école l'a-t-elle prévenu pour mon portable ? Ou bien a-t-il essayé de me joindre et s'est-il rendu compte que je ne l'ai plus sur moi ? Quoi qu'il en soit, j'ai peur que ça ne sente le roussi…

Parvenue devant la porte de ma chambre, je fais claquer celle-ci et signale ma présence :

— Je suis là !

— Je t'attends au salon. Il faut qu'on parle.

Loin de me rassurer, cette phrase me tétanise sur place.

La dernière fois qu'il m'a dit quelque chose comme ça, c'était pour m'expliquer ce qui venait d'arriver à nos parents…

Chapitre 4

La boule au ventre, je descends l'escalier qui me sépare du rez-de-chaussée et me dirige vers le salon.

— Je suis là, dis-je en arrivant dans la pièce.

Assis sur notre canapé en coin, Miguel relève à peine la tête pour m'inviter à le rejoindre. Je le sens tendu, plus que d'ordinaire. Je l'ai rarement vu aussi mal à l'aise.

Qu'est-ce qui le met dans cet état ?

Tandis que je m'installe, ses yeux bleus me scrutent comme pour juger de mon humeur. D'un geste nerveux, il ne cesse de raplatir sa chevelure de jais sur le haut de son crâne – geste inutile puisqu'elle y est maintenue par du gel. Malgré mon regard insistant, il reste muet, ce qui m'inquiète encore plus. C'est inhabituel qu'il ne trouve pas ses mots.

Peu désireuse de le brusquer, je prends mon mal en patience et attends qu'il engage la conversation. Il doit bien m'avoir appelée pour un autre motif que celui de me fixer en silence. Essayant de ne pas le dévisager outre mesure, je me perds une fois de plus dans mes pensées. De quoi veut-il me parler ? Est-ce de l'école ? Si oui, pourquoi ne met-il pas tout de suite le sujet sur le tapis ?

Y a-t-il autre chose ? Une chose qui m'échappe pour une raison que j'ignore ? Ce n'est que lorsque Miguel laisse tomber sa tête entre ses mains et lâche un soupir que je décide d'intervenir :

— Est-ce que… tout va bien ?

Un sourire peiné sur le visage, il me regarde à nouveau, cherche ses mots.

— Je ne sais pas trop par où commencer, me déclare-t-il.

Voilà qui ne lui ressemble pas. Pas du tout.

— Tu me fais peur… qu'est-ce qu'il y a ?

Sans le vouloir, j'ai haussé le ton, gagnée par sa propre nervosité.

— Désolé, c'est assez important et… Enfin, je dois t'en parler, mais ce n'est pas un sujet facile à amener et…

Je l'interromps. Il ne le fait pas exprès, mais j'ai horreur de le voir tourner autour du pot. Ça me donne le sentiment que ce qu'il tente de me dire est plus affreux que je ne le présage.

— Miguel, qu'y a-t-il ?

— Pendant que j'étais à la galerie, mon portable a sonné. Comme j'étais en conversation avec un client, je n'ai pas décroché. Mais plus tard, après avoir regardé mon écran, j'ai reconnu le numéro et j'ai rappelé…

Je panique. L'école a sans doute téléphoné pour lui apprendre mes écarts de conduite. Comment ai-je pu me persuader que je m'en sortirais aussi facilement ? Je comprends mieux l'air épuisé de Miguel maintenant. Il doit être plus que déçu par mon comportement, par le fait qu'il m'aura fallu moins d'une semaine pour rompre ma promesse. Je suis tout de même surprise par la façon dont il me l'annonce. J'aurais songé qu'il serait bien plus fâché que ça en le découvrant. Est-il déçu au point de penser que je ne vaux plus la peine qu'il se mette en colère ?

Sentant venir une discussion sérieuse, je tâche d'adopter une attitude neutre, prête à encaisser ses remarques. Miguel se racle la gorge, comme si les mots qu'il s'apprête à prononcer y étaient coincés.

— C'était grand-mère, m'avoue-t-il finalement.

J'en reste muette de stupeur. A-t-il vraiment dit « grand-mère » ? Je n'arrive pas à y croire. Ça me semble tellement absurde qu'elle ait téléphoné, et encore plus que Miguel ait accepté de la rappeler ! Je nage en plein cauchemar. J'aurais presque préféré qu'il me parle de l'école.

Consternée, j'essaie de demeurer calme face à cette nouvelle avant de m'exprimer. J'échoue et crache plus que ne donne une réponse à mon frère :

— Formidable ! Il ne lui aura fallu qu'un peu plus de deux ans pour se souvenir qu'elle avait des petits-enfants.

Miguel soupire devant ma remarque.

— J'étais certain que tu allais adorer ça, murmure-t-il pour lui-même.

Je me lève. J'ai besoin de faire quelques pas pour gérer la colère qui m'envahit suite à la simple évocation de ma grand-mère. Comment mon frère parvient-il à rester aussi serein ? Je n'ose même pas imaginer quelle aurait été ma réaction si c'était moi qui avais eu la vieille au bout du fil. Aurais-je crié ou me serais-je contentée de raccrocher après un ou deux mots cinglants ? Je n'arrive pas à le savoir. Peu importe, ce n'est pas ma priorité en ce moment.

— Que voulait-elle ?

— Assieds-toi.

— Non.

— S'il te plaît, insiste-t-il.

Je soupire, plus pour la forme qu'autre chose, mais finis par m'exécuter. Je sens que la suite de cette conversation ne va pas me plaire. Malgré tout, je repose ma question :

— Que voulait-elle ?

— Elle désire reprendre contact avec nous, m'avoue-t-il avec le plus de tact possible.

— Alors ça, non !

— Cassie… je sais que tu ne souhaites pas la revoir, mais…

Je me relève d'un bond, furieuse.

— Parce que toi si, peut-être ?

— Je…

Je le coupe sans l'ombre d'un remords :

— Regarde-moi dans les yeux et ose me jurer que tu n'es pas en colère contre elle !

— Ne me parle pas sur ce ton !

Je respire profondément et consacre mon énergie à me calmer, consciente qu'une dispute ne nous mènera nulle part. Au fond de moi, je ne peux m'empêcher de lui en vouloir. Pourquoi n'est-il pas fou de rage contre elle ? A-t-il déjà oublié ?

— Je comprends que tu sois fâchée. C'est ton droit et je le respecte, poursuit-il. Mais j'aimerais que tu gardes ton sang-froid et prennes la peine de réfléchir. Ce n'est peut-être pas une mauvaise idée.

— Pas une mauvaise idée ?

Comment peut-il me dire une chose pareille ?

— Elle… elle m'a paru vraiment désolée quand je lui ai parlé. Je crois qu'elle regrette.

Bien que je m'efforce de me contrôler, ma fureur revient au galop.

— C'est évident ! Nous n'avons plus qu'à tout lui pardonner et l'inviter à dîner !

Miguel soupire. Un silence s'instaure entre nous et s'éternise avant qu'il ne se décide à poursuivre d'une voix plus lasse :

— Elle souhaite venir vivre ici quelque temps pour renouer les liens.

— Quoi ?!

— Et j'ai pensé que ce n'était pas une si mauvaise idée, ajoute-t-il de but en blanc sans me permettre de protester davantage.

Je n'arrive pas à croire qu'il soit sérieux. Je suis incapable d'envisager un seul instant que la vieille s'installe chez nous, d'autant plus que l'unique chambre libre que nous ayons est celle de nos parents. C'est infaisable !

— Tu te moques de moi ?

De nouveau, je hausse le ton, autant en colère contre lui et son calme dérangeant que contre ma grand-mère.

— Cassie, essaie de…

— Tu te moques de moi ?! Tu ne peux pas accepter ! Pas après…

— Je sais ! crie-t-il tout à coup. Je n'ai pas oublié,

contrairement à ce que tu crois.

— A1ors… pourquoi ?

— Je tente d'aller de l'avant. Ne rêves-tu pas de retrouver un semblant de famille ?

— Parce que nous n'en sommes pas une, c'est ça ?

Sous le regard choqué de Miguel, je prends la fuite, trop énervée pour pouvoir continuer cette conversation. Comme une furie, je grimpe les escaliers et m'enferme dans ma chambre, seul lieu où je goûterai à un peu de paix. À peine sur mon lit, j'éclate en sanglots et me roule en boule. Les souvenirs affluent en moi dans un tourbillon de pensées.

Je ne parviens pas à comprendre comment mon frère peut avoir envie de revoir notre grand-mère et peut songer à l'inviter à la maison. De nous deux, il est celui qui aurait le plus de raisons de la détester.

Après la mort de nos parents, nous n'avions plus qu'elle sur qui compter. Elle était notre seule famille encore en vie. Mais alors qu'elle aurait dû soutenir Miguel, l'aider à s'en sortir suite à ce drame, elle n'a fait que l'enfoncer plus en entamant un procès dans le but d'obtenir ma garde. Elle a voulu m'éloigner de lui, persuadée qu'il n'était pas capable de prendre soin de moi, de m'offrir ce dont j'avais besoin. Pourtant, Miguel n'a pas hésité un instant avant d'arrêter ses études et de reprendre la galerie d'art. Il a travaillé sans relâche pour que ça marche, pour qu'on puisse continuer à vivre ensemble et garder la maison que nos parents avaient achetée en venant habiter ici.

Par bonheur, tous ses efforts n'ont pas été vains. Le juge a tranché en sa faveur quant à l'obtention de ma garde. Lors du procès, j'ai moi aussi eu mon mot à dire et il va de soi que j'ai déclaré vouloir rester avec mon frère. Miguel a ses défauts, nous ne sommes pas toujours d'accord, mais je ne l'aurais abandonné pour rien au monde. À ce moment-là, nous avions besoin l'un de l'autre. Bien plus que d'ordinaire. Si ma grand-mère avait par malheur obtenu gain de cause, j'aurais tout fait pour rentrer chez moi, dans ma véritable maison.

À l'époque, ni Miguel ni moi n'avons pu expliquer son entêtement dans ce procès. Nous n'avions après tout jamais été plus proches que ça, on ne la voyait que quelques fois l'an. Elle se disputait souvent avec notre père pour des raisons qui demeurent inconnues. Toujours est-il qu'une fois la décision du juge rendue, elle a disparu de nos vies, nous montrant à quel point elle désirait que je vienne vivre avec elle.

Les larmes ruissellent sur mes joues ; elles emportent peu à peu ma haine et ma rancœur. Pendant de longues minutes, je ne bouge pas de mon lit. Je cherche à saisir pourquoi Miguel semble prêt à la revoir, tente de comprendre pourquoi il y songe alors qu'elle l'a laissé seul, abandonné à son sort lorsqu'il avait le plus besoin d'elle. Le souhaite-t-il même vraiment après qu'elle a divisé ce qu'il restait de notre famille ?

Soudain, je réalise : peut-être qu'il le veut justement parce que nous avons été seuls. Comment se fait-il que je n'y aie pas pensé plus tôt ?

Je sais que quoi qu'il arrive, je peux compter sur mon frère, me fier à lui et lui parler au moindre problème. Mais lui, sur qui peut-il se reposer ? Miguel assume tous les événements depuis l'incendie et ce fameux procès.

Même s'il est en colère contre elle, il est normal qu'il voie le retour de notre grand-mère d'un bon œil. Si elle est sincère et désire réparer les pots cassés, il aurait lui aussi quelqu'un sur qui s'appuyer en cas de besoin.

Je me sens de plus en plus mal au fur et à mesure que je réalise ceci. Encore une fois, je n'ai pensé qu'à moi et me suis comportée en parfaite égoïste. Alors que mon frère essayait d'amener le sujet avec calme, je n'ai fait que crier et me plaindre.

Tout en séchant mes dernières larmes, je prends une résolution : si je ne suis pas du tout prête à pardonner à ma grand-mère, je le suis en revanche pour faire confiance à Miguel. Je respire un grand coup et quitte ma chambre.

Dans l'escalier, d'agréables odeurs de cuisson assaillent mes narines, signe que Miguel s'est mis aux fourneaux et prépare le repas. Les effluves m'indiquent qu'il s'est surpassé ce soir, preuve de son énervement. Concocter des petits plats a toujours eu le don de l'apaiser.

Je franchis le salon, arrive devant l'entrée de la cuisine et l'observe un instant. Il me tourne le dos. Occupé par ce qu'il fait mijoter, il ne m'a pas aperçue. Je n'ose pas l'avertir de ma présence, ne sachant comment m'excuser. À sa posture, je note à quel point il a l'air fatigué et je m'en veux encore plus. Je réussis enfin à prendre la parole :

— Miguel ?

Surpris, il se retourne et me dévisage. Il ne s'attendait pas à me voir de si tôt, il faut croire.

J'ai envie de lui avouer que je suis désolée, que j'ai

eu tort de m'emporter, mais aucun mot ne sort de ma bouche. Je me contente de continuer à le fixer, incapable de bouger.

Comme s'il comprenait ce que je n'arrive pas à dire, mon frère me sourit, le visage beaucoup plus détendu que quelques minutes plus tôt.

— Assieds-toi. Ce sera bientôt prêt, me déclare-t-il.

— Merci.

C'est la seule chose que je parvienne à lui répondre.

Je m'installe à table et tâche de puiser en moi le courage qui me fait défaut pour engager la conversation. Miguel m'enlève cette épine du pied en prenant lui-même la parole :

— Tout à l'heure… quand je t'ai demandé si tu désirais retrouver un semblant de famille, je ne voulais pas insinuer que…

— Je sais.

Ces deux petits mots me paraissent bien faibles alors qu'il m'a déjà pardonné sans que j'aie besoin de faire quoi que ce soit.

— Je me suis emportée. Désolée.

— Ce n'est pas grave.

Miguel n'ajoute rien et continue de cuisiner. On pourrait penser que notre dispute n'a jamais eu lieu. Toutefois, je n'ai pas dit tout ce que je souhaitais. Je l'interpelle une nouvelle fois :

— Miguel ?

— Oui ? m'interroge-t-il, étonné.

— Que grand-mère vienne, c'est… c'est important pour toi ?

S'il est surpris par ma question, il n'en montre rien.

J'ai le sentiment qu'il hésite à se confier, qu'il craint ma réaction. Finalement, il opte pour la franchise :

— Oui, m'avoue-t-il.

Je médite un instant cette réponse. Je suis incapable d'imaginer ce qui se passera si la vieille habite avec nous. Est-ce vraiment une bonne idée ? Miguel semble le croire, lui.

— Je suis d'accord.

Cette fois-ci, la stupéfaction se peint sur son visage et, lorsqu'il me remercie, mon frère a toujours l'air de douter d'avoir bien entendu mes propos.

Plus tard dans la soirée, alors que je m'apprête à éteindre la télévision pour aller me coucher, Miguel m'interpelle, gêné :

— Cassie ?

— Oui ?

— J'ai quelque chose d'autre à te demander... Quelque chose qui risque de ne pas t'enchanter.

Sentant venir le pire, je me rassieds sur notre canapé en daim et patiente.

— Grand-mère sera là demain après-midi.

— Déjà !?

Je manque de m'étrangler. Si tôt ?

Miguel hoche la tête.

— Elle arrive par le train de dix-sept heures et je vais avoir besoin de toi pour l'accueillir à la gare.

— Mais...

Comme souvent, il ne me laisse pas le temps de protester et enchaîne :

— Je te promets que ça ne sera pas long, et je te donnerai de quoi vous payer un taxi.

— Et toi ? Il n'y a pas moyen que tu ailles la chercher ?

Je panique à la simple idée d'être à ses côtés. Qu'est-ce que je vais lui dire ? Je ne désire même pas lui parler !

— Je suis désolé. Si c'était le cas, nous n'aurions pas cette discussion. Mais avec la galerie, impossible d'être à l'heure… Avec un peu de chance, je serai à la maison quand vous rentrerez et tu ne seras pas seule avec elle très longtemps.

Si l'envie de protester me prend, je l'oublie en croisant son regard. Miguel est sincère, je le sais ; s'il pouvait y aller à ma place, il le ferait. Même si je soupire, je finis par me résigner et devine son soulagement.

— Je suis sûr que ça se passera bien, essaie-t-il de m'encourager.

En vain. Que j'aie accepté que la vieille vienne ne signifie pas que je partage son optimisme au sujet de nos retrouvailles.

Fatiguée, je me lève, prête à rejoindre ma chambre lorsqu'une pensée me traverse l'esprit, aussi subite qu'un éclair.

— Miguel ?

— Hmm ?

— Je ne t'ai pas vu au téléphone depuis que je suis rentrée.

Son regard s'emplit de culpabilité. Il me donne la certitude que je souhaitais avoir.

— Tu t'étais déjà arrangé avec grand-mère avant de revenir ici !

Il baisse les yeux sous mon accusation et je sens la colère poindre en moi pour la deuxième fois de la journée. Il n'a pas attendu mon avis pour l'inviter à la maison. Il a décidé ça seul, n'a pas pris en compte ce que je pouvais ressentir. Tout son discours pour m'annoncer son coup de téléphone et me demander ce que j'en pensais, c'était du pipeau !

— Je suis désolé.

— Tu as agi sans m'en parler.

Avant de prononcer une parole que je pourrais regretter, je m'empresse de sortir du salon, partagée entre ma déception et ma colère. Dire qu'en plus, j'ai accepté d'accomplir le sale boulot en allant chercher la vieille à la gare demain après les cours.

Je me suis bien fait avoir !

Chapitre 5

Une fois de plus, je me réveille en sursaut. Encore ce maudit rêve !

Je sors de mon lit et commence à me préparer lorsque je repense à ma grand-mère et à son arrivée chez nous. La trahison de Miguel me laisse toujours un goût amer et c'est de mauvaise humeur que je descends prendre mon petit-déjeuner.

Des croissants m'attendent sur la table. Je me demande un instant si mon frère croit réellement se faire pardonner ainsi. Quoi qu'il en soit, je ne rechigne pas, en empoigne un et y mords à pleines dents. Je remarque de l'argent et un post-it près des viennoiseries. Ça devient une habitude…

D'un geste quelque peu brutal, je l'attrape et le lis : « Je n'aurais pas dû agir avant d'obtenir ton avis, mais connaissant ton entêtement, j'étais persuadé que tu ne serais jamais d'accord, quels que soient mes arguments. Tu me pardonnes ? Bonne chance pour tout à l'heure, je me doute que c'est difficile pour toi. Voilà l'argent pour le taxi. Merci d'avoir compris. »

Je ne sais pas si je dois continuer à lui en vouloir ou

non maintenant que j'ai lu ceci… J'aviserai ce soir. Je finis mon repas en vitesse, j'enfile ma veste et sors de chez moi. Pour une fois, je suis prête à affronter ma journée d'école, mais pas à faire face à ce qui m'attend juste après celle-ci.

Durant les deux premières heures de classe, je ne peux m'empêcher de m'inquiéter. Que se passera-t-il lorsque je serai face à face avec ma grand-mère ? Que nous dirons-nous ? Miguel va-t-il essayer de m'appeler pour savoir si le train est à l'heure ? Apprendra-t-il ainsi que je n'ai plus mon portable sur moi ? Toutes ces interrogations sont un véritable supplice et, une fois de plus, je me retrouve dans l'impossibilité de me concentrer.

Je me sens perdue, comme si j'avais à nouveau treize ans. Je ne suis pas capable d'envisager les choses de manière positive. Sans pouvoir l'expliquer, j'ai l'impression que l'arrivée de notre aïeule ne pourra pas bien se passer.

Autour de moi, la vie poursuit son cours ; c'est un jour ordinaire pour mes camarades. La plupart ont d'ailleurs l'air pressés de voir survenir la fin des heures scolaires. S'il n'y avait la venue de ma grand-mère, ç'aurait été une journée banale pour moi aussi : j'aurais pris part à leur impatience et me serais forcée à suivre un minimum pour tenir ma promesse.

— Cassie ? m'interpelle Jared à voix basse.

Comme pour presque tous les cours que nous avons en commun, il partage mon banc.

— Oui ?

— Qu'est-ce que tu as ?

— Comment ça « qu'est-ce que j'ai ? »

— Tu sembles ailleurs. Enfin, plus que d'habitude, je veux dire, se moque-t-il sans méchanceté.

Je n'ai pas envie de plaisanter, ni même de discuter pour le moment, mais je sais très bien qu'avec sa gentillesse chronique, il ne fera que s'inquiéter pour moi si je l'envoie promener. De toute façon, mon manque de sympathie à son égard n'a jamais eu l'air de le décourager. J'ai parfois le sentiment que je ne mérite pas qu'il s'intéresse autant à moi.

— Mauvaise nuit, rien de plus, lui affirmé-je d'une voix que je veux aimable, sans pour autant entrer dans les détails.

— Pas assez dormi ?

Je soupire. On pourrait croire que Jared se sent forcé de continuer la conversation. Je tente de sourire et acquiesce :

— C'est ça.

— Je ne pensais pas que tu étais du genre à sortir le soir ? m'interroge-t-il une fois de plus, ravi.

— Je ne le suis pas.

Cette phrase, un peu plus sèche que la précédente, a le mérite de couper court à notre dialogue ; d'un rire timide, Jared se retourne vers notre professeur.

Je pivote pour regarder l'heure. Pour une fois, le temps semble s'écouler beaucoup trop vite. Le mouvement des aiguilles me nargue en m'indiquant que je ne cesse de me rapprocher de l'heure fatidique, celle à laquelle le train déposera mon aïeule sur le quai. Afin de me détendre, j'essaie de songer à autre chose, mais tout ce que j'arrive à imaginer est la déception de Miguel s'il apprenait que je me suis fait confisquer mon téléphone... À moins que je puisse le récupérer ?

Une idée me traverse l'esprit, aussi soudaine que bienvenue : et si la venue de ma grand-mère m'était utile ? Et si je parvenais à convaincre le directeur que je devais avoir mon portable sur moi pour aller la chercher ? Ça peut marcher, j'en suis persuadée ! D'autant plus qu'il est plus empathique que M. Erle ! Ainsi, mon frère ignorera tout de mon petit écart en cours...

Sûre de moi, j'arrive à me détendre pour la première fois de la journée.

Midi sonne enfin. Me précipitant dehors, je rejoins Laura dans la cour. Un sourire orne son visage lorsqu'elle m'aperçoit.

— Cassouille ! Je commençais à croire que tu ne sortirais jamais de ta classe.

— Je te manquais tant que ça ?

— Tu n'imagines pas, soupire-t-elle avant de rire.

Aujourd'hui, Laura arbore une tenue plus sportwear, dans des tons mauves. Pour accentuer celle-ci, elle a relevé ses cheveux en une queue de cheval haute. Son maquillage discret lui donne une très bonne mine, mais je remarque que ses yeux sont légèrement boursouflés, comme si elle avait pleuré ce matin.

— Tout va bien ?

— Bien sûr, me répond-elle.

— Jérémy ?

À son expression, je sens que j'ai fait mouche.

— Cet idiot ne valait pas mieux que les autres.

— Je suis désolée… Tu veux m'en parler ?

— Je n'ai pas encore trouvé celui qu'il me faut, c'est tout, me clame-t-elle en se forçant à sourire.

Je n'arrive pas à savoir si c'est moi qu'elle souhaite convaincre ou elle-même. Quoi qu'il en soit, je devine qu'elle n'est pas prête à se confier et n'insiste pas. Laura ne se laisse pas abattre facilement. Elle a toujours été capable de surmonter ses peines de cœur.

— Et toi, ça va ? me demande-t-elle pour changer de sujet.

Cette simple question suffit à me rappeler la venue de la vieille. Sans que j'aie le temps de m'en apercevoir, mes angoisses refont surface.

— On dirait que non, enchaîne mon amie. Un souci ?

— Ma grand-mère nous rend visite à la maison. Aujourd'hui.

— Ta grand-mère ? Celle que tu ne vois plus depuis que…

Elle s'interrompt d'elle-même et je lui en suis reconnaissante. Je n'aime pas reparler de ce qui est arrivé.

— Celle-là, oui. Il semblerait qu'elle soit soudainement envahie par les remords. Elle a téléphoné à mon frère pour reprendre contact. Elle souhaite habiter avec nous pour une durée indéterminée.

— Il a accepté ?

— Oui, mais ça, ce n'est pas le pire.

— Parce qu'il y a pire ? s'étonne-t-elle.

— Il l'a invitée chez nous avant même d'avoir mon accord.

— Le traître ! siffle-t-elle, compatissante.

— Et c'est moi qui suis chargée d'accueillir la vieille à la gare…

— Tu es la bienvenue à la maison pendant qu'elle loge chez vous, si tu le désires.

Je souris. Laura a toujours été là pour moi. Parfois, après m'être disputée avec Miguel, je vais passer la nuit chez elle. Sa proposition est tentante, très tentante. Cependant, je sais que je ne peux pas l'accepter. Malgré son coup bas d'hier, je ne peux pas laisser mon frère affronter ces retrouvailles tout seul.

— C'est gentil, mais je pense que je resterai chez moi pour soutenir Miguel. Je suis persuadée que la vieille va lui compliquer la vie durant son séjour. Et puis, je ne voudrais pas déranger.

— Comme tu le souhaites. Mais n'hésite pas à venir si ça ne va vraiment pas, et ne te soucie pas de déranger : maman t'adore !

À ces mots, je pressens que ce soir, sa mère sera prévenue de ma potentielle arrivée. Je ne peux que la remercier. Je sais que quoi qu'il advienne, j'aurai toujours un endroit où me réfugier en cas de crise. Ce simple constat me redonne du courage pour affronter les événements à venir.

— Tiens, j'ai une idée, poursuit Laura. Pour que tu ne songes plus à ta grand-mère, je t'invite à aller manger une glace chez le marchand en bas de la rue ! Je suis sûre que ça mettra un peu tes soucis du moment de côté. On aura plus qu'à se trouver un coin où passer un après-midi tranquille. Qu'en penses-tu ?

J'ai très envie d'accepter, de ne pas assister aux cours et de me détendre avant que le calvaire ne commence. Je sais que ça me ferait du bien, que Laura serait capable de m'aider à oublier ce qui m'attend. Malgré tout, il m'est impossible de dire oui.

— Je ne peux pas, désolée. J'ai juré à Miguel de faire des efforts et je refuse de rompre une fois de plus cette promesse.

— Je comprends, me sourit-elle.

Parler de ma promesse me rappelle l'idée que j'ai eue plus tôt pour récupérer mon téléphone portable. Il ne faut pas que je traîne si je veux voir le directeur, car il ne restera pas dans son bureau très longtemps et profitera lui aussi de la pause de midi pour aller manger. J'explique mon plan à Laura, qui l'approuve et me conseille de me dépêcher.

J'obtempère et retourne dans le bâtiment scolaire, puis je me dirige au premier étage. Malgré son visage austère, M. Osfard n'est pas un homme trop sévère, et j'ai bon espoir de parvenir à le convaincre. Avant de frapper à sa porte, je respire un grand coup ; je dois avoir l'air détendue.

Bien vite, une voix m'autorise à entrer. Je m'exécute. Ce n'est pas la première fois que je viens ici, j'ai déjà été convoquée à plusieurs reprises par le passé. Pourtant, je ne peux toujours pas m'empêcher de m'étonner devant la taille de la pièce. Ayant probablement été une salle de classe à une autre époque, le bureau semble trop vaste pour les quelques meubles qu'il contient. Au fond à droite, une armoire en fer se partage un bout de mur avec un ou deux tableaux décoratifs. Au centre, sur un tapis de sol, la table de travail du directeur attire tout de suite le regard. M. Osfard se trouve juste derrière celle-ci, assis dans un imposant fauteuil matelassé.

— Cassandra, m'accueille-t-il. Qu'est-ce que je peux faire pour toi ?

— Cassie.

Il m'est impossible de ne pas le reprendre, tant je n'aime pas qu'on m'appelle Cassandra.

— Cassie, oui, se corrige-t-il. De quoi veux-tu me parler ?

Aucun papier ne traîne sur son bureau et, au lieu d'être toujours accrochée au portemanteau, sa veste est posée sur le dos de son siège de manière négligée. Il s'apprêtait visiblement à quitter la pièce lorsque je suis arrivée. Je décide de me dépêcher :

— Pardon de vous déranger, je suis là pour mon téléphone portable.

— Ah, oui. M. Erle me l'a amené ce matin en me précisant qu'il était confisqué pour un mois.

Un mois ? La surprise se peint sur mon visage ; il n'avait mentionné qu'une semaine. Il doit vraiment être furieux pour avoir exigé une sanction aussi sévère. Mais venant de sa part, plus rien ne m'étonne.

— Si cela peut te rassurer, j'ai renégocié ce délai. Si tu ne fais plus d'histoires, tu pourras le reprendre la semaine prochaine.

Même si je devrais lui être reconnaissante pour ce geste, je peste silencieusement. J'ignore de quelle façon je cacherai ça à Miguel. Il va falloir que je sois très convaincante si je veux le récupérer aujourd'hui, c'est plus qu'une intuition.

— Comment vas-tu? s'enquiert tout à coup M. Osfard. Je sais que ce n'est pas la première fois que je te le dis, mais Mme Morel regrette que tu ne viennes plus la voir. Elle aimerait avoir de tes nouvelles.

— Je ne suis plus obligée de m'y rendre.

Je me contente de cette réponse, la même depuis un an. Je n'ai aucune envie d'entrer dans le sujet.

Après la mort de mes parents, pendant toute une année, j'ai été forcée de m'entretenir toutes les semaines avec Mme Morel, la conseillère de notre école, pour qu'elle puisse juger de mon état émotionnel. Il faut bien avouer que ma tendance à ne pas assister aux cours a augmenté suite à l'incendie et que mes professeurs s'en sont tous inquiétés. Déjà que je n'étais pas une élève très studieuse avant le drame, ils ont dû se demander ce qu'il adviendrait de moi.

— C'est vrai, tu n'y es plus obligée, acquiesce le directeur. Mais n'hésite pas à t'y rendre si tu désires en discuter. Je me doute que ça ne doit pas être tous les jours évident pour toi et ton frère. Et le fait que tu n'en parles pas n'aide pas tes enseignants à deviner si tu vas mieux.

— Je vais mieux, je ne ressens pas le besoin de retourner chez Mme Morel.

M. Osfard me dévisage sans me croire. Le plus drôle, c'est que je ne mens pas. Si mes parents continuent à me manquer, le temps atténue la douleur de leur perte et, grâce à Miguel et Laura, j'arrive à avancer. Je sais que la vie doit suivre son cours.

J'avais pensé que les gens m'auraient laissée en paix

avec ça, une fois sortie de ma léthargie, mais je m'étais visiblement trompée. Tous attendent que je redevienne celle que j'étais autrefois : la Cassie plus sociable et plus souriante. Cependant, certains événements vous changent à un point où il vous est impossible de faire marche arrière et je ne m'imagine pas être à nouveau comme auparavant. Ce ne serait plus moi ; aujourd'hui, cette Cassie est une étrangère à mes yeux. J'aimerais qu'ils puissent le comprendre, comme mon frère et Laura l'ont fait.

Afin de ne pas avoir à répondre à d'autres questions, je décide d'en venir à ce qui justifie ma présence ici :

— En réalité, monsieur, je suis là pour savoir s'il y a moyen de récupérer mon téléphone maintenant.

Le directeur fait mine de réfléchir et reprend finalement la parole :

— Au vu des circonstances, je ne pense pas que ça puisse être possible, Cassie, j'en suis désolé. M. Erle était en droit de te le confisquer et de me l'apporter après ce qui s'est passé.

— Je comprends, dis-je de la manière la plus humble dont je sois capable. Je n'insisterais pas sans raison.

— Je t'écoute, dans ce cas.

Je saisis ma chance :

— Ma grand-mère séjourne chez nous à partir de ce soir. Comme mon frère travaille, c'est moi qui irai l'accueillir à la gare. Elle n'est pas venue très souvent et Miguel préférerait que j'aie mon téléphone sur moi au cas où elle m'appellerait. Je le soupçonne aussi de vouloir me joindre pour s'assurer que tout se passe bien.

Je souris après ma dernière remarque, persuadée

d'avoir été convaincante. Du moins, assez pour obtenir ce que je souhaite. M. Osfard paraît considérer mes propos. Je reste muette et patiente jusqu'à ce qu'il prenne sa décision.

— Oui, ça me semble être un motif valable.

Je souris d'autant plus. Victoire !

— As-tu un mot de ton frère pour pouvoir récupérer ton portable ?

Mince, je n'avais pas prévu ce cas de figure. Concentre-toi, Cassie. Et improvise.

— Non, ni lui ni moi n'y avons songé ce matin.

S'il me surprenait à fabuler ainsi, Miguel ne serait pas fier de moi. Je chasse vite cette pensée. Il faut que je garde mon objectif en tête.

— Est-ce que je peux quand même récupérer mon portable ?

— On va arranger ça, sourit le directeur.

— Merci.

Je m'attends à le voir sortir mon smartphone de l'un de ses tiroirs, mais à la place, il attrape son propre téléphone fixe et m'en tend le combiné.

— Tu n'as plus qu'à appeler ton frère, son accord fera office de mot pour cette fois.

— Il… Il n'est pas à la maison.

Je soupire. Je crois que j'ai eu trop d'espoir. Reposant le téléphone, M. Osfard me dévisage quelques secondes. J'ai le sentiment qu'il cherche à savoir si j'ai dit la vérité ou non, qu'il commence à avoir des doutes sur mon histoire. Je n'ai pas été très maligne, j'aurais dû prévoir ce scénario.

— Cassie… cette histoire avec ta grand-mère qui

arrive aujourd'hui, est-ce bien vrai ?

Son ton est grave, sérieux. Malgré tout, je remarque un soupçon de pitié dans ces paroles. Soupçon qui m'exaspère.

— Oui.

Ma voix est plus agressive que je ne l'aurais souhaité. Je le vois froncer les sourcils. Sans doute s'imagine-t-il que je mens sans scrupule. Et dire que cette partie-là de mon histoire est entièrement véridique ; j'aurais de loin préféré qu'elle soit fausse !

— Je suis désolé, Cassandra, mais sans l'accord de ton frère, je ne peux te rendre ton portable. Tu devras donc le récupérer à la date convenue.

J'ai envie de protester, mais l'emploi de mon prénom m'en empêche. M. Osfard ne reviendra pas sur sa décision, c'est une certitude. Au moins, j'aurai essayé.

Cette faible pensée ne me console même pas. C'est d'une voix basse que j'accepte la sentence :

— Bien. Merci quand même.

Déçue, je n'attends pas qu'il me réponde pour sortir du bureau. Il faut croire que ce n'est pas ma semaine. Je ne sais pas ce qui est le pire entre mes cauchemars, l'arrivée de la vieille et la confiscation de mon portable.

Non loin de moi, un groupe d'adolescents m'observe. Ils tentent sûrement de deviner ce que j'ai fait pour mériter de finir chez le directeur. S'il y a une chose que l'école m'a apprise, c'est que les gens raffolent des rumeurs et qu'elles vont bon train une fois lancées, qu'elles soient vraies ou fausses.

Je me souviens encore avoir été convoquée au centre de soutien quelques mois après la mort de mes parents parce qu'une personne avait déclaré que j'avais des idées suicidaires. Je me rappelle également les difficultés que j'ai rencontrées pour les convaincre du contraire. J'avais tellement pâli et minci à l'époque que l'hypothèse que je ne veuille plus m'accrocher à la vie a semblé plausible pour beaucoup de monde. Pourtant, ce n'était qu'un ragot. Même aussi mal que j'étais, jamais je n'aurais été capable de faire ça à Miguel.

Tout en m'efforçant de ne plus trop penser à ce qui arrivera quand mon frère apprendra la vérité pour mon téléphone, je redescends les escaliers et retourne dans la cour où Laura patiente toujours.

— Alors ? m'interroge-t-elle.

Je n'ai pas besoin de parler ; dès que je relève la tête, elle comprend que ça ne s'est pas passé comme je l'espérais.

— Ne baisse pas les bras, m'encourage-t-elle, M. Parfait ne remarquera peut-être rien.

— J'en doute, je ne récupérerai pas mon portable tout de suite.

Elle grimace, mais n'ajoute rien. Elle aussi pressent que c'est peine perdue. Je n'ai plus qu'à attendre que Miguel soit mis au courant. J'aurai la chance d'être sermonnée pendant que ma grand-mère sera à la maison… Le simple fait d'y penser me démoralise d'avance.

— La perspective de manger une glace t'attire toujours ? demandé-je.

Laura me regarde, visiblement surprise par ma question.

— Je croyais que…

Je ne lui laisse pas le temps de terminer sa phrase :

— Foutue pour foutue, autant passer un bon après-midi.

Je sens que je regretterai cette décision plus tard, mais je m'en moque. La seule chose qui m'importe sur l'instant est de pouvoir me détendre un peu avant l'arrivée de ma grand-mère.

— Allons-y alors, me lance Laura avec gaieté.

Sans nous presser, nous quittons l'enceinte de l'établissement. Comme c'est la pause déjeuner, nous n'avons même pas besoin d'être discrètes, il est normal que des étudiants sortent à cette heure-là.

Notre glacerie préférée se situe juste en bas de la rue. J'aime beaucoup y flâner, car de nouveaux parfums sont disponibles chaque semaine. Il est impossible de goûter au même deux fois d'affilée. Lorsque nous poussons la porte d'entrée et qu'une sonnette nous annonce, je souris à mon amie.

Peut-être vais-je enfin parvenir à chasser ma grand-mère de mes pensées…

La fin de l'après-midi surgit trop vite à mon goût et c'est à regret que je quitte Laura pour me rendre à la gare. À la glacerie, elle m'a proposé de m'accompagner, mais je préfère y aller seule. Je n'ai pas envie qu'elle ressente mon stress ni qu'elle se retrouve au beau milieu d'une tension familiale.

Bien que mes appréhensions reviennent au fur et à mesure de mes pas, je me sens déjà plus sereine qu'en début de journée. J'essaie de garder en tête que ce qui doit arriver arrivera.

Vu que je n'ai pas pensé à mettre une montre, je ne peux pas vérifier l'heure et avance d'un bon rythme afin de ne pas être en retard. Je n'ai pas beaucoup de souvenirs de ma grand-mère, mais je me rappelle qu'elle ne supporte pas les gens non ponctuels. Il ne manquerait plus que nos retrouvailles se déroulent mal avant même qu'elles aient réellement commencé !

Alors que je débouche dans la rue de ma destination, marchant comme à mon habitude en fixant le sol, une femme passe à côté de moi et me bouscule. Loin de s'en préoccuper, elle poursuit son chemin sans penser à s'excuser. Irritée par cette attitude, je relève la tête et m'apprête à me retourner pour protester lorsqu'une chose me distrait et m'en empêche.

Au bout de la rue, pile en face de moi, quelqu'un se tient devant la gare.

L'homme de mon cauchemar !

Chapitre 6

En un battement de cils, l'homme disparaît de ma vue.

Figée sur le trottoir, les bras ballants, je me retrouve à chercher partout quelqu'un qui n'est pas là. Ai-je eu une hallucination ?

Je secoue la tête et tente de recouvrer mes esprits. Ma grand-mère ne tardera pas à arriver, je n'ai pas le temps de me remplir le crâne avec ce genre de sottises. Cet homme ne peut pas être celui de mon rêve, c'est tout simplement impossible. Jared a raison, je suis trop souvent dans la lune.

D'un geste de la main, je chasse toutes ces pensées et me remets en marche. On voit que les journées raccourcissent, il commence déjà à faire plus sombre. Je suis certaine que ce n'est plus qu'une question de minutes avant que l'éclairage public ne soit allumé.

Une fois près de la gare, deux solutions s'offrent à moi : pénétrer dans le bâtiment ou descendre directement sur les quais par un vieil escalier en pierre. Vu qu'à la maison, je n'ai pas pris la peine de regarder sur le site internet par quelle voie ma grand-mère doit arriver, je choisis la première option afin de pouvoir consulter le tableau d'affichage.

Dès que j'entre dans l'édifice, un brouhaha irrégulier m'envahit : bruit des conversations, des bagages à roulettes qu'on tire sur le sol, de la monnaie rendue par les guichetiers et des haut-parleurs annonçant les prochains trains. Bien que ma ville ne soit pas des plus grandes, ici, il y a toujours un minimum d'individus en journée. Je n'y prête pas attention et me dirige vers le panneau central. J'y cherche le bon train du regard. Plus que quelques minutes avant qu'il n'arrive, voie n° 3.

Ne voulant pas être sur place à la dernière minute, je me précipite au fond du bâtiment. L'escalier extérieur n'est pas le seul accès aux quais ; à l'intérieur, un escalator offre aussi la possibilité de s'y rendre. Je l'emprunte et parviens au niveau du chemin de fer. Il suffit d'avancer de plusieurs pas pour atteindre la passerelle – une sorte de pont qui permet d'aller d'une voie à l'autre.

Je suis surprise par le peu de monde présent sur le quai ; le train ne tardera pourtant plus à arriver. Jusqu'à ce qu'une voix annonce environ dix minutes de retard dans les haut-parleurs, je reste étonnée de ne voir personne ou presque. Le retard devait sûrement être inscrit sur le tableau d'affichage et je n'y ai pas prêté attention, trop occupée à chercher la voie.

Résignée à devoir patienter, je m'adosse contre un muret et croise les bras. Un contretemps était à prévoir, cela se produit si souvent. Au fond de moi, je ne peux m'empêcher de me sentir soulagée. Plus le train sera lent, plus mes retrouvailles avec la vieille s'éloigneront.

Même si je sais que ça ne fait que reculer d'un peu plus l'échéance, cette pensée me rassure, comme si ma grand-mère n'allait en fin de compte jamais venir. J'ai pourtant conscience que c'est faux, qu'il faut que je me fasse à l'idée de la revoir après cette longue absence. Je n'ai aucune envie de me mettre à paniquer lorsque le véhicule entrera en gare.

Le vent, léger jusque-là, s'intensifie et me force à fermer ma veste. Il ne manquerait plus que j'attrape un rhume pour rendre cette semaine encore plus mauvaise.

Plus les minutes s'écoulent, plus je remarque des gens qui descendent l'escalator et rejoignent le quai sur lequel je suis. Malgré moi, je m'affole. Ma grand-mère sera bientôt là et je ne sais toujours pas quoi lui dire. Je me sens incapable de prononcer des mots tels que « contente que tu sois là » ou « bienvenue à la maison », car je ne les pense pas et ne les penserai probablement jamais. Pourtant, il va falloir que j'aie une parole agréable si je veux que les choses se passent bien, que mon frère puisse retrouver une famille sur qui compter, lui aussi.

La voix du haut-parleur résonne à nouveau. Plus que cinq minutes avant l'arrivée du train – et par conséquent, de ma grand-mère. Je m'évertue à me divertir en observant ce qui se déroule autour de moi, nerveuse et consciente que je ne peux éviter l'inévitable. Mon regard se promène de personne en personne, cherche une source de distraction. Le calme règne et je le regrette. Tous attendent et rien ne me permet d'oublier un court instant ce que je vais devoir affronter.

Je ne réussis pas à apaiser mon anxiété. Je me mets à

faire quelques pas et m'attire plusieurs coups d'œil étonnés. Ils sont toutefois le dernier de mes soucis.

Soudain, je m'arrête net, les yeux écarquillés sous le coup de la stupeur. Sur le quai juste en face du mien se tient l'homme de tout à l'heure. Celui de mon cauchemar !

Il est vêtu à l'identique : on jurerait qu'il sort tout droit d'un vieux film. Ses cheveux blonds sont mal coiffés, désordonnés ; ils lui donnent l'air de quelqu'un qui n'a plus dormi depuis longtemps. Trop longtemps.

Autre similitude avec mon rêve : ses iris d'un bleu profond sont rougis ; il a dû pleurer. Ils sont aussi très cernés, et avec sa peau très pâle, cela se remarque d'autant plus.

Contrairement à ce qu'il se passe dans mon cauchemar, cet homme n'est pas nerveux, encore moins perturbé. Je ne dirais pas pour autant qu'il est serein, tant s'en faut. Il paraît... absent. Comme s'il était là sans vraiment y être. Comme s'il ne voyait ni n'entendait ce qu'il y a autour de lui. Comme s'il n'avait pas le moins du monde conscience de se trouver à la gare, immobile le long de la voie quatre.

Une seule pensée me vient en tête : va-t-il tenter de mettre fin à ses jours ?

Je n'arrive pas à répondre à cette question et me contente de le fixer. C'est peut-être idiot, mais je m'attends presque à ce que la voix de mon cauchemar, celle qui m'implore de le sauver, surgisse dans mon esprit. Sans que je puisse l'expliquer, je sens qu'elle va se manifester, que je ne peux rien faire sans elle. J'ai le pressentiment que ça doit se dérouler ainsi.

Sur le coup, je me juge folle. Comment une voix inconnue pourrait-elle me parler uniquement de cette façon ? Comment puis-je être aussi sûre que cela va se produire ? Ce rêve a dû me retourner un peu trop le cerveau pour que je me mette à y croire !

Et pourtant, cet homme est là…

Me rendant compte que je le dévisage depuis plusieurs minutes, je baisse le regard, gênée, mais il ne m'a pas remarquée, perdu dans un monde où personne ne peut entrer. Je m'interroge : pourquoi est-il ici ? Qu'est-ce qui explique son air si triste ? Et surtout, que va-t-il faire ?

D'autres questions m'assaillent : si mon rêve se concrétise bel et bien et que cet inconnu essaie de se suicider, comment réagirai-je ? L'issue du cauchemar restera-t-elle inchangée ? Je ne veux pas y croire.

L'inquiétude m'envahit. Il faut que je fasse quelque chose ! Je me décide à tenter une approche. Je m'avance jusqu'au bord de la voie et interpelle ce mystérieux voyageur – si c'en est bien un.

— Monsieur ?

Je n'obtiens aucune réponse. Étrange. Ne m'entend-il pas ? À côté de lui, un homme me dévisage, mais je n'y prends pas garde.

— Excusez-moi ? Monsieur ?

Enfin, l'individu relève les yeux vers moi.

L'intensité de son regard me fait reculer. Je n'en ai jamais vu un qui soit aussi désespéré que le sien ! Cet être semble porter tout le malheur du monde sur ses épaules.

Me ressaisissant, j'attends qu'il parle en premier

avant d'oser lui demander si tout va bien, alarmée malgré moi par ce que je lis dans ses iris profonds. Mais il ne me répond pas. À la place, il avance d'un pas. Puis d'un autre. Et encore d'un autre. Jusqu'à se tenir au bord des rails.

Dans les haut-parleurs, la même voix que tout à l'heure annonce l'arrivée imminente du train. L'homme tourne la tête à droite, d'où la locomotive doit surgir. Lorsqu'il relève les yeux vers moi, une larme a déjà commencé sa course sur sa joue. Je lui trouve un air plus misérable ainsi ; aussitôt, je m'en veux pour cette remarque.

Plus je le dévisage et plus sa tristesse m'atteint. J'en viens à devoir lutter pour ne pas pleurer à mon tour. Que m'arrive-t-il ? Pourquoi le sort d'un inconnu me met-il dans un état pareil ?

« Pas si inconnu que ça », me souffle perfidement ma voix intérieure. Je chasse vite cette pensée, peu désireuse de m'imaginer que mon rêve est en train de se réaliser. C'est impossible !

Le sifflet du train retentit et le regard de l'homme change. Il acquiert une détermination qui, je le sens au plus profond de moi, n'annonce rien de bon. Je comprends que malgré mes vaines tentatives pour ne pas y croire, il va mettre fin à ses jours.

Affolée, je n'arrive plus à faire un seul mouvement ni à me concentrer sur quoi que ce soit d'autre que cet individu. Sans en être totalement certaine, je devine que j'ai besoin d'entendre cette voix me confirmer qu'il va attenter à sa vie, de l'entendre me demander de l'aider. Mais mis à part les bruits habituels à cet endroit, aucun son ne me parvient. Au loin, le train pointe le bout de son nez. Dans moins d'une minute, il sera là, devant moi.

Je cherche un soutien du regard, quelqu'un de plus proche de l'homme que moi qui pourrait l'empêcher de commettre le pire. Personne ne le fixe, comme s'il n'existait tout simplement pas. Comment peuvent-ils tous l'ignorer ? L'être humain est-il devenu cruel au point de rester insensible à la détresse de l'un de ses pairs ? Je refuse d'y croire.

Dans ma tête, le silence règne sans interruption. Lorsque je prends conscience du fait que le train continue à se rapprocher, je réalise que je n'entendrai rien. Que cette fois-ci, je ne suis pas dans un rêve et que si je ne réagis pas, cet homme va mourir sous mes yeux.

Je ne réfléchis pas : je fonce. Je bouscule deux ou trois personnes au passage et, sans prendre la peine de m'excuser, je me précipite vers la passerelle puis dans les escaliers en fer pour arriver à temps. Je dois empêcher ce suicide, je le sais. Cet ordre résonne en moi de plus en plus fort, me donnant la force de courir toujours un peu plus vite.

Alors que, plus déterminée que jamais, je grimpe enfin en haut de la passerelle et m'apprête à descendre sur la quatrième voie, l'homme ferme les yeux et saute sur les rails. Je devine qu'il va les traverser pour atteindre ceux du quai numéro trois, là où s'arrêtera le train. Vu que personne ne fait rien, je ne peux que crier, alarmée par ce qui va se produire et indignée par le manque de réaction des autres personnes présentes.

— Non !

L'homme ne sourcille pas malgré mon hurlement.

Désespérée, je presse le pas dans l'escalier et continue à l'interpeller, ainsi que les futurs passagers :

— Monsieur ! Non ! Quelqu'un, s'il vous plaît !

Mis à part le principal concerné, tout le monde se retourne vers moi, me dévisageant comme si je sortais droit d'un asile. Déjà lorsque je me suis mise à courir, plusieurs passants m'ont scrutée, comme pour chercher à savoir quelle mouche m'avait piquée. Ne voient-ils pas qu'une personne s'apprête à mettre fin à ses jours, là, juste sous leurs yeux ? Ce n'est pas vers moi qu'ils doivent aller, mais vers lui ! Je persévère dans mon sprint, il faut que je franchisse les derniers mètres qui me séparent de cet individu. Je dois l'aider. J'y suis presque. Je peux empêcher un drame d'arriver.

Mais dans une bourrasque, le train me dépasse, rejoignant l'homme bien avant moi.

Chapitre 7

Je hurle jusqu'à ne plus avoir de voix. Sous le choc, mes jambes cèdent sous mon poids et je me retrouve au sol. Affolés, plusieurs passants s'agglutinent autour de moi. J'ai du mal à les voir ; je me rends compte avec stupeur que c'est à cause des larmes qui dévalent mes joues. Je n'avais même pas conscience d'être en pleurs.

Alerté par tout le remue-ménage que j'ai provoqué, un contrôleur s'avance vers moi et se met à ma hauteur.

— Mademoiselle ? m'interpelle-t-il.

Difficilement, je relève la tête vers lui, incapable de prononcer le moindre mot.

— Mademoiselle, est-ce que tout va bien ?

J'ouvre la bouche pour lui répondre, mais aucun son n'en sort. Mes sanglots repartent de plus belle. J'ai l'impression d'étouffer.

Patient, l'employé de gare me dévisage et attend que je reprenne mon souffle. Dans un effort, je finis par haleter :

— L'homme… juste là… il…

— Quel homme ?

Je suis abasourdie par cette question. Il n'est tout de

même pas sérieux ? Comment peut-il ignorer ce qui vient de se passer ?

— Celui qui a sauté !

Sous le coup de l'émotion, mon cri ressemble plus à une plainte, mais je ne m'en soucie guère, perturbée par l'étrange expression de mon interlocuteur.

— De quoi parlez-vous ?

J'en deviens muette et ne peux m'empêcher de relever la tête vers la voie n° 3, celle où je me tenais encore il y a deux minutes. Je n'aperçois que le train. Les seuls regards alarmés que j'entrevois sont dirigés sur moi. Que vient-il d'arriver exactement ? Je me sens plus paumée que jamais. Où est cet individu ?

— Vous êtes sûre que tout va bien ? m'interroge le contrôleur. Je peux appeler quelqu'un si vous le souhaitez.

Je me contente de le dévisager, perdue dans mes réflexions. Je ne suis pas folle. Je reste certaine d'avoir vu cet homme – le même que celui de mon rêve – sauter sur les rails et se tuer !

— Mademoiselle ? insiste mon interlocuteur.

Je me force à répondre quelque chose, consciente qu'il ne me sera d'aucun secours. Pour une raison qui m'échappe, lui et les gens qui m'entourent ignorent tout de ce qu'il vient de se produire.

— Désolée, tout va bien.

— Vous en êtes sûre ?

— Un simple malaise, je pense.

Ce doit être la plus mauvaise excuse que j'aie inventée jusqu'ici. Je ne peux que me gifler intérieurement. Personne n'avalera ça ! Le regard du contrôleur se fait plus suspicieux et me le confirme. Je décide de m'éclipser avant qu'il ne soit trop tard.

— Pardon pour le dérangement, dis-je tandis que je me relève.

Puis, je m'éloigne, perturbée. Je n'arrive pas à comprendre comment personne n'a pu apercevoir cet individu sauter. Ça me semble tellement improbable ! Ne parvenant pas à y croire, je longe la voie jusqu'à distinguer l'avant du train. J'ai besoin de m'assurer de ce que j'ai vu.

Rien. Pas la moindre éclaboussure de sang. Tout comme il n'y a nulle trace de cet homme. On pourrait penser qu'il s'est juste envolé.

Ce n'est pas possible !

Je peste, commençant à douter de ma propre santé mentale. Aurais-je rêvé éveillée ? C'est la solution qui me paraît la plus plausible, mais je ne m'y résous pas. Je sais ce que j'ai vu !

Avisant le regard suspect du contrôleur, je m'empresse de partir. Je n'ai aucune envie qu'il vienne me reparler ou appelle quelqu'un. D'un pas que je souhaite normal, je me dirige vers la passerelle, prête à prendre l'escalator et à sortir de la gare. Il ne faut pas que je traîne trop si je ne veux pas que Miguel me téléphone pour savoir si tout se passe bien avec…

Ma grand-mère !

J'ai complètement perdu de vue son arrivée !

Je me maudis et pique un sprint sur la passerelle afin de rejoindre la bonne voie, ne me souciant plus d'être à nouveau le centre des regards. Miguel me tuerait s'il apprenait que j'ai supprimé la vieille de mes pensées, même momentanément.

Tout en courant, je la repère : elle est en train de chercher quelque chose – il y a de fortes chances que ça soit moi ou mon frère qu'elle s'efforce de trouver ainsi. Je me fige sur place ; pendant plusieurs secondes, j'en oublie ce qui vient de se produire, ce que j'ai vu ou cru voir. Toutes mes appréhensions refont surface et je suffoque, incapable de savoir quoi faire. Incertaine, je m'avance vers elle, la boule au ventre.

Je ne sais comment, elle me remarque et s'approche de moi à son tour.

— Cassandra, m'accueille-t-elle.

Son sourire est forcé, je le sens. Est-elle nerveuse, elle aussi ? Au fond de moi, je me dis qu'elle peut l'être. C'est à cause d'elle qu'on en est là.

— C'est Cassie.

— Je préfère Cassandra.

Afin de ne pas répliquer, je me mords la lèvre inférieure. Ces retrouvailles s'annoncent déjà bien…

— Cela fait si longtemps que je ne t'ai pas vue, enchaîne-t-elle.

— Plus de deux ans.

Son regard s'assombrit. Malgré ma rancœur à son égard, je me remémore les mots de Miguel sur le fait qu'elle déplore ce qui s'est passé entre nous trois. Peut-être est-ce vrai, après tout. Prise d'une pulsion soudaine, et désireuse de faciliter la tâche à Miguel, je l'interroge :

— Comment vas-tu… depuis la dernière fois ?

Comme je m'y attendais, elle semble ravie de mon initiative. Je n'ai pas l'occasion de regretter ma question qu'elle y répond :

— Je fais aller. Ce n'est pas toujours gai de vivre seule, surtout lorsqu'on est une vieille dame, mais avec le temps, j'ai appris à me débrouiller. Et toi, que deviens-tu ? Tu as tellement grandi, c'est incroyable !

— Moi, ça va.

Je ne trouve rien d'autre à lui dire. Je ne vois même pas ce que je pourrais ajouter.

Je sens qu'elle va revenir à la charge. Je le lis sur son visage. Pour l'éviter, je m'empresse de reprendre la parole :

— Miguel m'a donné un peu d'argent pour payer le taxi, afin que tu n'aies pas à marcher ou faire le trajet en bus.

— C'est très aimable à lui. Tu peux m'aider avec mes valises ? J'en ai deux et j'ai eu un mal fou à les tirer de chez moi à mon train. Je ne pense pas être capable de recommencer jusqu'au taxi.

— Bien sûr.

Un silence gêné s'installe entre nous, pendant lequel je dois constamment m'empêcher de songer à cet homme, ce mystérieux suicidé. Je chasse mes pensées parasites et m'empresse de saisir ses bagages. Nous remontons dans le hall de la gare. Tandis que je sors héler un taxi, ma grand-mère me suit sans un mot. Le retour à la maison promet d'être long et pesant. Du moins, je le croyais, car à peine assise dans le véhicule, la vieille reprend la parole :

— Tu me sembles plutôt fatiguée.

— Ah ?

Ce qu'il vient de se passer se voit-il sur mon visage ? J'espère que non, qu'elle me demande ça dans l'unique but de relancer la conversation. Je ne veux pas avoir à répondre aux interrogations de Miguel s'il remarque quoi que ce soit.

— Tu as bien dormi cette nuit ?

— Oui.

Je lutte contre le frisson qui s'empare de moi lorsque je repense à mon rêve.

— On ne dirait pas. Tu ne vas pas au lit trop tard, au moins ?

Sa façon de me materner et de me poser tout un tas de questions m'insupporte, mais je n'en laisse rien paraître et soupire de la manière la plus discrète possible.

— Non.

Elle ne s'arrête pas là et continue son raisonnement à voix haute :

— Peut-être… Oui, c'est cela sans doute.

— Quoi donc ?

Malgré moi, je suis intriguée. De quoi parle-t-elle ? En quoi mon sommeil est-il si important à ses yeux ?

— Je réfléchissais. Tu dois faire des cauchemars, et ce sont eux qui te donnent cette mine si fatiguée. Je me trompe ?

À ces mots, je relève vivement la tête. J'ignore d'où me vient cette impression, mais je suis persuadée que cette phrase n'est pas anodine, que ma grand-mère voulait que notre conversation prenne ce tournant, comme si elle savait pour mon rêve récurrent. Mais comment le pourrait-elle ? Même à mon frère, je me suis toujours refusée à en parler.

— Je m'en doutais, murmure-t-elle alors que le taxi arrive dans ma rue.

Chapitre 8

J'ai du mal à cacher mon trouble lorsque je sors du taxi. Comment ma grand-mère peut-elle avoir deviné pour ce cauchemar ? J'ai eu beau avoir nié avant de m'extirper de la voiture, son regard m'en a dit long : elle sait.

Je dois me calmer, il faut que j'arrête de songer à ce rêve et à ce que j'ai vu aujourd'hui. Je respire profondément, puis tente de chasser mes pensées tout en attrapant les valises de la vieille, pas encore prête à ce qu'elle vienne loger chez moi. D'une démarche lente, je remonte le chemin jusqu'à la porte d'entrée et me sens soulagée lorsque Miguel l'ouvre ; je n'aurai pas à rester seule plus longtemps avec notre grand-mère.

D'un sourire qui semble sincère, mon frère l'accueille :

— Bienvenue à la maison !

— Merci, mon grand.

Aux yeux de notre aïeule, Miguel n'a pas cessé de sourire. Mais pour moi, qui le connais bien, il a légèrement grimacé en entendant le surnom que lui donnait notre père. Un mouvement presque imperceptible.

On dirait que lui aussi a un peu de mal avec ces retrouvailles, en fin de compte.

Un silence pesant s'installe, aucun de nous ne sait quelle parole prononcer. Il faut quelques secondes pour que mon frère le brise :

— Veux-tu que je te montre où tu vas dormir ? demande-t-il.

— Je suppose que la chambre de Nils et Audrey n'a pas changé de place.

— En effet.

— Je me débrouillerai. Tu serais gentil de m'apporter mes bagages là-haut.

— Avec plaisir.

Acquiesçant d'un signe de tête, la vieille se dirige vers les escaliers et monte à l'étage pour se poser. Alors que je m'apprête à gagner la cuisine pour manger un en-cas, mon frère m'attrape par l'épaule.

— Cassie, m'interpelle-t-il.

— Oui ?

— J'ai essayé de t'appeler tout à l'heure, mais je n'ai pas réussi à te joindre. Un souci ?

Et merde ! Je savais qu'il allait finir par s'en rendre compte. Je vais devoir tout lui avouer, je n'ai pas d'autre choix. Cependant, quand je croise son regard inquisiteur, la peur de le décevoir refait surface et je me retrouve incapable de lui dire ce qui est arrivé.

— Cassie ? insiste-t-il.

Il faut que je me lance :

— Ne sois pas fâché. Il... Je l'ai oublié à l'école.

Quel mensonge pitoyable !

Je m'en veux immédiatement après l'avoir inventé.

J'aimerais presque que mon frère le décèle pour que je sois forcée de passer aux aveux, mais il n'en fait rien et se contente de lever les yeux au ciel.

— Tête en l'air, se moque-t-il. J'espère que tu le récupéreras facilement demain.

— Moi aussi, dis-je en culpabilisant encore plus devant la confiance qu'il me montre.

Prise de remords, je décide de me jeter à l'eau et de tout lui révéler, prête à affronter son regard déçu et accusateur. La vieille, qui réapparaît dans l'escalier, m'en empêche :

— Je suis navrée, Miguel, je vais vraiment avoir besoin de mes valises. Le voyage m'a fatiguée et j'aimerais me rafraîchir un peu, si tu le permets.

— J'arrive tout de suite.

Le sourire aux lèvres, ma grand-mère disparaît à nouveau. Miguel, lui, attrape ses deux bagages.

— Ça n'a pas été trop pénible à la gare ? me demande-t-il tout en rejoignant l'escalier.

Je me force à ne pas songer à cet homme avant de lui répondre.

— Ça aurait pu être pire.

— Je pensais que vous seriez là plus tôt, c'est pour cette raison que j'ai essayé de te téléphoner. Le train avait du retard ?

Je hoche la tête, prête à quitter le corridor. Mon frère commence à gravir les marches lorsqu'il s'arrête pour m'interpeller à nouveau :

— Au fait, Cassie…

— Quoi ?

Un peu agacée d'être retenue pour la seconde fois

alors que je tente d'aller dans la cuisine, j'ai soufflé plus que je n'ai répondu, mais Miguel ne s'en offusque pas.

— Tu n'es plus fâchée ? Pour hier…

Son regard désolé est sincère. Je ne peux qu'en sourire.

— Non.

Sur cette courte parole, je me rends enfin dans la pièce désirée, déterminée à avaler quelque chose. Malgré mes efforts, ma culpabilité ne me quitte pas. Comment pourrais-je lui en vouloir après lui avoir caché la vérité ?

Tandis que je me prépare un sandwich, je l'entends redescendre les escaliers et me décide à le rejoindre dans le salon. Plus rapide que moi, il y patiente déjà lorsque j'y mets les pieds. Il ne pense même pas à me réprimander parce que je mange en dehors de la cuisine ; la visite de notre grand-mère le perturbe plus que je ne le croyais. Je ne peux m'empêcher de lui poser une question :

— Alors ? Toujours convaincu que ce séjour est une bonne idée ?

Miguel relève la tête, l'air confiant.

— Pour l'instant, je trouve que ça ne se passe pas trop mal. Et toi ?

— Ça va.

— Tu mens, m'accuse-t-il avec le sourire.

J'en reste sans voix tant il est sûr de lui.

— Tu n'es pas dans ton état normal depuis que tu es rentrée, pas la peine de me le cacher, poursuit-il. Que s'est-il passé à la gare ?

Même si je sais qu'il ne veut parler que de notre

grand-mère, j'ai des sueurs froides au simple fait de songer de nouveau à ce lieu et à ce que j'y ai vu. J'hésite à en discuter avec lui. Me croira-t-il ? Ou me pensera-t-il folle, à l'instar de ce contrôleur ? Je n'ai pas le cœur à l'embêter avec mes soucis, je suis déjà un fardeau assez lourd.

— Pas grand-chose. Elle m'a juste posé beaucoup de questions.

— Il fallait s'y attendre, me répond-il.

— Je sais. C'est son attitude qui m'a déplu, à faire comme s'il ne s'était jamais rien passé.

— Je vois…

— J'ai dû prendre sur moi pour ne pas m'emporter.

Cela me soulage de pouvoir lui dire la vérité sur ces retrouvailles, bien que j'omette certains détails. Sans pouvoir l'expliquer, je ne veux pas lui assurer que tout va pour le mieux si ce n'est pas le cas. Miguel désire qu'on reforme une famille authentique et je souhaite l'aider à réaliser ce rêve, mais pas en mentant. Si ça doit se produire, c'est qu'on y aura tous mis du nôtre.

— Merci d'avoir fait cet effort. Je sais que ce n'est pas facile pour toi et que tu n'avais pas hâte qu'elle vienne à la maison. Alors merci.

— Je suis ta petite sœur, c'est mon rôle d'être sympa avec toi. De temps en temps.

— De ta part, cette phrase ne m'étonne même pas.

Un bruit de porte qui claque détourne notre attention vers le corridor. La vieille ne tardera plus à redescendre.

— Tu veux bien nous tenir compagnie au salon ? me demande mon frère, redevenu sérieux.

En temps normal, j'aurais protesté pour pouvoir

m'éclipser dans ma chambre et éviter de la voir le plus possible ; je n'aurais pas encore été prête à fournir autant d'efforts, surtout après son interrogatoire dans le taxi. Là, je sais que si je me retrouve seule, je ne pourrai pas m'empêcher de repenser à ce qu'il s'est passé plus tôt, et je n'en ai aucune envie. Mieux vaut que je reste en bas.

D'un mouvement de tête, j'acquiesce et, comme nous nous y attendions, notre grand-mère redescend l'escalier du vestibule pour venir nous rejoindre au salon. Lorsque Baron va à sa rencontre pour lui quémander de l'affection, j'en demeure sans voix. Si ce chat est très câlin, d'ordinaire il ne l'est qu'avec moi. Je crois que je vais devoir revoir ma théorie sur son bon goût…

Miguel invite la vieille à s'installer et lui propose à boire. Pendant qu'il va la servir, elle se tourne vers moi et, une fois de plus, me questionne :

— Tu ne te changes pas ?

Même si je suis soulagée de ne pas l'entendre me parler de mon sommeil, ses mots me désarçonnent quelques secondes.

— Me changer ? finis-je par répéter.

— C'est une tenue de sport que tu portes, précise-t-elle en regardant mon sweat.

— Je n'ai pas fait de sport, ce sont mes habits normaux.

Croit-elle vraiment que je ferais de l'exercice en jean ?

— Ce n'est pas très élégant, surtout pour une aussi jolie fille que toi.

Je lutte pour ne pas rire devant une telle remarque.

Que répondre à cela ? J'ai peur de l'offenser si je me mets à lui parler de nos époques différentes. Par chance pour moi, Miguel arrive à ma rescousse.

— La mode, ça va, ça vient.

— Je n'y comprendrai jamais rien, soupire la plus âgée tandis que mon frère lui tend son verre.

— Et comment te portes-tu ? enchaîne-t-il. Tu m'as l'air en bonne santé.

— Je le suis. Du moins, tant que mes rhumatismes ne sont pas là pour m'ennuyer.

Maintenant que Miguel le souligne, c'est vrai que je la trouve aussi très en forme pour son âge. Lorsque j'ai transporté ses valises jusqu'au taxi, elle ne m'a pas paru épuisée – bien qu'elle l'ait prétendu. Elle m'a même suivie d'un bon pas. Je l'imagine mal avec des rhumatismes.

— Je dois reconnaître que je suis plutôt fière de toi, reprend notre aïeule à l'intention de mon frère. Tu as parfaitement entretenu les lieux pendant tout ce temps.

Malgré moi, ces paroles m'énervent. Ce n'est pas un secret qu'elle a toujours jugé Miguel incapable de gérer la maison, la galerie et mon éducation. Je ressens plus son étonnement que sa soi-disant fierté dans cette phrase. Même si j'ai conscience que ce n'est pas une bonne idée, j'ai envie de lui répliquer que Miguel s'est très bien débrouillé sans aucune aide, nonobstant son lâche abandon. Prenant sur moi, je reste silencieuse et attends la réponse de Miguel. À sa tête, je devine que des réflexions identiques lui ont traversé l'esprit. Je ne peux m'empêcher d'espérer qu'il la remette à sa place d'une façon polie, comme il sait si bien le faire.

Peine perdue.

— Merci.

Je n'arrive pas à y croire, ne parviens pas à comprendre qu'il ne trouve que ça à dire. Elle a été plus qu'injuste avec nous et même s'il veut réparer les pots cassés, il est dans son droit de lui infliger des reproches, de mettre les choses au clair pour enfin réussir à avancer. Je ne lui connaissais pas cette hypocrisie.

Silencieuse, je les dévisage pendant qu'ils échangent des banalités. Leur conversation me donne l'impression qu'il ne s'est jamais rien passé, que nous avons quitté ma grand-mère la semaine dernière. Qu'elle n'est là que pour un séjour de routine. Je sens mon sang bouillir et me lève avec précipitation. Je ne dois pas rester ici, sans quoi je finirai par prononcer des paroles que je pourrais regretter.

Sans fournir la moindre explication, je prends la direction de l'escalier. Dégoûtée par leur attitude, je ne réponds même pas à leurs appels.

J'entre dans ma chambre et me laisse tomber sur mon matelas. Quelque chose ruisselle sur mes joues : des larmes. Il faut croire que je n'aurai fait que ça aujourd'hui… Inspirant profondément, je tente de me calmer.

J'entends des pas dans les escaliers, sans doute Miguel. Je ne me trompe pas : plusieurs secondes plus tard, on frappe à ma porte. J'ai à peine le temps d'essuyer mes larmes avec la manche de mon pull que mon frère pénètre dans la pièce.

— Cassie ? m'interroge-t-il.

Je me redresse en position assise mais ne lui réponds

pas.

— Que t'arrive-t-il ? Tu es partie si vite.

Je prends ma décision : mieux vaut être honnête.

— Je ne peux pas.

Mes mots sont froids et je m'en désole. J'aurais tant voulu que tout se déroule bien, mais c'est plus fort que moi : il m'est impossible de supporter la présence de ma grand-mère et encore moins cette ambiance familiale hypocrite. En silence, Miguel s'installe à côté de moi. Je devine sans peine qu'il ne s'en ira pas tant que je ne lui aurai pas tout avoué.

Après quelques secondes, je reprends la parole :

— Je n'y arrive pas. Pardon. Vous regarder parler comme… comme si rien ne s'était passé, ça m'énerve et me met hors de moi…

— C'est pour cette raison que tu t'es sauvée ?

Je hoche la tête.

— Si j'étais restée, tu n'aurais pas apprécié ce que j'aurais fini par dire.

— Je vois.

Il soupire, mais n'ajoute rien. J'ai le sentiment qu'il réfléchit. Je me tais aussi, étonnée. Je m'attendais à ce qu'il me demande de faire des efforts, qu'il me sermonne un minimum. Pas à ce silence.

— Je n'aurais pas cru que ce serait si difficile, m'avoue-t-il. Pas à ce point. Je savais que ça ne serait pas facile, mais pour toi, c'est encore pire que ce que j'avais prévu.

— Désolée.

— Ne t'excuse pas, c'est compréhensible, sourit-il. Je suis d'avis que les choses vont s'arranger, il faut juste leur laisser un peu de temps.

Sur ce point-là, il est bien plus optimiste que moi. Je me garde de le lui dire.

— Je ne te forcerai pas à rester avec elle, si ça ne va vraiment pas, poursuit-il. Penses-tu arriver à faire « comme si » pendant le dîner ?

— Je crois… Ça devrait aller, oui.

D'un geste affectueux, Miguel m'ébouriffe les cheveux.

— J'expliquerai à grand-mère que tu étais nauséeuse pour justifier ton brusque départ.

— Merci.

— Et si ça peut t'aider à te sentir mieux avant de passer à table, imagine la tête qu'elle fera en apprenant que c'est moi qui cuisine dans cette maison.

Je pouffe, ne pouvant m'en empêcher, tandis que Miguel redescend au rez-de-chaussée. Je n'y avais pas songé, mais sa remarque est fondée. La famille de mon père a toujours été vieux jeu et je me réjouis presque de voir sa réaction lorsqu'elle le découvrira.

Je parviens enfin à me calmer. Ce n'est pourtant pas une bonne chose. Comme je le pressentais un peu plus tôt, les images de ce qui m'est arrivé à la gare reviennent me hanter, m'apportant encore plus d'interrogations : que s'est-il passé ? Y a-t-il vraiment eu quelque chose ? Cet homme est-il réel ou l'ai-je imaginé ? Qui est-il même ? Pourquoi suis-je la seule à avoir été témoin de son suicide ? Et pourquoi ai-je déjà rêvé de cette scène à maintes reprises ? Comment est-ce possible ?

Tant de questions auxquelles je suis incapable de répondre…

Il se fait tard. La soirée est bien entamée. D'un rapide signe de main, je salue mon frère et la vieille, puis me dirige vers ma chambre. Le repas s'est déroulé sans que nul incident vienne le gâcher, je me félicite de n'avoir craqué à aucun moment. Il faut dire que Miguel est intervenu chaque fois que la situation devenait tendue.

Je n'ai toujours pas réussi à me sortir ce mystérieux suicidé de la tête. Bien que je me sente fatiguée, je sais que je ne dormirai pas de sitôt. J'ai besoin d'oublier tout ça un instant, d'y voir plus clair. Si je ne me change pas les idées, je risque de m'éveiller encore plus épuisée demain matin.

Je prends place devant mon ordinateur et l'allume. Au démarrage, Skype se connecte automatiquement. Quelques secondes plus tard, je reçois un nouveau message et l'affiche. Sans surprise, il s'agit de Laura :

« Alors, ta grand-mère ? »

Qu'elle y ait pensé me touche ; je ne peux m'empêcher de sourire. Je m'installe plus confortablement. Parler avec elle va me faire du bien. Je sais que je peux tout lui dire, au moins au sujet de la vieille.

« Ça aurait pu être pire. Elle m'a juste posé tout un tas de questions. »

« J'imagine. Bon courage ! »

« Merci. Je vais en avoir besoin… »

« À cause de ta grand-mère ou pour un autre truc ? »

J'ignore comment fait mon amie pour être aussi perspicace ! Même derrière un écran, lorsque ça ne va pas, elle réussit à le deviner à tous les coups.

« Comment peux-tu le savoir ? »

« Je te connais, c'est tout. Tu veux en parler ? »

J'hésite, mais finis par me dire que j'ai besoin de me confier pour ne pas terminer cinglée. Chacun de mes mots est pesé avant que je ne les envoie.

« Il m'est arrivé une chose bizarre à la gare, que je ne parviens pas à comprendre et… qui me donne la sensation de devenir folle. »

« Si ça peut te rassurer, tu l'as toujours été ! »

« Laura ! Je suis sérieuse… »

« Excuse-moi. Raconte-moi tout, ma belle. »

« Quand j'étais sur le quai, j'ai aperçu un homme. Et cet homme, je l'avais déjà vu… en rêve. »

« En rêve ? »

« C'était plus un cauchemar, en fait. Bref, le train avait du retard, je l'attendais et c'est là que je l'ai repéré. Il n'avait pas l'air aussi triste que dans mon souvenir, mais je savais qu'il allait faire la même chose. »

« Il allait faire quoi ? »

« Se suicider… »

« Mon Dieu ! Mais qu'est-ce qu'il s'est passé à la gare ? Tu vas bien au moins ? »

« C'est là que ça se complique… J'ai vu cet homme se tuer… et je n'ai pas réussi à l'en empêcher. J'ai crié et certaines personnes présentes, dont un contrôleur, sont venues me trouver… Personne à part moi n'a remarqué quoi que ce soit. »

« Tu te moques de moi ? »

« Je te jure que non. Et l'homme avait disparu. »

« C'est impossible ! »

« Je me sens complètement folle et pourtant, je suis sûre de ce que j'ai vu… Je ne sais plus quoi croire ! »

L'écrire me libère. J'ignore ce qu'en pense Laura, mais je suis soulagée de ne plus le garder pour moi. Nerveuse, j'attends sa réponse. Elle s'éternise pour la rédiger. Cherche-t-elle ses mots pour me rassurer ?

Enfin, un nouveau message s'affiche sur mon écran :

« Peut-être que ça n'était qu'un rêve ? Tu as souvent la tête dans les nuages (ne le prends pas mal, tu sais que je t'aime comme ça). Ce que je veux dire, c'est qu'il est possible que tu te sois assoupie pendant que tu patientais, à mi-chemin entre le rêve et la réalité. Tu as cru voir quelque chose et tu as réagi. Tu ne penses pas ? »

« Tu as sans doute raison… »

Cette hypothèse m'a aussi traversé l'esprit. Je sais que ce n'est pas impossible. Après tout, je fais ce cauchemar de plus en plus régulièrement et il est probable que j'aie confondu la fiction et le monde réel, comme elle le pense. Ça expliquerait l'absence de réaction de toutes ces personnes, le fait qu'elles se soient tournées vers moi plutôt que vers cet homme lorsque j'ai crié pour qu'on lui vienne en aide.

Plus j'y réfléchis, plus je me dis que c'est ce qui m'est arrivé aujourd'hui. Je n'avais pas bien dormi, j'étais préoccupée, il n'y a donc rien d'anormal à ce que je me sois assoupie un moment.

Oui, c'est cela la solution. Il faut que j'arrête de m'inquiéter.

Rassurée, je continue à papoter avec Laura pendant presque une demi-heure. Même si nous parlons de tout et de rien, nos discussions tardives ont toujours eu le don de me changer les idées.

Lorsque mes yeux commencent à me piquer, je vais me coucher, enfin sereine.

Chapitre 9

Elle court. Elle court le plus vite possible afin de l'atteindre à temps. Mais le train la dépasse et l'homme disparaît de sa vue.

Impuissante, elle se laisse tomber sur le sol : elle pleure. Elle a échoué, elle n'est pas parvenue à le sauver. Elle a pourtant imaginé si fort qu'elle y arriverait. Même cette voix sortie de nulle part en paraissait convaincue.

Il faut croire qu'elles se sont toutes les deux trompées… L'homme est mort.

Devant l'horreur de ce qui vient de se produire juste sous ses yeux, la jeune fille ne peut plus bouger, paralysée sur place. Elle ne s'est jamais sentie aussi seule au monde.

Tu ne l'as pas empêché de mourir, lui reproche la voix.

— J'ai essayé, murmure-t-elle. J'ai vraiment essayé…

Mais tu as échoué…

— Je ne voulais pas. Je...

Tu as échoué !

Comme une litanie, ces derniers mots résonnent dans

sa tête, de plus en plus fort, de plus en plus méchamment.

— Non ! Non, ne peut-elle que répéter, d'un ton toujours plus faible…

Dans un cri, j'ouvre grand les yeux.

Ma respiration est haletante. Mon cauchemar n'avait encore jamais été si loin !

Il me faut quelques minutes avant de recouvrer mes esprits, plus secouée que les autres fois. Par chance, je ne perçois aucun bruit dans la maison. Mon hurlement n'a pas réveillé ma famille.

J'inspire profondément et tressaille au souvenir de mon rêve. Je ne parviens pas à oublier la froideur et la tristesse de cette voix lorsqu'elle m'a reproché mon échec. Je frissonne à la simple pensée de ce qu'il se serait passé à la gare si je l'avais aussi entendue.

Malgré ma conversation de la veille avec Laura, je ne peux m'empêcher d'avoir à nouveau des doutes, de me dire que ce qui est arrivé est réel, bien qu'il existe de nombreuses preuves du contraire.

Ne pouvant plus rester couchée – pas après ça –, je m'assieds et regarde mon réveil. Il est trop tôt pour que je me lève déjà, mais il faut que je m'aère l'esprit si je veux pouvoir finir ma nuit.

Sans faire de bruit, je me hisse hors de mon lit pour attraper le gilet qui pend à ma chaise de bureau. Je l'enfile, sors de ma chambre et descends les marches de l'escalier sur la pointe des pieds. Je n'allume la lumière qu'une fois arrivée dans la cuisine ; je suis certaine que même si Miguel et la vieille se réveillent, ils ne s'apercevront de rien. Je n'ai pas envie de les inquiéter pour un simple cauchemar – si c'en est vraiment un…

J'ouvre le réfrigérateur et me sers un verre de lait. À force d'avoir crié, ma gorge est sèche ; je déteste cette sensation. Baron vient se frotter contre mes jambes. Il doit être étonné de voir qu'il n'est pas le seul debout à cette heure. Je le soulève dans mes bras et, tout en le caressant, écoute son doux ronronnement. Ce son m'apaise depuis que je suis enfant.

Je reste ainsi plusieurs minutes, mais les dernières bribes de mon cauchemar refusent de s'évanouir. Dans un soupir, je finis par reposer le chat à terre et reprends la direction du vestibule. Je ne remonte pas à l'étage ; j'attrape mon sac de cours et en sors mon trousseau de clefs. L'air frais me fera du bien. Sans perdre plus de temps, j'ouvre la porte, puis m'engouffre à l'extérieur.

Le vent est plus glacial que je ne l'avais imaginé. Il m'oblige à boutonner mon gilet, à croiser les bras autour de ma taille pour conserver un peu de chaleur. Je fais fi de ce froid. Après avoir fermé la porte derrière moi, je m'assieds sur les marches du perron. L'éclairage public est allumé. Malgré ça, si je lève la tête, les étoiles s'offrent à ma vue.

Petite, il arrivait que lors d'une nuit d'été chaude, notre père installe des couvertures dans notre jardin pour que Miguel et moi puissions observer les astres. Notre jeu favori consistait à les relier entre eux pour former quelque chose. Parfois, ce que nous trouvions représentait une constellation réelle et notre père, ravi de notre découverte, s'empressait de nous donner son nom. Mais le plus souvent, les traits que nous tracions étaient imaginaires. Je me rappelle qu'un jour, grâce à notre père, nous avons même réussi à créer une sorcière ainsi.

Je me laisse submerger par ce souvenir et oublie tout le reste. L'incendie, ma grand-mère, cet homme ; plus rien de tout cela n'existe. Du moins, jusqu'à ce qu'un bruit dans mon dos me ramène à la réalité.

Quelqu'un s'approche de l'entrée. Je suppose que Miguel s'est levé et a remarqué que je n'étais pas dans ma chambre. Je soupire et profite de mes dernières secondes de tranquillité. Derrière moi, la porte finit par s'ouvrir.

— Cassandra ? m'interpelle une voix plus âgée.

Je grimace. J'aurais de loin préféré qu'il s'agisse de mon frère.

— Tout va bien ? Je t'ai entendue quitter ta chambre et je commençais à m'inquiéter de ne pas te voir remonter.

Bien sûr…

— J'étais simplement descendue pour boire un verre de lait.

— Dehors ? m'interroge-t-elle avant que je n'aie le temps d'ajouter quoi que ce soit.

— J'ai eu envie de prendre l'air après, c'est tout.

À mon grand désarroi, ma grand-mère prend place à mes côtés. Du coin de l'œil, je l'observe regarder le ciel à son tour. J'ignore si je dois rester ou non. Tout comme j'ignore la raison de sa présence.

Un moment d'oubli, est-ce vraiment trop demander ?

Au bout de quelques secondes, un mot franchit ses lèvres :

— Cauchemar ?

Mes ongles s'enfoncent dans la paume de mes mains. Je me rends compte que je maintiens mes poings fermés depuis que ma grand-mère m'a rejointe.

Me détendre. Je dois me détendre si je veux terminer cette conversation au plus vite.

— Non.

Ma voix ne me trahit pas et je m'en félicite. La vieille est bien la dernière personne avec qui je souhaite parler de ce rêve.

— Je t'ai entendue crier, un peu avant que tu descendes.

Je tourne la tête vers elle et rencontre son regard accusateur. J'en reste muette tant les émotions y sont présentes. Colère, compassion et peur se mélangent dans ses yeux noisette, me laissant confuse.

— Tu fais souvent ce cauchemar, n'est-ce pas ?

Comment peut-elle savoir ça ?

Mon cœur s'affole dans ma poitrine. Je dois mettre un terme à cette discussion ! C'est impossible qu'elle soit au courant.

— Je ne comprends pas ce que tu veux dire.

— Ne te réveilles-tu jamais dans un sursaut ? insiste-t-elle. Te rappelles-tu avec précision ce que tu as vécu pendant ce rêve ?

À cran, je me lève d'un bond.

— Je suis fatiguée, excuse-moi.

Alors que je m'apprête à m'engouffrer dans le vestibule, sa voix résonne une fois de plus :

— Tu ne pourras pas toujours fuir, Cassandra.

Je n'arrive pas à déterminer si elle parle encore de ce cauchemar ou si elle me parle d'elle. Mais une chose est sûre : je ne resterai pas une minute de plus en sa compagnie.

— C'est Cassie, protesté-je avant de battre en retraite dans ma chambre.

Moi qui souhaitais me changer les idées, c'est raté. J'ai l'impression que ce n'est pas cette nuit que je dormirai bien…

Incapable de fermer l'œil, je prends une décision : il faut que je retourne à la gare. Je dois m'assurer que rien ne m'a échappé, qu'il n'y a réellement personne qui a vu ce que j'ai vu. J'ai besoin d'avoir des réponses, sans quoi je vais devenir folle.

Pour la première fois depuis hier, il me semble que je fais le bon choix quant à ce qui s'est passé, comme si une force m'empêchait d'être tranquille tant que je ne serai pas revenue sur place.

Incertaine vis-à-vis de ce que je découvrirai demain, je ferme enfin mes paupières.

Je m'éveille après une courte – bien trop courte – nuit de sommeil, déterminée à me rendre à la gare sans pour autant manquer les cours. Le temps de m'apprêter, je file à la cuisine pour emporter un petit-déjeuner avec moi. Par chance, Miguel est déjà parti à la galerie et ma grand-mère dort encore.

En quelques minutes, je suis dehors et fonce dans les rues. Si je suis assez rapide, je parviendrai même à avoir un bus pour être à l'école à l'heure. Je ne m'arrête pas une seule fois malgré les doutes qui germent dans ma tête : est-ce réellement une bonne idée ? Vais-je trouver des réponses, ou de nouvelles interrogations ?

J'arrive devant la gare et chasse toutes ces pensées. Ce n'est pas le moment de faire marche arrière. Ma grand-mère a au moins raison sur un point : je ne peux pas toujours fuir. D'un pas confiant, j'emprunte l'escalier qui mène aux quais et me rends sur la voie n° 4. C'est là que cet homme se tenait avant de se tuer, c'est là que j'attaquerai mes recherches. Mais pour chercher quoi, au juste ? Hier, même en allant au-devant du train juste après la mort de cet individu, je n'ai rien pu dénicher.

Je regarde autour de moi. Il y a peu de monde sur les quais et il ne me semble pas reconnaître quelqu'un qui était présent la veille. Les questionner sur cet homme serait une perte de temps, j'en ai conscience. Retourner ici n'était peut-être pas une mauvaise idée, mais y revenir sans avoir préparé quoi que ce soit pour obtenir des réponses n'était pas des plus malins. Je n'aurais pas dû agir sur un coup de tête.

Me concentrant sur les lieux, j'essaie de réfléchir quant à la méthode à adopter. Il y a forcément quelque chose que je peux faire, un endroit par où commencer. Le tout, c'est de le découvrir…

Un bruit de valise à roulettes capte mon attention. Je relève les yeux dans sa direction. Un couple et leur petite fille viennent d'arriver sur le quai, un grand sourire aux lèvres. Sans doute un départ en vacances prématuré ; il n'est pas rare de voir des gens quitter la ville en période scolaire lorsque leurs enfants sont toujours à l'école primaire.

Je les observe plusieurs secondes. Je devais avoir le

même âge que cette fillette la première fois que je suis montée à bord d'un train avec ma famille, pour partir à Disneyland. C'était l'époque où tout allait encore bien…

Je retrouve vite mes esprits. Ce n'est pas le moment d'être nostalgique. Je ne suis pas venue ici pour ça. Je détourne les yeux et rencontre un regard familier. Je sursaute, prise au dépourvu.

Comment est-ce possible ?

Là, juste devant moi, à quelques mètres à peine, se tient l'homme de la veille, celui que j'ai vu se faire tuer !

Je chancelle, ne pouvant y croire. Ce type est mort !

Avant que j'aie le temps de m'interroger davantage, il me tourne le dos et se met en marche. Je ne prends pas la peine de réfléchir : je le suis.

Il se dirige vers la passerelle. Veut-il changer de voie ? J'ai envie de l'interpeller, mais je me retiens de justesse. Hier, personne ne l'a repéré hormis moi. S'il en est de même aujourd'hui, je dois me montrer prudente. Je ne tiens pas à me faire remarquer. Je me contente de le suivre en tâchant d'avoir l'air d'une personne qui quitte le quai.

L'homme accélère de façon soudaine. Il me faut un instant pour réagir et presser le pas à mon tour. Il est inconcevable que je le perde de vue ! J'ai une foule de questions à lui poser et je compte bien en obtenir les réponses !

Il atteint la passerelle, se met à courir. On dirait qu'une sorte de nervosité l'a gagné. Je tente de le rattraper mais bouscule quelqu'un au passage.

— Désolée.

Après cette courte excuse, sans un regard pour la

personne que j'ai poussée, je cherche l'individu des yeux, prête à me relancer à sa poursuite. On m'en empêche toutefois :

— Deschamps ?

Étonnée, je relève la tête.

Logan !

Pourquoi a-t-il fallu que ce soit lui que je percute ?

— Tu as une excellente vue. Désolée, mais je suis pressée.

Je le dépasse mais il agrippe l'un de mes bras, me forçant à rester là.

— Lâche-moi.

Il s'exécute, sans abandonner l'idée de me retenir :

— Qu'est-ce qui se passe ? On dirait que tu viens d'apercevoir un fantôme !

Je déglutis péniblement. Il n'est pas si loin de la vérité…

Alors que je cherche une excuse à lui fournir, mes yeux scrutent les alentours. Mon mystérieux inconnu s'est de nouveau fait la malle !

Bien que Logan ne soit en rien coupable – après tout, c'est moi qui l'ai bousculé –, je ne peux m'empêcher de lui jeter un regard noir. J'ai perdu cet inconnu de vue par sa faute. J'ai besoin d'avoir des réponses, mais il est clair que je n'en aurai pas aujourd'hui.

Logan secoue vivement sa main devant mon visage, me tirant de mes pensées – je refuse d'admettre avoir été effrayée par ce geste brusque !

— Quoi encore ?

— Pas la peine de râler, Deschamps. Je vérifiais que tu étais toujours avec moi. Tu as l'air…

Il s'interrompt, comme s'il avait peur de terminer sa phrase.

— J'ai l'air quoi ?

— Bizarre, Deschamps. Tu as l'air bizarre.

Je lève les yeux au ciel, déjà lasse de ses moqueries.

Je réalise qu'il est temps pour moi de partir si je veux réussir à avoir mon bus. J'ai trop traîné. C'était une mauvaise idée de revenir le matin.

— Formidable. Excuse-moi maintenant, mais il faut que j'y aille.

— Ça t'arrive souvent de venir à la gare avant les cours pour faire… une sorte de jogging matinal ?

Agacée, je ne réplique pas et prends la fuite vers l'arrêt. Je suis bien assez préoccupée sans qu'il ait besoin d'en rajouter une couche. Comment cet homme peut-il toujours être là ? Pourquoi n'y a-t-il que moi qui le vois ? Rien de tout ça n'est possible ! Il faut que je reste calme, m'emporter ne m'apportera pas plus de réponses. Je dois chasser toutes ces pensées, me rendre en cours, puis rentrer chez moi. Ensuite, j'aviserai. Remarquant que j'avance au pas de course, je m'oblige à freiner mon allure et à respirer plus profondément. Il n'y a que dans la quiétude que je pourrai comprendre, je le sens au fond de moi.

Je suis presque parvenue à destination. Plus qu'une avenue ainsi qu'un tournant, et j'y serai. Le bus arrive à l'autre bout de la rue ; il faut que je me dépêche ! Ralentir pour me calmer n'était pas la meilleure chose à faire… Je presse le pas, mais le temps de gagner l'arrêt, il est trop tard : le véhicule a redémarré.

Et merde ! Sous mon regard désespéré, il s'éloigne

toujours plus.

Je n'ai plus le choix, il va falloir que je me rende à l'école à pied. Je vais être en retard… J'essaie tant bien que mal de ne pas penser à la promesse donnée à Miguel et me mets en route. Je n'ai pas le cœur à attendre le prochain bus. Il me déposerait de toute manière au lycée après la sonnerie.

Un bruit de moteur se fait entendre. Je tourne la tête ; juste à côté du trottoir sur lequel je marche, Logan me fixe depuis son scooter, la visière de son casque relevée. Je saisis mieux la raison de sa présence. Il doit habiter dans le coin et se garer sur le parking de la gare.

— Si tu avais couru un peu plus vite, tu aurais pu l'avoir, se moque-t-il.

Mais qu'a-t-il aujourd'hui ? Je ne l'ai encore jamais vu si bavard !

Voyant que je ne réponds pas à sa provocation, il reprend la parole :

— Tu montes ? me propose-t-il.

J'hésite un instant. Est-il sérieux ? Son regard me l'affirme.

Miguel me tuera si j'accepte et qu'il l'apprend. Je sais qu'il ne serait pas d'accord pour que sa petite sœur grimpe sur l'un de ces engins. D'un autre côté, il m'en voudra aussi si je ne respecte pas ma promesse et suis en retard en cours.

Je fais mon choix :

— Ça marche.

Avec un léger sourire – si on peut qualifier ce rictus de sourire –, Logan se gare et attrape un second casque, qu'il me tend. Je l'enfile sans réfléchir pour ne pas changer d'avis et monte derrière lui. J'ai à peine le temps d'entourer sa taille qu'il redémarre. Même si je n'ai aucune envie de le serrer plus fort, la vitesse m'oblige à le faire. Je ferme les yeux.

Je regrette déjà de ne pas avoir continué à pied.

— Détends-toi, Deschamps, ricane le conducteur. Tu ne risques rien.

— Ça, c'est toi qui le dis !

Mes paroles accentuent son rire. Les yeux toujours clos, je me répète que je ne crains rien jusqu'à sentir notre moyen de transport ralentir puis s'immobiliser.

— On y est, me déclare Logan.

J'entrouvre mes paupières. Nous sommes sur le parking de l'école.

— Merci.

J'ai un peu mal au cœur. Je crois que je vais me ranger à l'avis de Miguel en ce qui concerne les véhicules motorisés à deux roues. Je ne peux néanmoins pas nier que sans cela, je n'aurais pas été à l'heure.

Je remets le casque à Logan, le remercie une dernière fois et m'avance vers le bâtiment. Plusieurs regards étonnés se posent sur moi. C'était à prévoir. Tous ont l'habitude de voir arriver ce scooter avec un seul passager.

Un regard se fait plus hostile que les autres, celui d'une fille. Il me faut quelques secondes pour la reconnaître. C'est elle qui s'est pris un râteau il n'y a pas si longtemps, pendant les heures de colle.

L'ignorant, je continue à marcher et me rends en cours.

Plus les heures défilent et plus je repense à cet homme.

Si l'intervention de Logan avait réussi à me le sortir de la tête, ce n'est plus le cas depuis que je suis en classe. J'ai du mal à réaliser que l'individu que j'ai vu se tuer hier se promène à nouveau dans la gare. J'ai beau tout faire pour ne plus y songer, pour ne plus me torturer l'esprit ainsi, je finis toujours par y revenir. Et ce ne sont pas les cours qui vont me distraire…

Quand la dernière sonnerie du jour retentit, à l'aide de mon bras, je balaie toutes mes affaires vers l'ouverture de mon sac puis me précipite vers la sortie, pressée de rentrer et de me changer les idées – si je ne croise pas ma grand-mère… Comme souvent à cette heure, les escaliers sont bondés d'étudiants. Je prends mon mal en patience et m'y engouffre à mon tour.

— Cassie.

Je reconnais la voix de Jared et m'arrête le temps qu'il arrive à ma hauteur. Que me veut-il ? Il m'a côtoyé une bonne partie de la journée sans rien me dire de particulier. Pourquoi attend-il que je me sauve ?

— Tout va bien ? me demande-t-il.

— Oui. Pourquoi ?

Mon exaspération doit se sentir, car il se justifie avant de me répondre :

— Pardon de te retenir alors que tu es plutôt pressée.

Je hoche la tête. Il n'a pas l'air de savoir si ce signe l'excuse ou confirme que je suis pressée, mais il décide de reprendre la parole :

— Je te pose la question parce que tu n'es pas

vraiment dans ton assiette aujourd'hui. Il s'est passé quelque chose ?

— Pas du tout.

J'ai rétorqué cela un peu trop précipitamment pour qu'il y croie.

— Tu es sûre ? On est amis, n'est-ce pas ? Tu peux me le dire si ça ne va pas.

— Je vais bien. Vraiment.

Du coin de l'œil, je cherche une issue, un bref accès dans la cohue d'élèves pour m'éclipser et clôturer cette discussion.

Jared insiste, il occulte mon refus d'en parler.

— Alors pourquoi as-tu évité mon regard toute la journée, comme si tu avais peur d'engager la conversation ? Pourquoi semblais-tu si perturbée ? J'ai l'habitude de te voir perdue dans tes pensées, mais si je ne me trompe pas, elles avaient l'air plutôt désagréables, cette fois.

— Ce ne… Oublie.

Il n'en fait rien.

— Ne le prends pas mal, mais tu n'es pas une bonne menteuse, sourit-il.

Je déteste qu'on me force la main ainsi. Je n'ai plus qu'une seule envie : partir au plus vite. Pourquoi ne peut-il pas comprendre que je ne souhaite pas lui confier ce qui me préoccupe ? Je me retourne, prête à m'en aller lorsqu'à nouveau, sa voix résonne :

— Je ne voulais pas te vexer…

— T'es gentil, laisse-moi tranquille.

Mes mots sont froids, cinglants. Je ne m'enfuis pas assez vite pour manquer sa mine déconfite. Bravo,

Cassie. Tu viens de blesser l'une des seules personnes qui t'abordent amicalement et s'inquiètent à ton sujet !

Je m'en veux aussitôt de m'être emportée. Il faut vraiment que j'apprenne à contrôler mon tempérament… Je décide de réparer les pots cassés avant qu'il ne soit trop tard :

— Désolée, je n'avais pas l'intention de…

— Ce n'est pas grave, me coupe-t-il. Je n'aurais pas dû insister. C'est ton droit de ne pas en parler.

Je ne peux que noter un changement dans son ton de voix, bien plus triste. Pour toute réponse, je n'arrive qu'à lui offrir un sourire timide.

— Je désirais juste que tu saches que s'il y a un souci, je suis là, ajoute-t-il.

— Je m'en souviendrai.

Je ne suis pas digne de sa gentillesse. Contrairement à lui, je ne fais aucun effort. Pourquoi m'accorde-t-il encore une chance ?

— Jared ?

— Oui ? me demande-t-il, surpris que je l'interpelle à mon tour.

— Tu mérites une amie bien meilleure que moi.

Sur ces mots, je m'en vais enfin, ne parvenant pas à savoir quelle est la pire journée entre celle d'hier et celle d'aujourd'hui.

Je me rends à l'arrêt de bus en face du lycée. Plusieurs étudiants s'y trouvent déjà. Le véhicule ne me passera pas sous le nez, cette fois.

La pluie commence à tomber, les autres s'agglutinent sous l'abri. Comme je n'aime pas me faire bousculer, je reste à l'écart. Un peu d'eau n'a jamais tué personne.

Quelques minutes plus tard, le bus arrive et je grimpe à bord, maussade. J'adorerais pouvoir me réveiller et me dire que tout ce que j'ai vécu ces deux derniers jours n'était qu'un rêve. Je sais cependant que c'est impossible.

Je lorgne par la fenêtre, impatiente de rentrer chez moi et de m'écrouler sur mon lit, lorsque mon regard accroche le fantôme que j'ai déjà aperçu deux jours plus tôt. Je frissonne, prise par un sentiment désagréable. Cette décoration ne m'amuse plus du tout depuis que j'ai vu cet homme. J'ai l'impression qu'elle me nargue, qu'elle me rappelle que je suis incapable d'oublier.

Le temps de sortir du bus, il ne pleut plus. J'arrive dans ma rue encore plus maussade que tout à l'heure et remonte l'allée qui mène chez moi. Je respire un grand coup et ouvre la porte d'entrée. Seul le silence m'accueille.

— Miguel ?

Aucune réponse. Il a dû avoir un imprévu à son travail.

Je suis surprise de ne pas croiser ma grand-mère. Au moins, je n'aurai pas à supporter ses questions sur mes rêves !

Comme à mon habitude, je laisse tomber mon sac de cours et vais me préparer une petite collation dans la cuisine. Baron m'y attend ; il fixe sa gamelle. Je lui verse ses croquettes et, par la baie vitrée, je remarque mon aïeule, assise au fond du jardin.

Bien qu'elle porte un gilet, je m'étonne de l'apercevoir dehors. Les températures ne sont pas encourageantes.

Je hausse les épaules. Ça ne me regarde pas, après tout.

J'attrape un biscuit dans l'une des armoires et me dirige vers les escaliers, saisissant mon sac au passage. Arrivée dans ma chambre, je le dépose sur le sol et m'affale sur mon matelas, contente que cette journée touche à sa fin.

Ma collation toujours en main, je grignote en essayant de trouver une explication pour ce matin. J'ai beau chercher, je n'en vois aucune !

Afin de ne plus y songer, je laisse mes yeux dériver dans la pièce. Il faudrait que je pense à la retapisser, Baron y a fait de sérieux dégâts avec ses griffes… Ici et là traînent quelques vêtements, surtout sur ma chaise de bureau. Sur celui-ci, un livre attire mon regard. Je ne me souviens pas l'y avoir posé – je range bien mieux mes bouquins que mes habits.

Je me redresse, l'observe plus attentivement. Cette couverture rouge et dorée ne me dit rien du tout. Intriguée, je finis par me lever de mon lit et m'approche. Ce livre n'est pas à moi, j'en suis certaine.

Tout en le soulevant, je lis son titre : *Sorcellerie : le livre des incantations de base.*

J'en reste sans voix. Mais quel est donc ce bouquin ? Et surtout, comment a-t-il pu atterrir ici ?

Chapitre 10

Le livre m'échappe et tombe lourdement sur le meuble. Je deviens folle !

Tout en cherchant de quelle façon il a pu finir dans ma chambre, je m'éloigne du bureau. Une peur irrationnelle s'empare de moi : celle de ne pas être en sécurité dans ma propre maison. J'imagine sans peine l'homme de la gare s'introduire ici pour y déposer ce drôle d'ouvrage.

Ressaisis-toi, Cassie. Tu vires paranoïaque !

Je sors de la pièce ; toute envie de m'y détendre s'est envolée. Tel un automate, je redescends au rez-de-chaussée et vais m'asseoir sur le canapé. Ma grand-mère est toujours dehors, je m'en réjouis. Je dois avoir une sale tête. Si j'ai de la chance, j'aurai le temps de récupérer de mes émotions avant que quelqu'un ne rentre.

Baron arrive depuis la cuisine en se léchant les babines. Dès qu'il m'aperçoit sur le divan, il bondit sur mes genoux, avide de caresses. Je le grattouille et me concentre sur son ronronnement pour me calmer. Comment un maudit livre peut-il me mettre dans un tel état ? Les derniers événements me travaillent plus que je ne le pensais !

Un claquement sec se fait entendre dans le corridor et Baron saute à terre pour aller se cacher derrière un meuble, paniqué. Miguel n'a pas dû retenir la porte d'entrée et un coup de vent l'aura refermée pour lui.

— Cassie ! hurle-t-il en direction des escaliers.

Ou pas.

Surprise par ce cri, il me faut quelques secondes pour retrouver mes esprits et lui signaler ma présence.

— Je suis là.

Mon frère pénètre dans le salon. La colère se lit dans ses yeux. Quoi qu'il soit arrivé aujourd'hui, cela l'a mis dans une rage évidente. Je me tasse dans le canapé.

— Qu'est-ce qui se passe ?

Il respire plus fort et sort un objet de la poche de son manteau.

Mon portable.

— Devine qui a appelé ? m'interroge-t-il en me le lançant.

Je le rattrape et appuie sans le vouloir sur l'un des boutons. Je le sens qui s'allume, mais ne bouge pas. S'il m'était possible de m'enfoncer plus dans le canapé, je le ferais. J'ai rarement vu Miguel aussi furieux. Avec les choses étranges qui me sont arrivées, j'ai négligé cette affaire de téléphone. Tous mes mensonges me reviennent à l'esprit et je baisse la tête, honteuse.

— Oublié à l'école ? me questionne-t-il à nouveau. Tu as cru que tu t'en sortirais longtemps avec cette excuse ? Tu as cru que je ne me rendrais compte de rien ? Réponds, Cassie !

— Je ne voulais pas…

— Quoi ? me coupe-t-il vivement. Tu ne voulais pas que je l'apprenne ? Tu ne voulais pas qu'on te confisque ton téléphone ? Tu avais promis de faire des efforts, Cassandra !

Pour qu'il utilise mon prénom, il doit être plus en colère que je ne le pensais. Au fond de moi, une petite voix ne cesse de répéter que je l'ai mérité. Et elle a raison. Je ne sais pas quelle parole prononcer pour m'expliquer, me sortir du guêpier dans lequel je me suis mise toute seule.

— Comment as-tu pu me mentir ainsi ? fulmine mon frère.

— Je…

Les mots meurent dans ma gorge.

— Tu... ? Eh bien, vas-y, je t'écoute !

— Je suis désolée…

Loin de l'apaiser, cette simple phrase semble le rendre fou de rage.

— Encore heureux que tu le sois ! Imagine ma réaction quand j'ai reçu ce coup de fil ! Je venais à peine de quitter la galerie. Mais ce n'est pas le pire. Je te faisais confiance et lorsqu'on m'a expliqué que c'était au sujet de ton téléphone, j'ai naïvement demandé s'ils l'avaient retrouvé ! Et là, qu'est-ce que j'apprends ? Non seulement on te l'a confisqué, mais en plus, tu as manqué de respect envers l'un de tes professeurs !

— Je…

— Non, me coupe-t-il, tais-toi ! Tu aurais dû me dire la vérité. J'avais foi en toi, Cassie. Je croyais vraiment que ça allait mieux se passer en cours depuis que nous avions eu cette discussion. Tu me déçois beaucoup…

Comme toujours, Miguel sait frapper là où ça fait mal. Ce que je craignais le plus est arrivé : j'ai encore brisé tous ses espoirs… Sur le coup, plus rien d'autre n'a d'importance. Ni l'homme de la gare, ni ma grand-mère, ni mes cauchemars ou ce livre sur mon bureau. Si seulement je n'avais pas menti et lui avais tout avoué dès le départ…

Il faut que j'arrange les choses, je ne supporterai pas de voir mon frère dans cet état bien longtemps à cause de moi.

— Je te jure que j'ai essayé, je…

Il m'interrompt une nouvelle fois :

— J'ai vu ça ! J'imagine que c'est pour tenter de tenir ta promesse que tu as aussi séché tes cours hier après-midi ?

— Je n'aurais pas dû, je le sais. Je suis désolée. Vraiment.

— Papa et maman seraient tellement déçus… souffle-t-il.

Je me fige, sidérée face à ce que je viens d'entendre. Jamais encore Miguel n'avait évoqué nos parents lors de nos disputes. Ce sujet a toujours été tabou. Ces mots me font beaucoup de mal. Bien plus que je ne l'aurais cru. À ma culpabilité s'ajoute la colère :

— Tu n'as pas le droit de dire ça !

— C'est pourtant vrai ! Penses-tu qu'ils seraient fiers s'ils te voyaient aujourd'hui ?

Même si je fulmine, je prie pour que ça soit sa fureur qui parle à sa place.

— Eux, au moins, ils m'aimaient telle que je suis !

Le choc se lit sur son visage, mais ma rage grandissante m'empêche d'éprouver du remords.

— Comment peux-tu me sortir des mots pareils !?

Alertée par nos cris, notre grand-mère nous rejoint dans la pièce, étonnée :

— Allons, allons, mais que se passe-t-il ?

— Rien, crachons-nous à l'unisson.

Je profite de son arrivée pour ranger mon téléphone dans la poche de mon pantalon et m'enfuir du salon. Toutefois, Miguel ne l'entend pas de cette oreille.

— N'espère pas t'en tirer ainsi !

J'aboie, au bord des larmes :

— Quand comprendras-tu que je ne serai jamais la sœur parfaite que tu désires ?

Sur ces quelques mots, je prends la fuite. Je devine plus que je ne perçois le bruit des pas de mon frère qui se lance à ma poursuite et la voix de ma grand-mère, qui le retient.

Hors de question de me réfugier dans ma chambre ; je ne souhaite pas replonger dans ma paranoïa concernant ce mystérieux non-suicidé ! Je grimpe les marches jusqu'au grenier, incapable de contenir mes larmes plus longtemps.

Entrée dans la pièce où je cache mes précieux romans, je claque la porte et la ferme à clef. Je ne veux plus voir personne. Je sors mon téléphone, tape mon code et ouvre mon application e-book dans l'espoir que la lecture m'apaise. Aussitôt apparaît le livre que j'ai essayé de continuer en cours. Je le fixe. Rien qu'à songer que c'est à cause de ça que mon frère et moi nous sommes disputés aussi crûment, mon envie de lire s'envole. Je ne sais plus quoi faire pour que le flot de mes larmes se tarisse.

Je me laisse tomber au sol, puis appuie mon dos contre le mur. Je replie mes jambes contre moi et me mets à pleurer de plus belle. Quand il s'agit de tout gâcher, je suis bien la plus douée !

Mon téléphone vibre, je ne réagis pas. Mais lorsqu'il recommence, je regarde l'écran.

Laura.

S'est-il passé quelque chose de nouveau avec Jeremy ? Rapidement, je tâche de maîtriser mes sanglots. Si Laura a un problème – et qu'elle ait appelé deux fois d'affilée me le fait penser –, ce n'est pas le moment de lui montrer mon chagrin.

Je décroche.

— Allô ?

— Cassouille ! Tout va bien ?

Je ne parviens pas à lui répondre.

— Cassie ? insiste-t-elle.

Je choisis de lui mentir, troublée malgré moi par l'angoisse que j'entends dans sa voix.

— Oui. Oui, ça va. Désolée, ta question m'a étonnée. Qu'est-ce qui se passe ?

— C'est plutôt à moi de te le demander !

— Que veux-tu dire ?

— Je t'ai vue descendre les escaliers presque en courant tout à l'heure.

— Oh, ça…

— Un peu plus tard, un gars que j'ai déjà aperçu deux ou trois fois avec toi est venu me trouver. Un certain Jared.

— Jared est venu te trouver ? Mais pourquoi ?

— Il s'inquiétait pour toi. Il m'a expliqué que vous vous étiez pris la tête et que tu étais partie en coup de vent.

— En quelque sorte, oui. Je suis désolée s'il s'est fait du souci pour moi.

Je n'ai jamais voulu lui causer le moindre mal. Un échec de plus sur la liste.

— D'après lui, tu n'étais pas dans ton assiette. C'est vrai que tu n'étais pas très bavarde à midi. Tu es sûre que tout va bien ? Et ne mens pas, cette fois.

Je souris intérieurement. Laura vise toujours juste.

— J'ai passé une journée horrible.

— Tu souhaites m'en parler ?

— Demain, si ça ne t'ennuie pas.

— Pas de problème, Trésor.

— Merci.

Alors que Laura va reprendre la parole, je l'en empêche, repensant soudain à une chose :

— Au fait, comment as-tu appris que j'avais récupéré mon téléphone ?

Seul le silence me répond.

— Tu avais oublié que je ne l'avais plus, hein ?

— Tu sais à quel point je suis tête en l'air…

Je sens qu'elle s'en veut et tente de la rassurer :

— Je t'aime quand même.

— Tu es un amour, me déclare-t-elle. Le directeur a accepté de te le rendre ?

Si seulement.

— Mon frère a reçu un coup de fil et est allé le chercher pour moi…

— Aie… Comment ça s'est passé ?

— À ton avis ?

— Désolée, murmure-t-elle, sincère.

— Quand je t'affirme que cette journée a été horrible…

— Je crois que tu as plus de choses à me raconter que je ne l'imagine.

Elle ne peut pas mieux dire…

— Demain, tu sauras tout, je te le promets.

— Tu as tout ton temps, me rassure-t-elle.

Je devine néanmoins son désir d'en apprendre plus derrière ces quelques mots.

— J'y pense, reprend-elle, tu connais ce Jared depuis un moment, non ?

— Un peu plus d'un an, oui.

— Il a l'air gentil.

— Il l'est. Trop même. Parfois, ça me gêne. Je ne fais rien pour qu'il soit aussi sympa avec moi.

— Ça signifie qu'il tient à toi. Il est plutôt mignon en plus. Tu as déjà songé à… tu sais… tenter ta chance ?

— Laura !

— Quoi ? Moi je trouve que vous formeriez un beau couple !

Je souffle d'agacement. Elle ne changera jamais…

— D'accord. J'arrête, rabat-joie, lâche-t-elle suite à mon soupir.

— Merci.

— Je suis désolée, Trésor, mais je vais devoir te laisser. Appelle-moi si ça ne va pas, O.K. ?

— C'est promis.

Après avoir imité le bruit d'un bisou, Laura

raccroche.

Mes larmes reviennent aussitôt.

J'ignore combien de temps s'est écoulé avant que je ne devine le bruit d'une présence à l'étage du dessous, celui de ma chambre. Je me doute que Miguel est en train de me chercher et essuie fébrilement les dernières traces de pleurs sur mon visage.

Des pas se font entendre dans l'escalier.

— Cassie ? m'interpelle mon frère.

Je ne réponds pas. Cet instant, je le redoute ; je ne suis pas certaine de pouvoir affronter sa colère une seconde fois.

Miguel gravit toujours les marches et finit par arriver devant la porte, qu'il tente d'ouvrir. Lorsqu'il comprend qu'elle est verrouillée, il soupire et prononce une fois de plus mon prénom.

— Laisse-moi entrer, Cassie. S'il te plaît.

Je connais mon frère, je sais qu'il ne partira pas, quoi que je fasse. Résignée, je m'approche et tourne la clef dans la serrure. Il me rejoint, puis me fixe, s'attardant un bon moment sur mon visage. Malgré mes efforts, mes yeux doivent encore trahir mes récents sanglots.

Je ne dis rien et patiente jusqu'à ce qu'il reprenne là où nous nous étions arrêtés tout à l'heure. Je pressens que la discussion est loin d'être close.

— Oh, Cassie, finit-il par murmurer en me serrant dans ses bras, ce qui a le don de me surprendre.

Je m'attendais à tout, sauf à ça !

— Mais… qu'est-ce que tu fais ?

— Je ne sais pas pour toi mais moi, j'appelle ça un câlin.

Sous le coup de la stupeur, je suis incapable de prononcer le moindre mot jusqu'à ce que mon frère me lâche.

— Pourquoi es-tu montée au grenier ? m'interroge-t-il.

— C'est… calme.

Un sourire triste vient orner ses lèvres.

— Plus calme que ce qu'il s'est passé en bas, c'est sûr…

Nous y voilà enfin.

— Tu veux bien qu'on en discute ?

En silence, j'acquiesce.

— Je souhaiterais mettre une chose au clair, par rapport à ce que tu as dit.

J'attends que les reproches tombent. Je sais que je suis allée trop loin cette fois.

— Tu es ma sœur, Cassie. Et même si tu fais des bêtises, je t'aime comme tu es. N'en doute jamais.

Mes yeux me piquent. Je sens que les larmes ne tarderont pas à franchir de nouveau la barrière de mes paupières. Je suis incapable de répondre. Aussi incroyable que ça puisse paraître, toute trace de colère s'est envolée chez Miguel. J'ai l'impression que tout mon entourage subit mes humeurs et les accepte tant bien que mal, en ce moment.

Je me promets que cela va changer.

— Et si on s'asseyait ? reprend Miguel.

— Ici ?

— Pourquoi pas ? Autant être à l'aise pour discuter.

Je souris malgré moi.

— Que cache ce sourire ? me demande-t-il.

— C'était quand la dernière fois que tu t'es assis par terre ?

Ma question le prend au dépourvu. Il met plusieurs secondes avant de répondre :

— Ça fait longtemps, je te l'accorde. Mais je t'interdis de te moquer de moi.

— Je n'oserais pas.

Je me détends. La dispute semble passée. Étrangement, je ne redoute plus la discussion qui va suivre, je sais que nous en avons tous les deux besoin.

Nous nous installons et Miguel reprend la parole :

— Pourquoi ne m'as-tu pas raconté la vérité, hier ?

Je me lance :

— J'avais peur.

— Peur ?

— Je ne souhaitais pas te décevoir. Une fois de plus, je veux dire. Surtout après la promesse que je t'avais faite...

— N'as-tu pas pensé que ce serait pire si tu me cachais ce qui était arrivé ?

Sa voix reste calme, rendant cette discussion beaucoup plus facile.

— Si... J'ai voulu t'avouer la vérité juste après avoir menti, mais je n'ai pas trouvé le courage, et puis grand-mère est intervenue.

— Je vois. J'ai sûrement été un peu trop dur avec toi pour que tu redoutes à ce point de me décevoir, soupire-t-il. Et pour que tu t'imagines que je désire faire de toi une sœur parfaite. Je suis désolé si je t'ai laissé croire

125

ceci.

— C'est de ma faute, il y a déjà plusieurs années que j'ai abandonné l'idée de m'améliorer au sujet des cours.

Je n'ai pas envie que Miguel se sente coupable. Il fait de son mieux et, quelque part, je sais qu'il ne songe qu'à mon intérêt.

— Tu détestes l'école, n'est-ce pas ?

J'hésite à répondre, c'est un sujet délicat. Comprendra-t-il si je confirme ?

— Papa n'a jamais apprécié non plus, reprend-il.

— C'est vrai ?

Mon frère hoche la tête.

— Il venait d'interrompre son cursus lorsqu'il a rencontré maman. Peu importe ce qu'il étudiait, il n'arrivait pas à s'accrocher. Ce n'est qu'après avoir vu les tableaux que maman peignait qu'il a eu l'idée d'ouvrir sa galerie. Il voulait permettre aux petits artistes régionaux de se faire connaître. Comme tu peux le constater, son projet a plutôt bien marché et la clientèle s'est élargie depuis, malgré le changement d'adresse.

Si j'ai toujours su que c'est grâce à notre mère que mon père a décidé de créer sa galerie, je n'étais pas au courant qu'il avait avant ça rangé ses études au placard. L'apprendre m'aide à me confier :

— Je ne me sens pas à ma place au lycée. J'ai beaucoup de mal à m'intéresser aux cours et à me concentrer.

— J'aurais dû m'en informer plus tôt… j'ignorais tout ça.

— Je ne t'en ai pas parlé non plus.

— Et qu'aimerais-tu faire ?

— Voyager.

Aucune hésitation ne m'a traversé l'esprit avant de répondre. Sûre de moi, je poursuis :

— Je veux découvrir le monde, l'apercevoir de mes propres yeux et pas seulement à la télévision. J'ai envie de rencontrer des gens, d'en apprendre plus sur les autres cultures.

— Tu tiens beaucoup de papa, sourit Miguel. Lui voyageait au travers des livres. Toi, tu vois les choses en plus grand.

— Donc... tu n'es pas fâché ?

— Non, me rassure-t-il. Mais si tu pars un jour, tu as intérêt à me donner souvent de tes nouvelles !

Je souris à mon tour.

— Voilà ce que je te propose, Cassie : si tu ne me mens plus et continues l'école jusqu'à tes dix-huit ans, pour avoir quand même ton diplôme, je promets de tout mettre en œuvre pour t'offrir une caravane qui te permettra de réaliser ton rêve. Je ne te demande pas de devenir « parfaite », pour reprendre ton expression, simplement de faire de ton mieux, parce que je sais que tu en es capable.

Je n'ose y croire. Ai-je bien entendu ?

— Vraiment ?

D'un bref mouvement de tête, Miguel confirme ses propos.

Cette journée n'est pas si mauvaise, en fin de compte.

Chapitre 11

Je monte me coucher après tout le monde, fatiguée par cette journée. Si les derniers événements me restent encore en mémoire – le retour de cet homme pour le moins étrange, les questions de ma grand-mère et ma dispute avec mon frère –, j'essaie de les mettre de côté. La seule chose dont j'ai besoin en ce moment, c'est de sommeil. Pourtant, dès que j'entre dans ma chambre, je suis attirée vers ce livre. J'ai conscience que c'est impossible, mais je ne peux m'empêcher de me dire que c'est l'homme de la gare qui l'a déposé là…

Je suis épuisée et juste en face de moi, mon lit semble m'appeler. Mais avant de le rejoindre, j'attrape ce bouquin ; je suis intriguée par son titre étrange et veux savoir ce qu'il contient. Je m'assieds sur mon matelas et prends soin de me caler confortablement entre mes couvertures. Autant être bien installée.

Enfin, j'ouvre le livre.

Les pages sont vieilles, jaunies par les années. Je hume son odeur, typique des anciens ouvrages. Je le parcours en diagonale. Chaque double feuillet a l'air de décrire un sort et les conditions pour que celui-ci fonctionne. J'en repère quelques-uns : sortilège de vol, de téléportation, de changement d'apparence. Je tombe même sur ceci : « comment connaître la vérité en rêve ? ». Ce livre a tout du parfait manuel du petit sorcier.

D'où sort-il ?

Je vais à la dernière page, désireuse de découvrir l'éditeur. Une note tracée à la main y est rédigée. Même si je ne peux la traduire, je reconnais sans peine la langue maternelle de mon père : l'allemand. Son écriture est elle aussi bien identifiable.

Ce livre lui appartenait.

Je ne vois qu'une seule personne qui aurait pu l'avoir en sa possession : ma grand-mère.

À cause de cet homme à la gare et du mystère qui l'entoure, je n'ai pas réfléchi alors que la réponse était évidente, juste sous mon nez. J'ai été hors de la maison une bonne partie de la journée, la vieille a largement eu le temps de venir déposer ce bouquin ici.

Ce que je n'arrive pas à saisir, c'est pourquoi. Dans quel but me l'a-t-elle donné ? Et pourquoi mon père l'avait-il ? Il affectionnait certes les romans de magie, mais je l'imagine mal s'intéresser à ce genre de grimoire.

L'attitude de mon aïeule me laisse de plus en plus perplexe. Que veut-elle ? Que signifient toutes ces allusions à mes rêves ? Ce drôle d'ouvrage ? Pourquoi ai-je l'impression qu'elle sait des choses que j'ignore ?

Je fixe les mots de mon père, incapable de les comprendre. J'aimerais pouvoir lire ce qu'il a écrit. Un instant, je songe même à aller le demander à ma grand-mère. Cependant, n'est-ce pas ce qu'elle souhaite ? Pourquoi m'aurait-elle donné ce livre si ce n'est pas pour que j'aille vers elle, pour que j'engage la conversation ?

J'hésite un moment, mais la curiosité prend le dessus : d'un bond, je sors de mon lit. Je quitte ma chambre et me dirige vers celle de mes parents, là où dort maintenant la mère de mon père. Je ne mets presque jamais les pieds dans cette pièce. Elle me rappelle bien trop de souvenirs. Cette fois, c'est différent. Je veux simplement des réponses.

Je frappe contre la porte. Un « oui » s'élève de l'autre côté – trop vite pour une personne qui devait être dans les bras de Morphée il y a quelques secondes. La vieille savait-elle que je viendrais ?

Je pénètre dans la chambre.

— Je vois que tu as découvert le livre, me lance-t-elle, assise sur son lit.

Mes soupçons se confirment : elle se doutait que je finirais par aller la trouver. Sans pouvoir l'expliquer, je sens mon sang bouillir. J'ai l'impression qu'elle se moque de moi depuis le début. Toutes ses allusions à mon cauchemar, cette espèce de grimoire, à quoi cela rime-t-il ?

— Il appartenait à papa.

Ma grand-mère ne répond pas. Elle a deviné que ce n'est pas une question.

— Ce qui est écrit à la fin, c'est de lui ?

— Chaque chose en son temps, jeune fille, m'apostrophe-t-elle. Et je te prierais de me parler sur un autre ton.

Je respire plus fort, prenant sur moi pour ne pas lui

dire ma façon de penser.

— J'aimerais que nous discutions un peu de ton rêve, poursuit-elle.

Je la coupe avant même qu'elle n'ait l'occasion d'ajouter quoi que soit :

— Ce n'est pas pour ça que je suis là.

— Bien sûr que si.

— Je veux découvrir de quelle manière tu as eu ce livre et pourquoi tu l'as posé dans ma chambre. Je veux que tu m'expliques pourquoi tu me harcèles avec toutes ces questions.

— Cassandra, calme-toi. Pourquoi ne viendrais-tu pas t'asseoir près de moi ?

— C'est Cassie. On m'appelle Cassie.

Je ne devrais pas m'emporter, mais la voir si sereine me met hors de moi. Pourquoi a-t-elle l'air de me dissimuler des informations, d'être au courant de ce qui me concerne, moi et pas elle ? Que me cache-t-elle ? Et comment peut-elle avoir connaissance de ce cauchemar ? Tout ceci est en train de me rendre folle !

— Tu es bien la fille de Nils. Lui aussi se fermait à toute discussion dès que cela n'allait pas, me reproche-t-elle d'une voix trop calme.

— Ne parle pas de papa !

À l'instant où je prends conscience que j'ai élevé le ton, je reprends mes esprits. Miguel dort probablement, ce n'est pas le moment de le réveiller. Toujours sereine, la vieille paraît attendre que je me détende. Je n'ai pourtant pas le souvenir qu'elle soit d'un naturel patient.

Le livre entre les mains, je réalise que je n'ai rien à faire ici. Il y a déjà tellement de questions auxquelles ma grand-mère ne semble pas avoir à cœur de répondre, pourquoi cela changerait-il pour celle-ci ? Tout ce qui l'intéresse, c'est de m'interroger sur mon sommeil. Quand j'y repense, c'est la seule chose qui a l'air de la préoccuper, alors qu'elle ne m'a plus vue depuis plus de deux ans…

Je soupire. J'ai été idiote de venir.

— Garde-le, dis-je en déposant le fameux livre au coin d'un meuble, prête à quitter la pièce.

— Cassan… Cassie, attends. Ne me fuis pas une fois de plus.

Je me retourne :

— Ce n'est pas moi qui suis partie.

Enfin, une émotion passe sur son visage : la culpabilité. Je ne ressens pourtant aucune victoire.

— Tu as tes raisons de m'en vouloir, reprend-elle une fois qu'elle a retrouvé une expression neutre, mais tu ne connais pas toute la vérité.

— Je ne suis pas sûre d'en avoir envie.

— Vraiment ? se moque-t-elle. Ne désires-tu pas apprendre d'où vient ce cauchemar ? Découvrir l'identité de cet homme ?

Je tressaille malgré moi. Comment peut-elle être informée de ça ? Sait-elle aussi que je ne le rencontre pas seulement en rêve ?

— Je ne vois pas de quoi tu parles.

Prononcé d'une voix faible, ce mensonge ne peut convaincre personne, encore moins elle.

Je me sens mal. Alors que je pourrais enfin avoir des réponses, je n'ai désormais qu'un seul souhait : partir loin de ma grand-mère. Quelque chose se dégage d'elle.

Et ce quelque chose me met très mal à l'aise…

— Ton sommeil est loin d'être joyeux. Tu y aperçois cet homme. Tu n'es pas la première et…

— Bonne nuit, grand-mère.

Je prends la fuite, comme elle me l'a reproché un peu plus tôt. Je vais de moins en moins bien. J'ai l'impression que mes jambes peuvent me lâcher à n'importe quel moment.

C'est avec soulagement que je me laisse tomber sur mon lit. Au bord de mes paupières, des larmes menacent de s'échapper. J'ignore pourquoi cette histoire me travaille autant. Je ne sais qu'une chose : tout a commencé avec l'arrivée de ma grand-mère, et j'aurais préféré ne jamais la revoir.

Chapitre 12

Le ciel gris et pluvieux permet difficilement à la clarté de pénétrer dans la salle d'étude. De temps à autre, un amoncellement de nuages noirs rend le lieu encore plus sombre. Seule la pensée que la fin de journée cédera la place au week-end semble laisser mes camarades de classe souriants. Pour ma part, je ne suis pas certaine de m'en réjouir. Passer ces deux jours à la maison signifierait forcément devoir affronter ma grand-mère. Les passer ailleurs ferait croire à Miguel que ses efforts sont vains.

Je soupire. Cette semaine est loin d'être de tout repos.

Cette nuit, lorsque j'essayais d'oublier ce livre et les paroles de la vieille, l'image de cet homme s'imposait dans mon esprit. Ses yeux profonds me fixaient avec intensité, comme pour me supplier de l'aider. Pas étonnant que je n'aie pas beaucoup dormi !

Un bout de papier froissé atterrit sur mon banc. Je vérifie que personne ne m'observe et l'ouvre, curieuse : « Un souci Deschamps ? » Je ne reconnais pas l'écriture, mais l'emploi de mon nom de famille ne me laisse aucun doute quant à l'expéditeur de ce message. Je me tourne et croise le regard de Logan. Visiblement, lui non plus n'a pas cours.

Je ne comprends pas son soudain intérêt pour moi. En début de semaine, il s'est montré aussi froid et distant que d'habitude, et tout d'un coup, il m'aide à arriver à l'heure à l'école et ne cesse de m'observer – je le sais, je l'ai surpris plusieurs fois du coin de l'œil. J'ai l'impression que, si ce n'est pas moi qui deviens cinglée, tous les autres le sont !

Je froisse le papier dans ma main ; je vois ses sourcils se froncer avant de me retourner, mais je ne m'en soucie pas. Je suis incapable de me concentrer sur quoi que ce soit, alors j'ouvre mon bloc de feuilles et dessine. Je suis loin de posséder le talent qu'avait ma mère, mais je me débrouille. Je ne peux m'empêcher de représenter les yeux de cet homme. Malgré mes efforts, je ne parviens pas à reproduire la tristesse que j'y ai lue. Cet individu reste un mystère pour moi. Par moments, je doute même de son existence. De moi. La différence entre le rêve et la réalité m'échappe, comme si je n'étais plus capable de la distinguer.

Je sursaute lorsque survient le bruit de la sonnerie. Il est déjà midi. Perdue dans mes pensées et mon dessin, je n'ai pas vu le temps passer. Une première au lycée !

Mes affaires rangées dans mon sac délavé, je sors de la salle et m'apprête à aller retrouver Laura à la cantine quand une main agrippe mon poignet. Surprise, je dégage mon bras d'un mouvement vif.

— Pardon, s'excuse Logan, je n'avais pas l'intention de t'effrayer.

Son sourire n'en est pas moins narquois et je devine

qu'il est plus amusé que désolé.

— Qu'est-ce que tu veux ?

— Je m'interroge juste. Tu es bizarre ces jours-ci. Et je ne suis pas le seul à me poser des questions.

— Je ne vois pas en quoi je suis « bizarre », pour te citer.

— Tu es sur les nerfs. Ce n'est pas ton genre.

Rester calme. Ne pas lui montrer qu'il a raison.

— Comment peux-tu le savoir ? Aux dernières nouvelles, on n'est pas vraiment amis, monsieur solitaire.

Son sourire ne m'annonce rien de bon, mais je ne sais pas pourquoi, je ne m'en fais pas. Je me détends même. Finalement, il n'a pas tort : je suis bel et bien bizarre.

— Être solitaire ne m'empêche pas d'être un fin observateur, madame mauvaise foi, me nargue-t-il.

Je grimace, malgré tout déridée par sa répartie. Mais ça, hors de question qu'il le devine.

— Alors, poursuit-il, qu'est-ce qui te préoccupe tant ?

— Rien du tout, souris-je.

— Menteuse.

Sans pouvoir l'expliquer, son accusation ne m'énerve pas. Je ne sens aucun reproche dans sa voix, juste de l'amusement. On pourrait croire qu'il est persuadé que je finirai par lui dire ce qu'il veut savoir.

Ce n'est toutefois pas ce qui me surprend le plus. Non, ce qui m'étonne, c'est la facilité avec laquelle j'oublie mes problèmes lorsqu'il me parle. Quoiqu'oublier n'est pas le bon verbe, c'est plus comme s'ils se minimisaient. Comme si une infime part de son être me criait que j'allais trouver une solution. Après ces deux derniers jours, ce n'est pas désagréable.

— Admets-le au moins, continue Logan, sûr de lui. Puis, libre à toi de refuser d'en discuter. Je ne vais pas te forcer, tu sais.

— Tu en es certain ?

C'est à mon tour de le narguer. Il ne s'en offense pas et se contente de lever les yeux au ciel.

— T'es compliquée, Deschamps.

— Cassie.

— Deschamps, me contrarie-t-il.

Devant mon air boudeur, il reprend :

— Alors ?

— Alors oui, soupiré-je, quelque chose me préoccupe. Quelque chose dont je ne te parlerai pas. Maintenant, excuse-moi, mais j'aimerais aller manger.

— Tu vois quand tu veux, *Cassie*, se moque-t-il.

— Et c'est moi qui suis compliquée ?

Il hoche la tête, sans se départir de son sourire.

— Tu ne devais pas te rendre à la cafèt' ?

— Si, mais avant ça, j'ai une question pour toi.

— Chacun son tour, dit-il.

— Qu'est-ce que ça peut te faire que je sois préoccupée ?

L'assurance qu'il manifeste depuis le début de cette conversation s'envole. Je crains de l'avoir blessé. Il faut croire que c'est un don chez moi !

Pour une fois, je ne choisis pas la fuite :

— Ce n'est pas un reproche. Je… veux juste dire que mes états d'âme ne t'avaient pas vraiment intéressé, jusque-là.

— Je sais que ce n'était pas un reproche, me rassure-

138

t-il.

Il reste silencieux pendant plusieurs secondes. Je me sens presque obligée de reprendre la parole.

— Qu'est-ce qu'il y a ?

— Je n'arrive pas à trouver une explication. C'est vrai après tout : pourquoi ?

Attend-il réellement une réponse de ma part ?

— Ne te creuse pas trop la tête, tu pourrais te faire mal, finis-je par dire.

— Très drôle, Deschamps, souffle-t-il. Si tu allais manger maintenant ?

— Bonne idée !

Plus détendue, je me rends enfin à la cafétéria. J'y mets à peine les pieds que Laura me repère. Je la rejoins et m'installe à ses côtés. J'ai tellement faim que je me sens capable d'avaler un cheval.

— Tu en as mis du temps, feint-elle de me reprocher.

— Logan m'a retenue.

— Logan ? Je ne savais pas que vous vous entendiez bien.

— Ce n'est pas le cas, mais en ce moment, tout le monde semble être d'avis que je suis bizarre.

— Trésor, à mes yeux, tu l'as toujours été.

Je souris, Laura ne changera jamais.

— Les rumeurs sont déjà en train de circuler sur vous deux d'ailleurs, tu en as conscience ? reprend-elle, plus sérieuse.

— Quelles rumeurs ?

Surprise, je me suis exprimée un peu vite. De quoi parle-t-elle ?

— Je me doute qu'il ne s'est rien passé, me rassure-t-elle, mais ce n'est pas tous les jours que Logan se rend à l'école accompagné…

— Il m'a simplement permis d'être à l'heure, pas de quoi fouetter un chat.

— Je sais, affirme-t-elle. Je souhaitais juste que tu sois au courant des on-dit avant qu'ils ne t'arrivent en pleine face.

— C'est gentil, mais je commence à en avoir l'habitude.

— Sinon… tu veux me raconter ta journée d'hier ? m'interroge-t-elle, un sourire timide aux lèvres.

Je grimace. J'étais certaine qu'elle n'oublierait pas ça.

Pour la première fois depuis que nous sommes amies, j'hésite à me confier. Surtout au sujet de cet homme. Cela est si irréaliste que je n'ose pas en parler, de peur qu'elle me compare à une folle.

— Tout va bien, Cassouille ?

Je relève la tête.

— Oui, excuse-moi. Je cherche juste par quoi je vais attaquer.

Je prends ma décision et ne lui relate que ma dispute avec Miguel. Pour expliquer mon accroc avec Jared et ma morosité de la veille, je reste vague, ne citant qu'une très mauvaise nuit et un horrible cauchemar. Ce qui en un sens n'est pas un mensonge. J'élude également tout sur l'étrange livre de sorts déposé dans ma chambre par ma grand-mère.

Lorsque je finis mon histoire, c'est avec des yeux ronds que Laura me déclare :

— En effet, tu ne plaisantais pas en m'annonçant que

tu avais passé une journée affreuse !

Je me mords la joue. Dire qu'elle ne sait pas tout…

— Ton cauchemar, un rapport avec celui que tu m'as raconté ?

Par moments, Laura est bien trop perspicace.

— Non, pas cette fois.

Elle me dévisage avec intensité. Pendant un instant, je m'attends à ce qu'elle me reproche de lui mentir, mais elle n'en fait rien.

— Tant mieux alors, souffle-t-elle. Enfin, je suppose.

— Oui. C'est toi qui avais raison. Je dois avoir vécu ce cauchemar trop souvent, j'ai dû m'assoupir à la gare en guettant l'arrivée de ma grand-mère.

Malgré l'air confiant que j'affiche, les mots me brûlent la gorge. Je ne peux m'empêcher de resonger à cet homme qui part en courant, comme hier. Je sens pourtant que je ne dois pas en parler. Si je ne parviens pas à l'expliquer, comment Laura, qui ne l'a jamais vu, le pourrait-elle ? Et puis, même si elle avait été là, l'aurait-elle seulement aperçu ? Mon intuition me souffle que non.

— J'ai toujours raison, sourit Laura.

Elle ne semble toutefois pas aussi enjouée que les nombreuses fois où j'ai entendu cette phrase. Pressent-elle que je ne lui ai pas tout dit ?

Je refuse d'y croire.

Une fois de plus, je réussis à éviter ma grand-mère. Je pense qu'elle se doute que je ne désire pas lui parler. Même au souper, elle n'a tenté aucune approche.

L'ambiance n'a pas été des plus chaleureuses, malgré tous les efforts de mon frère.

Maintenant allongée dans mon lit, je ne cesse de me retourner dans tous les sens, incapable de trouver le sommeil. Quoi que je fasse, mes réflexions dérivent vers cet homme, ou vers ce livre que j'ai derechef repéré dans ma chambre en rentrant – je suppose que ma grand-mère a ainsi souhaité me démontrer qu'elle n'abandonnerait pas. J'ai de plus en plus de difficultés à comprendre ses intentions. Le fait qu'elle soit arrivée le jour où j'ai vu cet individu m'apparaît des plus étranges…

Je me gifle intérieurement. Je ne dois pas ressasser tout ceci si je veux dormir. C'est plus fort que moi : j'y reviens sans cesse.

Une pensée ne cesse de me torturer. Elle me travaille de plus en plus, mais j'ai beaucoup de mal à la croire, et même à la formuler. Et si cet homme était vraiment un fantôme ? J'y songe depuis que je l'ai recroisé. J'y songe depuis que j'ai repéré une seconde fois cette décoration d'Halloween.

Plus j'y réfléchis, plus je me dis que c'est possible. Ça expliquerait les raisons pour lesquelles je l'ai aperçu après son suicide, pourquoi il n'y avait aucune trace et pourquoi personne n'a prêté attention à lui. Ce que ça ne résout pas, c'est pourquoi moi, je l'ai vu…

Ai-je une sorte de don ? Si oui, pourquoi n'ai-je jamais rencontré d'autres fantômes avant ? Et si ce n'est pas ça, quel est le motif ?

Une idée me traverse l'esprit, foudroyante. S'il s'agit bel et bien d'un revenant, peut-être est-il condamné à revivre sa mort sur les lieux mêmes de celle-ci ? Et si tel est le cas, les gens ont dû en entendre parler…

Voilà par où je dois chercher ! Il faut que je retourne à la gare.

Cette fois, j'ai un plan.

Chapitre 13

J'arrive à la gare en début d'après-midi. On voit que c'est le week-end, il y a beaucoup plus de monde. Hier, après avoir décidé de revenir ici, j'ai bien dormi le reste de la nuit. Trop peut-être, car je ne me suis pas réveillée avant onze heures passées.

Je respire un grand coup et m'avance vers les guichets. Une petite file s'y trouve déjà, mais ça ne devrait pas être trop long. Je prends mon mal en patience. J'ai la désagréable sensation qu'on me fixe ; je scrute les alentours. Je ne remarque personne qui regarde dans ma direction. Lorsque je me retourne à nouveau vers le guichet, la pression que je sens sur ma nuque n'a cependant pas disparu.

Je fais fi de cette impression gênante, et quand arrive enfin mon tour, c'est avec calme que je débite le discours que j'ai soigneusement préparé cette nuit :

— Bonjour. Avec mon cours de sociologie, nous menons une enquête sur le suicide et nous étudions en ce moment les voies choisies par les personnes en détresse pour mettre fin à leurs jours.

— Pas très joyeux, commente le guichetier.

— Je vous l'accorde. Avec mon groupe, nous avons été désignés pour récolter des informations sur le nombre de suicidés ayant mis un terme à leur vie sur les rails. Chacun d'entre nous doit se rendre dans une gare différente pour y effectuer des recherches, voir si on peut y apprendre quoi que ce soit.

L'homme me sourit :

— Tu veux bien patienter deux ou trois secondes ? Je vais passer un coup de fil pour savoir si on peut faire quelque chose pour toi.

— Merci beaucoup.

D'un geste rapide, il attrape un combiné de téléphone et interpelle un collègue. Leur conversation ne dure qu'un court instant.

— Tu peux attendre là, sur le côté. Quelqu'un va arriver.

— Encore merci. Bonne journée.

Laissant place à la personne derrière moi, je me recule et ronge mon frein. J'ai toujours la désagréable sensation qu'on m'observe, mais j'essaie de ne pas y prêter attention. D'autant que j'ai beau vérifier du coin de l'œil, personne ne me dévisage.

Cinq minutes plus tard, une porte à côté des guichets s'ouvre et un monsieur âgé vêtu de l'habit des contrôleurs en sort. Au fond de moi, je suis soulagée qu'il ne s'agisse pas de l'homme qui m'a vue hurler ce jour-là. Lui n'aurait probablement pas cru à mon histoire de recherches.

— Suis-moi, m'invite le vieillard avec un sourire.

Je m'exécute et entre après lui dans une pièce. L'endroit n'est pas très grand. Deux tables sont

146

installées l'une en face de l'autre et, vu le frigo qui se trouve non loin, je devine que nous sommes dans une sorte de cuisine pour la pause des employés.

— Si j'ai bien compris, avec ton école, vous faites une enquête sur le suicide ?

— C'est ça, confirmé-je.

— Ce n'est pas des plus gai. C'est pour quel cours ?

— Sociologie. Je vous rassure, nous étudions aussi des sujets moins dramatiques.

— Je l'espère pour vous. Bon, de quoi as-tu besoin ?

— De savoir s'il y a eu des personnes qui ont mis fin à leurs jours ici.

— Il y en a eu, oui. Encore que nous ne sommes pas à plaindre. C'est une petite gare dans une petite ville. Nous n'avons pas souvent affaire à ce genre d'accident à cet endroit même. C'est plus lorsque nous sommes à bord du train, dans les passages où monter sur la voie pour la traverser est aisé, que ça se produit.

— Mais c'est déjà arrivé ici, si j'ai tout saisi ?

L'homme hoche la tête, penaud.

— J'étais de service lors du dernier. Cela devait faire vingt ans que je travaillais pour le chemin de fer.

Je ne peux m'en empêcher : je prends espoir. Peut-être vais-je trouver des réponses à mes interrogations. Peut-être vais-je enfin savoir qui est ce mystérieux individu !

— Une triste histoire, vraiment, poursuit le contrôleur. Cette pauvre femme…

Mes espérances s'effondrent d'un coup. Je me retiens de lui demander s'il possède des renseignements sur d'autres suicidés. Je ne dois pas oublier que je suis censée être une élève de sociologie.

— Vous auriez des informations sur elle ?

— Un article était paru dans le journal. Il m'en reste un exemplaire dans mon casier, si tu le veux.

Face à mes yeux intrigués, il m'explique :

— Cette gare, jeune fille, c'est presque toute ma vie. J'y ai toujours travaillé. Pas en tant que contrôleur au départ, mais ce n'est pas le plus important. J'aime garder les journaux où l'on parle d'elle, même quand il ne s'agit pas d'événements joyeux. C'est pour ça que mon collègue a fait appel à moi pour t'aider.

Je souris :

— Par hasard, auriez-vous d'autres articles sur des cas comme cette pauvre femme ?

— Je vais aller voir ce que j'ai. Tu as quelques minutes devant toi ? me questionne-t-il.

— J'ai tout mon temps, ne vous inquiétez pas.

— Bien. Je fais au plus vite.

S'apprêtant à sortir, il se retourne vers moi une dernière fois :

— Il y a deux ou trois boissons dans le frigo, sers-toi si tu as soif.

— Merci.

Je le regarde partir et m'interroge. Vais-je dénicher ce que je suis venue chercher ou vais-je une fois de plus être déçue ? J'ai peur de le découvrir…

Je patiente depuis un petit quart d'heure lorsque le vieil homme revient, plusieurs papiers froissés dans sa main.

— Voilà ce que j'ai retrouvé. Certains intitulés concernent des cas de suicides qui ont eu lieu un peu plus loin que cette gare, mais j'ai pensé qu'ils pourraient quand même te servir.

— Merci beaucoup.

— Il ne s'agit que d'articles de cette époque, je ne sais pas sur combien d'années s'étend ton enquête. Peut-être qu'il serait intéressant pour toi et ton groupe d'aller aussi dans les bureaux de police. Ils doivent sûrement garder des dossiers là-bas.

— Je proposerai l'idée, c'est gentil.

Je n'y avais pas songé, mais ce n'est pas bête. Je ne suis cependant pas certaine d'avoir assez de cran pour ressortir mon mensonge à des policiers…

— Je t'en prie.

— Merci pour votre aide, monsieur, dis-je, prête à rentrer chez moi pour éplucher tous ces articles, à la recherche de la moindre parcelle de réponse.

— C'est bien trop vieux pour moi « monsieur », je suis encore jeune, plaisante-t-il. Appelle-moi Clément.

— Dans ce cas, souris-je, merci, Clément.

Sur ce, je prends congé. Tout en rangeant les coupures de journaux dans mon sac, je quitte le bâtiment. À nouveau, la pression sur ma nuque se fait sentir et je me retourne précipitamment, comme si j'allais démasquer le coupable.

Je suis seule dans la rue.

Tu deviens folle, ma pauvre Cassie…

Je chasse cette pensée et me mets en route pour rentrer lorsqu'un mouvement près de l'escalier attire mon attention. Je reste bouche bée un instant ; le suicidé, c'est lui ! Je jurerais qu'il n'était pas là une seconde avant.

Bien que ses yeux aient l'air éteints, il me fixe, j'en suis convaincue. Je suis même tentée de croire que c'est sa présence que je devine depuis tout à l'heure. Lorsqu'il s'aventure sur les marches pour descendre sur les quais, je n'hésite plus : je me lance à sa poursuite. Le bougre court vite ! Mais je suis bien décidée à ne pas manquer ma chance une fois de plus. Aujourd'hui, personne ne m'arrêtera.

J'ignore les regards qui suivent mon passage, concentrée sur un unique but : ne pas laisser s'échapper cet homme. Comme la dernière fois, il se dirige vers la passerelle. Est-il réellement possible de cavaler ainsi ? Je parviens à peine en haut de celle-ci qu'il est déjà à l'autre bout. Je puise dans mon énergie pour accélérer mon allure. Je dois absolument le rattraper avant qu'il ne s'envole encore dans la nature. J'en fais ma priorité, oubliant même tout ce qui m'entoure. Je n'entends plus la voix dans les haut-parleurs ni ne vois les passants qui attendent. Je me contente de foncer.

Enfin, il me semble que la distance entre nous diminue. Je vais l'atteindre, j'en suis convaincue. Il descend sur une autre voie, continue sa course ; je le suis de près. J'y suis presque ! Dans un élan, je tends le bras. Je peux réussir cette fois, je le sens.

Quelqu'un me tire brusquement en arrière et l'homme s'évapore.

Non !

Je tombe sur le sol et reviens à la réalité en même temps. Devant moi, à l'endroit où j'ai cru pouvoir agripper l'individu de mon cauchemar, le train défile, ralentissant de plus en plus. Il me faut quelques secondes pour comprendre que si on ne m'avait pas rattrapée, je serais actuellement sous ce train, que je n'avais ni vu ni entendu…

Les larmes m'en montent aux yeux. Je lutte pour ne pas les laisser s'échapper. Pas maintenant. Mes oreilles bourdonnent. Mon cœur tambourine dans ma poitrine. J'ai manqué mourir à cause de cet homme et de mon obsession…

Plusieurs personnes m'entourent, mais je refuse de les regarder. Je n'arrive pas à croire ce qui vient de se passer. Une pensée terrible s'insinue en moi : c'est ce que cet individu veut depuis le début. Il veut que je meure ! Je ne sais pas d'où provient cette certitude, mais je la devine réelle. Cela me terrifie.

Ne tremble pas Cassie, ce n'est pas le moment.

— Tout va bien ? me demande une femme que je ne connais pas.

J'essaie de lui répondre, cependant aucun son ne sort de ma bouche. Je suis même incapable de me relever. Le nombre de curieux qui m'encerclent ne cesse de s'agrandir. Je ne dois pas offrir un spectacle très glorieux.

— Laissez-la respirer, ordonne une autre personne.

Je réagis enfin. Cette voix, je sais à qui elle appartient !

Je tourne le buste. Logan se tient juste derrière moi. Il semble inquiet, ou effrayé – j'ai du mal à me décider. Je ne doute pas un seul instant que c'est grâce à lui si je suis encore en vie à l'heure actuelle.

— Que s'est-il passé ? m'interroge une autre femme.

— Tu peux te lever ? me questionne Logan en

l'ignorant.

Même si je n'en suis pas sûre, je hoche la tête. Il me tend la main ; je n'hésite pas et la prends. Une fois debout, ma vision se trouble et mes jambes se mettent à trembler. Je suis incapable d'oublier que j'ai failli mourir. Logan remarque que je ne vais pas bien. Il me soutient et m'aide à rester droite.

— Un simple incident, dit-il pour tenter de rassurer les autres. Elle n'a rien. Je m'en occupe, ne vous inquiétez pas.

— Êtes-vous certain qu'il ne vaudrait pas mieux appeler une ambulance ?

Je retrouve la parole :

— Non. Ça ira.

— On ferait bien de s'éclipser avant qu'ils ne demandent pourquoi tu te précipitais vers le train ou que le personnel ne nous rejoigne, me murmure Logan.

J'acquiesce d'un mouvement discret, toujours sonnée.

Je sens des regards insistants nous suivre tandis que nous nous écartons, mais je m'efforce de ne pas m'en préoccuper. Je ne parviens pas encore à assimiler entièrement que j'aurais pu finir ma course sous ce train…

Quand nous arrivons à une distance que Logan juge assez éloignée de la gare, il me laisse m'asseoir sur un banc. Je cache mon visage dans mes mains, lutte pour ne pas m'effondrer. Ce n'est pas possible, tout ça ne peut pas être réel !

Mon sauveur reste silencieux. Tellement silencieux que je me résous à relever les yeux pour vérifier qu'il est toujours là. La réponse est oui et ce que je lis dans son regard ne me plaît pas : de la colère.

— Qu'est-ce qui t'a pris ?

— Je…

— Tu aurais pu te faire tuer, Deschamps !

— Je sais !

Il me dévisage, incrédule.

— Je sais, répété-je plus calmement. Ce n'était pas mon intention, d'accord ?

Ces paroles semblent le radoucir. Il s'assied à côté de moi.

— Que s'est-il passé ?

Je demeure muette.

— Cassie ? insiste-t-il.

— Je ne suis pas sûre d'avoir envie d'en parler… mais merci. Merci de m'avoir épargné le pire.

— Tu veux bien au moins me dire ce que tu faisais à la gare ? Qu'est-ce qu'il t'a pris de courir comme ça ? Tu n'avais pourtant pas l'air de souhaiter t'éterniser quand tu es sortie du bâtiment. Que voulais-tu à ce vieux monsieur d'ailleurs ?

Je le dévisage, incapable d'en croire mes oreilles. Je sais désormais qui braquait son regard sur moi !

— Tu m'espionnais !?

— Mais non !

Face à mon expression courroucée, il ajoute :

— … Bon, peut-être un peu. Mais ne me fixe pas de la sorte ! Je venais récupérer mon scooter sur le parking quand je t'ai vue. J'étais intrigué, c'est tout. Tu n'arrêtes pas de te rendre ici et tu te comportes bizarrement cette semaine.

J'accuse le coup. J'ai conscience qu'il a raison.

— Qu'est-ce qui se passe, Deschamps ?

Bien que sa voix se soit adoucie, je tourne la tête. La dernière chose que je désire est de parler de ce qui m'arrive ; surtout à lui, qui me trouve déjà étrange sans rien savoir ni vraiment me connaître. Qu'il s'inquiète me semble curieux et pourtant, me touche en même temps.

Je l'entends soupirer.

— C'est bon, j'ai compris : madame ne dira rien.

Je ne peux m'empêcher de le remercier, heureuse qu'il n'insiste pas.

— Je crois que je vais rentrer, finis-je par affirmer en me redressant.

Cette fois, je tiens sur mes jambes. Les effets du choc commencent à se dissiper.

— On se calme, gronde presque Logan en me barrant la route.

— Qu'est-ce que tu fais ?

— Hors de question que je te laisse retourner seule chez toi après… ça. Tu serais capable de t'évanouir au beau milieu de la rue !

Je lève les yeux au ciel.

— Je me sens mieux.

— Interdiction de discuter, je te ramène chez toi. Attends-moi là, je vais chercher la limousine, plaisante-t-il.

— Mais…

— Ce n'est pas négociable, Deschamps.

Je souris malgré moi. Pour une fois, je décide de lui accorder le dernier mot. Je dois admettre que me retrouver seule après ce qu'il vient de se produire ne me

154

plaît pas plus que ça.

— D'accord.

— Promis ?

— Je te le jure.

Logan s'éloigne et je reste là, à essayer de ne pas paniquer. Je refuse de ressasser ce qui aurait pu m'arriver. Je ne craquerai pas avant d'être dans ma chambre.

Mon sauveur revient vite sur son scooter et je me demande un instant s'il a couru pour aller le chercher. Je grimace à l'idée de remonter sur cet engin. On ne peut pas vraiment dire que j'ai le choix ; je sais que Logan n'acceptera aucun refus. Dans un sens, je le comprends très bien. À sa place, moi non plus, je n'aurais pas laissé rentrer seule une personne que j'aurais vue se précipiter en direction des rails alors que le train arrivait. Je soupire intérieurement. Pour qui doit-il me prendre désormais ?

Je tente en vain de sourire et me lève pour le rejoindre. Au moins, le trajet sera moins long que pour se rendre en cours…

Je grimpe en selle et, une fois que j'ai donné mon adresse à Logan, je deviens silencieuse. Que pourrais-je dire, de toute façon ? Je ferme les yeux, prie pour ne pas avoir mal au cœur et lui enserre la taille, tenaillée par la crainte de tomber. Ce n'est vraiment pas mon moyen de locomotion favori.

Au bout d'un moment, je sens qu'on ralentit et je m'autorise à regarder. Nous sommes dans ma rue. Logan se gare un peu plus bas que ma maison.

— Je n'étais pas sûr qu'on apprécierait de te savoir sur un scooter. J'ai préféré ne pas m'arrêter devant chez toi, me déclare-t-il.

— C'est gentil. Comment as-tu deviné ?

— Je connais les a priori, me sourit-il. Ça va aller ?

— Je suis une grande fille.

Je vois à son expression qu'il est tenté de me contredire, mais il n'en fait rien. Tant mieux, je ne suis pas certaine de pouvoir retenir mes larmes encore longtemps.

— À lundi, alors, me salue-t-il.

D'un simple signe de la main, je confirme et m'avance en direction de chez moi.

Je remonte l'allée de la maison lorsque j'entends sa moto s'éloigner. C'est seulement là que je m'autorise à craquer. Dans un torrent, mes larmes se déversent sur mes joues. Bon sang ! Que m'a-t-il pris de courir ainsi après cet homme, sans même regarder où j'allais ?

Pas la peine d'essayer de me calmer avant d'entrer, je sens que je n'y arriverai pas. J'ouvre la porte et m'engouffre dans le vestibule. Je n'ai pas le temps de m'engager dans les escaliers. Miguel m'a aperçue et vient à ma rencontre, inquiet.

— Cassie ? Que se passe-t-il ?

Je n'ai aucune envie de lui mentir. Pas après notre dernière discussion. Je sais que je veux être honnête avec lui, mais je sais aussi que je ne peux pas parler de cet homme. Quelque chose au fond de moi m'en empêche. J'en suis totalement incapable.

Il faut bien que je lui réponde. Je choisis de rester au plus proche de la vérité.

— Un véhicule a failli… me renverser. Je ne faisais pas attention et…

— Quoi !? s'exclame-t-il. Tu n'as rien, au moins ?

— Non, un ami m'a tirée en arrière avant… qu'il ne soit trop tard.

— Si je retrouve le chauffard qui aurait pu te tuer ! s'égosille-t-il.

Puis, m'attrapant gentiment par l'épaule, il ajoute, d'un ton beaucoup plus doux :

— Viens t'asseoir un moment, ça te calmera. Par chance, il y a eu plus de peur que de mal.

D'un mouvement de tête, j'acquiesce et le suis.

Lorsque nous passons à table, je suis déjà plus détendue. Les émotions accumulées depuis l'accident se sont peu à peu dissipées, et même si je me sens encore confuse vis-à-vis de tout ça, j'arrive à profiter du repas. D'autant plus que ma grand-mère meuble la conversation à elle seule en nous parlant de la vie dans son village.

Je suis soulagée qu'elle ne me fasse plus d'insinuations sur mon rêve et qu'elle ne me pose aucune question quant à ma crise de larmes. Lorsqu'elle m'a vue en pleurs dans le salon, j'ai tout de suite compris qu'elle savait que je ne disais pas toute la vérité. Le regard qu'elle m'a jeté m'a glacée sur place. Par chance, elle s'est tue et s'est contentée d'aller me chercher à boire tandis que mon frère me consolait.

Leur relation à eux s'est d'ailleurs bien améliorée en quelques jours. Miguel ne paraît plus aussi tendu quand il lui parle et elle semble plus sincère lorsqu'elle le complimente. Je suis heureuse pour lui, heureuse de voir que ses efforts n'ont pas été vains. Il mérite que les choses aillent mieux dans notre famille.

Depuis que je me suis calmée, ma grand-mère n'a pas une seule fois amené le sujet de mon incident du jour sur le tapis. Peut-être a-t-elle enfin saisi que je n'avais pas envie d'en discuter avec elle. De temps en temps, lorsque je décroche de son monologue, mes pensées reviennent vers cet homme. Malgré tout ce qui m'est arrivé, j'ai toujours le désir d'en apprendre plus sur lui. De savoir pourquoi il hante mes nuits et la gare de ma ville. Je n'ai toutefois plus le courage de me rendre là-bas. Je ne m'en sens tout simplement pas capable. Difficile d'avancer dans ce cas…

Une idée me vient en tête, totalement saugrenue.

J'ignore pourquoi j'y songe maintenant, comme un flash dans mon esprit. Lorsque j'ai feuilleté le livre de ma grand-mère – non, celui de mon père –, j'y ai aperçu une formule qui parlait des rêves, de la possibilité d'y apprendre la vérité…

Je me trouve stupide de ressasser ça. C'est ridicule. J'ai conscience que ce n'est pas une solution, que ce bouquin n'est qu'une farce. Pourtant, cette idée me séduit. Suis-je à ce point désespérée d'obtenir des réponses ? Quoiqu'il en soit, et même si je ne suis pas très optimiste, je compte bien tenter le coup. Je ne risque rien en faisant cela. Pas comme si je retournais à la gare.

C'est décidé : ce soir, juste avant de dormir, je suivrai les instructions du grimoire et lirai cette fameuse formule.

Chapitre 14

La nuit règne. Cassie marche au milieu d'herbes hautes. Seule la lune lui permet encore de voir là où elle met les pieds. Elle ne sait pas où elle va, mais ne s'arrête pas pour autant, comme si elle devait avancer. Comme si quelque chose l'y poussait. Au loin, elle distingue des contours incertains. Il fait trop sombre pour deviner de quoi il s'agit exactement ; elle s'en approche. Il devient bientôt évident que c'est une vieille ferme, reculée de toute autre habitation. Aucune lumière ne filtre au travers des fenêtres. Ses occupants doivent dormir. Non loin passe un cours d'eau – un ruisseau, sans doute. La jeune fille l'entend de plus en plus clairement.

Alors qu'elle continue à marcher, elle aperçoit une forme près de la rive. Une silhouette recroquevillée est assise sur une grosse pierre, la tête cachée entre ses mains.

Une femme, si ses yeux ne la trompent pas.

Et aux sanglots qui déchirent la nuit, celle-ci pleure.

Elle hésite. Doit-elle ou non s'approcher ? Elle ne connaît pas cette personne et ne peut être sûre d'être bien accueillie. Sa compassion l'emporte toutefois.

— Excusez-moi ? souffle-t-elle.

L'interpellée ne semble pas avoir remarqué sa présence.

— Mademoiselle ? insiste-t-elle.

Toujours aucune réaction. En désespoir de cause, Cassie avance jusqu'à elle et lui touche l'épaule ; elle y exerce une mince pression. Ses efforts sont vains : la femme ne bouge pas, comme si elle ne pouvait ni la voir ni l'entendre.

Cela lui rappelle cet homme. Elle frissonne.

Ne sachant que faire, elle finit par détailler l'âme en peine. Ses cheveux sont de la même couleur que les siens : blonds cendrés, bien qu'ils soient un rien plus longs et pas aussi lisses. Lâchés, la plupart cascadent dans son dos tandis que d'autres retombent devant ses épaules, cachant un peu plus son visage. Sa peau est pâle. Très pâle. Mais peut-être n'est-ce dû qu'à la lune blafarde ? La jeune fille en doute, persuadée qu'elle conserve un teint de porcelaine même à la lueur du jour. Elle s'attarde un instant sur les vêtements de cette femme. Malgré la fraîcheur de la nuit, celle-ci ne porte qu'une simple robe de chambre crème. Cette tenue détonne avec la sienne, composée d'un jean et d'un sweat-shirt.

« C'est plutôt moi qui détonne ici », ne peut-elle que penser alors qu'elle regarde plus attentivement autour d'elle.

Le plus étrange est qu'elle ne se rappelle plus ce qu'elle faisait avant d'arriver là. Son dernier souvenir est cette marche nocturne. D'où est-elle partie ? De chez elle ? D'ailleurs ? Elle n'en a pas la moindre idée.

Lorsqu'elle observe le ciel étoilé sans qu'aucun éclairage public ne la gêne, Cassie a le sentiment d'avoir remonté le temps, d'avoir posé un pied devant l'autre jusqu'à atteindre une dimension nouvelle. « Et peut-être est-ce le cas », se surprend-elle à penser. Voilà qui expliquerait pourquoi cette inconnue ne l'entend ni ne la voit.

Une faible lueur surgit de la vieille ferme. La porte est ouverte et une jeune fille qui ne doit pas avoir plus de quinze ans en sort, une lampe à huile à la main. Elle aussi n'est vêtue que d'une robe de chambre. Ses cheveux blonds, plus clairs que les siens, sont tressés. Même de là où elle se tient, Cassie peut distinguer l'inquiétude sur son visage rond. Pieds nus, sans se rendre compte de sa présence, elle s'avance jusqu'à la femme en pleurs.

— Arie ? l'appelle-t-elle.

L'interpellée tressaute. « Il n'y a donc que moi qui suis transparente », remarque l'adolescente.

— Ariane, regarde-moi, reprend la plus jeune d'une voix douce.

Comme pour l'encourager, elle pose une main sur son épaule. La prénommée Ariane relève alors la tête et laisse voir ses yeux rougis par les larmes.

Cassie recule. Dire qu'elle est surprise serait un euphémisme : cette Ariane lui ressemble trait pour trait !

— Tu devrais retourner te coucher, Tanja. Tu vas attraper froid.

— Hors de question que je rentre sans toi.

La femme esquisse un sourire triste.

— Tu ne devrais pas t'isoler, ajoute la cadette.

— Peut-être, mais… j'en ai besoin après que… que…

Elle s'interrompt, convulsée par de nouveaux sanglots. Sans pouvoir se l'expliquer, Cassie a l'impression que sa voix lui est familière.

— Oh Ariane ! Je suis tellement désolée pour toi, s'écrie Tanja en l'enlaçant.

L'adolescente ignore comment réagir devant toute cette peine. Doit-elle partir, détourner ses yeux indiscrets de la scène ? Ou au contraire, faut-il qu'elle reste ?

Une mystérieuse force la pousse à demeurer sur place.

— J'y croyais tant… souffle Ariane. Et maintenant, il…

— Je sais, la coupe Tanja. J'aurais voulu que ça soit différent. Pour toi. Pour lui aussi.

— Merci… Tu as toujours été là pour nous.

Cassie discerne ce qui s'apparente à une lueur de culpabilité dans les prunelles de la plus jeune, mais cet éclair passe si vite qu'elle doute de l'avoir réellement vu. « J'ai dû l'inventer », pense-t-elle.

— Je savais que je vous trouverais ici, mes sœurs.

C'est une femme un peu plus âgée qui vient de s'exprimer. Toutes, aussi bien Cassie que les deux autres, sursautent. Nulle ne l'a aperçue avant qu'elle ne se manifeste ; elle est arrivée auprès du ruisseau tel un fantôme. À l'inverse de ses cadettes, elle a pris le temps d'enfiler un châle en laine pour affronter la nuit.

Cassie se méfie instantanément d'elle. Sa voix cassante et son air austère ne lui permettent pas de chasser cette première impression de dangerosité. Des

162

cheveux noirs et raides encadrent son visage sévère et accentuent son teint pâle – peut-être la seule chose qu'elle et Ariane ont en commun. Ses traits sont durs, grossiers. Élancé, son corps ne présente aucune courbe, la rendant filiforme. Mais ce que Cassie remarque avant tout chez cette nouvelle arrivée, ce sont ses yeux. D'un bleu profond comme les océans, ils n'ont rien de bienveillant. L'adolescente y lit une haine à peine contenue. Haine qui ne semble toutefois pas dirigée contre les deux autres, mais plutôt vers le monde entier.

— Ishild, l'accueille la plus jeune.

— Vous ne devriez pas être dehors à une heure aussi tardive.

— Je crois qu'Arie a besoin d'air après… cette journée.

La prénommée Ishild soupire, puis se tourne vers sa seconde sœur, toujours en larmes :

— Ariane, tu ne vas pas pouvoir passer le restant de tes jours à te lamenter. Il va falloir te reprendre en main.

— Ishild ! s'outre Tanja. Laisse-lui un peu de temps, tu vois bien qu'elle souffre.

— Ce n'est rien, déclare Ariane en relevant la tête. Elle ne peut comprendre ce que je vis, car hormis nous, personne ne l'a jamais aimée.

Une étincelle de colère flambe dans les yeux d'Ishild, mais c'est d'une voix calme et doucereuse qu'elle répond à sa sœur :

— Après ce que cet homme t'a fait, permets-moi de remettre son amour pour toi en cause…

Cassie ne peut pas croire ce qu'elle vient d'entendre. Même si elle ne saisit pas tout à fait la situation, elle ne peut accepter la façon dont cette Ishild traite un membre de sa propre famille. Les mots ont été choisis pour blesser, elle n'en doute pas.

— Comment oses-tu ? souffle Ariane.

— Mère et moi t'avions pourtant mise en garde contre lui. Nous t'avions dit qu'il n'était pas fait pour toi. Tu ne nous as pas écoutées. Pire encore, tu projetais de nous abandonner. D'abandonner Tanja.

— Je…

— Ne nie pas, l'interrompt-elle. Tu désirais t'enfuir avec lui. Nous l'avons soupçonné bien avant tes sanglots de ce matin, quand tu t'es rendu compte qu'il était parti sans toi, là où tu ne le retrouveras probablement jamais.

— Tais-toi ! Je sais déjà cela…

Tanja les regarde tour à tour. Cassie devine qu'elle se sent déchirée entre ses sœurs, qu'elle ne comprend pas l'attitude de la plus âgée. À intervalles irréguliers, elle passe une main dans le dos d'Ariane, comme pour l'aider à surmonter tout ça.

— Il ne mérite pas que tu pleures pour lui, reprend Ishild d'une voix à peine plus douce. C'est cela que j'essaie de te dire. Sois certaine que je ne souhaite pas ta peine.

Toujours invisible à leurs côtés, Cassie en doute. Cependant, Ariane acquiesce tandis qu'un mince sourire s'accroche à ses lèvres.

— Tanja, peux-tu nous laisser ? demande l'aînée.

— Je ne suis pas sûre que…

— Rentre, insiste-t-elle.

L'intensité de son regard pousse la cadette à obéir. L'adolescente l'observe s'éloigner, puis disparaître à l'intérieur de la ferme, la tête baissée.

Ishild vient s'asseoir où Tanja se situait plus tôt et pose une main sur le bras d'Ariane.

— Tu ne devrais vraiment pas rester là, tu vas finir par attraper froid.

— Cela m'est égal. Et je gage que me voir malade ravira mère après cette journée.

— Ne parle pas sans réfléchir. Il est certain qu'elle est en colère puisque tu voulais partir. Je ne te cacherai pas que ça me met dans le même état. Mais aussi bien mère que moi t'aimons. Nous ne souhaitons pas qu'il t'arrive quoi que ce soit, qu'il s'agisse d'un simple rhume ou d'un fait plus grave.

Derechef, Ariane lui accorde un fin sourire. Un sourire forcé.

Les deux femmes se montrent avares de paroles. Cassie ne sait pas pourquoi elle continue à les observer. Elle sent qu'elle n'a rien à faire ici, mais c'est plus fort qu'elle. Elle est incapable de quitter ce lieu ; cette force étrange devient plus insistante.

Au bout d'un moment, Ishild brise le silence qui s'est installé et la jeune fille tend l'oreille, curieuse.

— Tu lui en veux, n'est-ce pas ?

— Énormément… Il m'avait promis qu'on partirait ensemble, que je n'aurais plus jamais à avoir peur de… enfin, tu sais de quoi. Hier encore, il me parlait des endroits où nous irions et me jurait de venir me chercher près de ce ruisseau ce soir même. Et ce matin, il… il a…

La jeune femme a une nouvelle crise de sanglots, incontrôlable. Cassie réalise à quel point cette « jumelle » souffre. Sans comprendre pourquoi, elle a de la sympathie pour elle. La voir dans cet état lui fait mal. Elle espère qu'Ishild parviendra à la consoler en trouvant des mots plus adaptés que ceux de tout à l'heure. Mais lorsqu'elle aperçoit le sourire cruel que celle-ci lance à Ariane, elle en doute et craint le pire.

— Il est encore temps de te venger de lui, douce Ariane.

À ces mots, celle-ci s'arrête de pleurer et l'horreur se peint sur son visage.

— Il en est hors de question ! Je ne suis pas comme ça...

— Tu n'as pas à me mentir, je ne te jugerai pas. Je sens que tu en meurs d'envie, que tu y pensais avant même que je ne te le dise.

Voyant qu'elle ne répond pas et serre les poings, la plus âgée enchaîne, perfide :

— Il a joué avec ton cœur, pourquoi ne jouerais-tu pas avec son âme ?

Cassie les dévisage tour à tour, interloquée. « Jouer avec son âme ? De quoi parlent-elles ? »

— Je ne veux pas être ce genre de sorcière. Je veux que mes dons ne servent qu'à répandre le bien autour de moi. Je veux soigner les gens.

— Te venger de lui ne fera pas de toi une mauvaise sorcière. Tu sais aussi bien que moi que tu ne pourras jamais être une guérisseuse reconnue. Le monde n'est pas sûr pour celles de notre espèce. Tu connais le sort réservé aux femmes accusées de sorcellerie !

Des sorcières !? Sous le choc, l'adolescente recule. C'est absurde, impossible ! Malgré tout, elle n'arrive pas à résister à sa curiosité et reste là pour les écouter. Sans pouvoir l'affirmer, elle sent qu'Ishild met Ariane en danger en la poussant à se venger.

— Jons… Jons m'avait dit qu'on trouverait ensemble un endroit où on m'accepterait, où je me montrerais utile.

— Un tel endroit n'existe pas. Tu as été idiote de lui révéler ta véritable nature. Qui sait ce qui se serait passé s'il en avait parlé à qui que ce soit ?

Les reproches sont bien perceptibles dans la voix de l'aînée. Cassie n'y décèle aucune trace de compassion. Ariane n'a pas l'air de s'en offenser. Sans doute a-t-elle l'habitude que sa sœur la traite de cette façon. Peut-être n'y prête-t-elle même plus attention.

— J'avais confiance en lui, j'étais certaine qu'il ne me trahirait pas. Sur ce point-là, je ne m'étais pas trompée, au moins… Je… je l'aimais, Ishild.

— Je sais. Nous ne serions pas en train d'en discuter dehors à cette heure si ce n'était pas le cas. J'aurais tant souhaité que tu nous écoutes, mère et moi, lorsqu'il en était encore temps…

— Je commence à me dire que c'est ce que j'aurais dû faire. J'aurais moins souffert ainsi. Je déteste le haïr de la sorte !

Alors que sa sœur essuie de nouvelles larmes, l'aînée s'autorise à sourire. Cassie suppose que ce sourire se veut rassurant. À elle, il lui donne des frissons.

— Te venger évacuerait cette haine.

Ariane ne s'exprime pas sur ce point. Hésite-t-elle ?

— Ne mérite-t-il pas d'avoir mal à son tour ? Ne trouves-tu pas qu'il doit être puni pour ce qu'il t'a fait ?

Ariane serre une fois de plus les poings, si fort que

ses phalanges blanchissent. C'est d'une voix basse mais assurée qu'elle répond :

— Si.

L'adolescente discerne dans son regard ce que la peine avait masqué jusque-là : la colère. Cette femme n'est pas que brisée. Elle est aussi dévorée par l'amertume. Amertume que son aînée semble vouloir entretenir.

Pour avoir détesté bon nombre de personnes présentes lors de l'incendie qui a ôté la vie à ses parents, Cassie sait que la rancœur ne soulage pas les blessures. Elle ne fait que les agrandir et empêche le temps d'accomplir son travail.

— Venge-toi, persifle Ishild. Venge-toi en le damnant. Tu ne pourrais pas lui infliger pire tourment. Nous savons qu'il le mérite.

La sorcière a l'air d'hésiter.

Sans comprendre pourquoi elle est prête à défendre un inconnu – qui s'est amusé avec le cœur d'une femme qui plus est –, Cassie se surprend à prier pour qu'Ariane n'écoute pas sa sœur. Il ne sortira rien de bon de tout cela, elle en est convaincue.

— Je… je n'ai jamais fait ça. Je n'ai jamais jeté de sortilèges sombres.

— Je peux t'aider, propose l'aînée. Ce n'est pas très compliqué et ça devient de plus en plus facile avec les années.

À ces mots, Ariane sursaute. L'adolescente espère que c'est parce qu'elle reprend ses esprits, qu'elle va abandonner l'idée d'accorder sa confiance à la plus âgée. Elle déteste se sentir impuissante, se contenter d'observer la scène. Si elle le pouvait, elle frapperait Ishild. Quelque chose de malsain se dégage de sa personne. Quelque chose qui est en train d'empoisonner sa sœur.

— Que veux-tu dire ? s'inquiète celle-ci. Tu n'as quand même pas déjà jeté ce sortilège ?

— Rassure-toi, ce sera la première fois que je damne une âme moi aussi.

— Qu'as-tu voulu dire alors ?

— Qu'il existe un bon nombre de sorts sombres et que ce n'est pas un hasard si cet arrogant de Wilfrid est tombé gravement malade avant de révéler à qui que ce soit que Tanja est une sorcière.

— C'était toi !?

Un grand sourire aux lèvres, Ishild acquiesce.

— Je veillerai à ce que cet abruti ne puisse plus quitter son lit, crois-moi.

Ariane déglutit difficilement. Pendant un instant, Cassie pense qu'elle va renoncer à sa vengeance. Peine perdue.

— Je ne veux plus de cette haine, de cette souffrance… Que dois-je faire, ma sœur ?

Le sourire d'Ishild s'élargit :

— J'ai besoin d'un objet lui ayant appartenu.

Ariane suit la direction de son regard et pâlit.

— Ma… bague ? Je… je ne sais pas si je peux. C'est la dernière preuve qu'il me reste de ce qu'il y a eu entre nous.

— Ça en fait un objet puissant. Avec cet anneau, peu de chance que le sort échoue.

— Je…

— Décide-toi ! s'emporte Ishild.

Devant les yeux ronds de sa sœur, elle s'empresse d'ajouter :

— Excuse-moi. Tu n'ignores pas que j'ai horreur de l'incertitude. Cela demeure toutefois ton choix. Que décides-tu ?

La plus jeune contemple sa bague, hésitante. Cassie doit se retenir de lui hurler de ne pas la lui donner. Si seulement elle pouvait l'entendre, elle lui dirait que l'acte de ce Jons n'a rien changé, qu'elle est l'unique maître de son destin et que rien ne l'empêche de fuir sans cet homme et de devenir la sorcière qu'elle veut être. Si seulement elle pouvait réaliser que rien ne l'oblige à faire ce que son aînée lui demande pour se sentir mieux !

Avec peine, l'adolescente la regarde prendre sa décision et enlever le bijou pour le tendre à Ishild. Triomphante et ravie, celle-ci lui sourit.

— Parfait ! s'exclame-t-elle en posant le précieux anneau par terre. Maintenant, la formule. Retiens bien les phrases que je vais prononcer, il te faudra les répéter en même temps que moi pour que le sortilège fonctionne.

Ariane hoche la tête, puis écoute ladite formule. Cassie n'en comprend pas un traître mot. Elle a l'étrange impression que c'est parce que quelque chose ne veut pas qu'elle l'entende. Cette pensée la fait frissonner et elle se retourne, comme si une présence se trouvait non loin d'elle. Elle ne voit personne et tente de se rassurer. Qu'il y ait un intrus lui paraît improbable. « Aussi improbable que d'être en présence de sorcières », songe-t-elle tout à coup avant de secouer la tête ; ce n'est pas le moment de se laisser envahir par la paranoïa. Elle doit se concentrer sur ce qui se passe pour Ariane.

— Tu as tout retenu ? l'interroge l'aînée. Bien. Maintenant, mettons-nous autour de l'objet et donne-moi tes mains. Ça aurait été mieux de jeter ce sortilège à trois, il aurait été au sommet de sa puissance, rien n'aurait su le défaire. Toutefois, Tanja est encore trop jeune pour goûter au pouvoir des sorts sombres.

Sans un mot, Ariane s'exécute. On la jurerait pressée d'en finir.

Avec appréhension, l'adolescente la regarde prendre les mains d'Ishild et se placer là où elle le lui ordonne. Rapidement, les deux sœurs prononcent la formule. Une fois de plus, Cassie ne la comprend pas. Les sons lui parviennent déformés, lui donnant l'impression d'être sous l'eau. Le sentiment que quelque chose l'empêche d'entendre ces paroles grandit en elle. Elle ne sait qu'en penser.

Impuissante, elle assiste en silence à cette drôle de scène ; alors qu'Ishild sourit de toutes ses dents et qu'une lueur de cruauté continue de miroiter au fond de ses yeux, Ariane semble sur le point de s'effondrer. Peut-être l'aurait-elle déjà fait si sa sœur ne la tenait pas aussi fermement. À leurs pieds, entre leurs deux corps, l'anneau se met à briller faiblement, puis de plus en plus fort, à tel point que Cassie se demande si d'autres personnes peuvent le voir au loin et s'il est possible que cela trahisse le secret de cette famille.

D'un coup, la lueur s'estompe, comme s'il ne s'était jamais rien produit. Ishild lâche les mains de sa cadette, sans se départir de son sourire victorieux.

— Te voilà vengée, ma sœur. Ta haine et ta peine n'ont plus lieu d'être. L'âme de ton cher Jons n'aura plus de repos à partir de ce jour ! Rentrons maintenant, il ne faudrait pas inquiéter mère.

Sur ces mots, elle s'éloigne, puis s'arrête en constatant qu'Ariane ne la suit pas.

— Tu ne viens pas ?

— Je… j'ai besoin d'un peu d'air. Je te rejoins dans une minute, ne m'attends pas.

— Si tu le souhaites. Prends ça.

La jeune femme n'a que le temps d'attraper le châle que sa sœur lui lance avant que celle-ci ne marche en direction de la ferme.

Restée seule, Ariane se tient immobile un instant. Cassie suppose qu'elle n'arrive pas à imaginer qu'elle est vengée, que ce qui vient de se produire est réel. La sorcière se penche ensuite vers le sol et tend sa main vers la bague. Il n'est pas difficile de comprendre qu'elle veut récupérer l'objet. À peine l'a-t-elle effleuré qu'il se répand en poussière. C'en est trop pour Ariane, qui tombe genoux à terre.

— Mais qu'ai-je fait ? murmure-t-elle alors que les larmes jaillissent à nouveau de ses yeux.

Sa sœur se trompait. Avoir damné celui qui l'a trahi n'a pas effacé ce qu'elle ressent. Rien ne le pourra…

Chapitre 15

J'ouvre les yeux et me souviens de tout. Quel rêve étrange !

Mon cœur bat plus vite que d'habitude. Je le sens qui tambourine dans ma poitrine et m'en étonne. Ce songe n'a pas été aussi horrible à vivre que celui sur cet homme, bien qu'il me laisse un goût amer.

À tâtons, toujours à moitié endormie, je cherche l'interrupteur de ma lampe de chevet. La luminosité soudaine me force à clore mes paupières. Quand j'arrive enfin à les soulever, la première chose que je remarque est le grimoire de mon père, tout près de moi.

J'ai un brusque mouvement de recul. Toute trace de sommeil s'évapore et les souvenirs de la veille affluent. Je me revois en train de prononcer la formule censée m'apporter la vérité pendant la nuit, puis penser très fort à cet homme, celui de la gare. Je me rappelle encore avoir ri de moi après coup, puis avoir déposé ce livre, en me traitant d'idiote, sur ma table de chevet avant de m'endormir. Avant de faire ce songe pour le moins étrange.

Un doute m'assaille : a-t-il été provoqué par ce

stupide sort ? Je n'ose y croire. D'autant plus que je n'ai rien appris sur cet individu, que je n'ai jamais entendu parler de cette Ariane. Mais alors pourquoi tout cela me laisse-t-il un sentiment de réalité ? C'est la première fois que je me souviens d'un rêve aussi long avec autant de précision !

Je me sens incapable de me recoucher.

Je tourne la tête vers mon réveil. Il n'est même pas une heure du matin. Un peu tôt pour se lever. Malgré tout, je quitte mon lit. Je suis trop perturbée pour rejoindre Morphée tout de suite.

Si je ne désire pas réfléchir pour le moment, je ne souhaite pas non plus oublier. M'asseyant sur ma chaise de bureau, je sors un bloc-notes de mon sac de cours, attrape un stylo à bille, puis rédige tout ce qui me revient en mémoire de la scène à laquelle j'ai assisté. J'essaie de décrire Tanja et Ishild du mieux que je peux afin de m'en souvenir fidèlement plus tard. Quant à Ariane, j'évoque surtout notre grande ressemblance, qui me trouble toujours autant maintenant que je suis éveillée. Au fur et à mesure que j'écris, je m'interroge sur ce que j'ai vu. Qui étaient ces trois sorcières et l'homme qui a abusé de la confiance de l'une d'entre elles ? Que fait le sort qu'Ariane a jeté ? Pourquoi celui qu'elle aimait l'a-t-il trahie ? Autant de questions auxquelles je suis incapable de répondre…

Le dernier mot aligné, je me relis, comme si j'espérais encore trouver une signification à ce rêve. Je n'arrive pas à détacher mes yeux du papier. Une petite voix en moi me pousse à croire que ce songe me révèle une information, que c'est important. Mais j'ai beau me pencher dessus, aucune explication ne me vient à l'esprit.

Je ne sais pendant combien de temps je reste assise là, à fixer ma feuille dans l'espoir de comprendre. Lorsque la clarté du jour perce au travers du volet, je constate que je suis sur cette chaise depuis de nombreuses heures. Je ne les ai pas vues filer ! Les événements me travaillent trop facilement ces derniers jours. D'abord cet homme, puis ce grimoire, et maintenant ce rêve ! Il faut que je me ressaisisse ou que je déniche des indices, sans quoi je ne tiendrai plus très longtemps, c'est une certitude.

Je me lève, toute envie de continuer à relire mes mots envolée. Je me dirige en premier lieu vers mon lit, puis je réalise que ça n'en vaut plus la peine. Je ne réussirai de toute façon pas à dormir. Ma lampe de chevet étant toujours allumée, je l'éteins puis relève mon volet. Bien qu'encore faible, la clarté est suffisante pour que je m'apprête. Je souris en songeant que s'il me voyait debout avant midi un dimanche, mon frère en ferait une syncope !

Je descends prendre un petit-déjeuner. Miguel quitte la table juste quand j'arrive dans la cuisine.

— Déjà debout ? m'interroge-t-il, surpris.

— Mauvaise nuit.

C'est la seule explication que je lui fournis pendant que je m'installe sur ma chaise. Lorsque je remarque qu'il porte un costume, j'ajoute :

— Tu t'en vas, ce matin ?

— Malheureusement, oui. L'inauguration de la nouvelle exposition de M. Guerin est prévue à dix

175

heures.

— La galerie a du succès en ce moment, tu ne t'arrêtes pas une minute.

— Même si j'apprécierais un peu de repos, je ne vais pas m'en plaindre ! Et puis, j'aime ça.

Je lui souris, heureuse de constater que ses horaires actuels ne le dérangent pas trop.

— Tu m'accompagnes ? me demande-t-il.

L'étonnement doit se lire sur mon visage. Miguel ne me le propose jamais.

— L'autre jour, poursuit-il, lorsque j'ai réalisé que je ne savais même pas ce que tu voulais faire plus tard, je me suis rendu compte qu'on ne partageait presque plus rien depuis… Enfin bref. Ne te sens pas obligée d'accepter pour autant, c'est seulement si le cœur t'en dit.

Alors que je m'apprête à lui répliquer que l'exposition m'attire peu, mais qu'une sortie au cinéma lorsqu'il aura plus de temps libre me tenterait beaucoup, ma grand-mère nous rejoint dans la cuisine.

— Bonjour les enfants, nous salue-t-elle.

— Grand-mère, répond Miguel tout en lui installant un set de table.

Le regard de la vieille s'arrête sur moi et me rend immédiatement mal à l'aise. Je n'ai aucun moyen d'expliquer ça, mais je jurerais qu'elle est au courant pour mon rêve de cette nuit et qu'elle n'attend plus que l'opportunité de m'en parler. Cette hypothèse me donne des frissons. De nouveau, une sorte d'aura se dégage d'elle. Une aura qui attise ma méfiance, comme pour me mettre en garde. Mais contre quoi exactement ? Je ne parviens pas à le deviner. Une chose est sûre : je ne demeurerai pas dans cette pièce en sa compagnie bien longtemps.

— Je viens avec toi, annoncé-je à mon frère en engloutissant mon petit-déjeuner. Quand partons-nous ?

— Dès que tu es prête.

— Je le suis !

— Allons-y alors. Tu es certaine que tu préfères nous attendre ici, grand-mère ?

Je grimace à la pensée que Miguel lui ait proposé de nous accompagner, mais je suis soulagée lorsque j'entends sa réponse :

— Oui, j'aime mieux rester au chaud.

— À tout à l'heure dans ce cas.

— C'est ça. Amusez-vous bien.

Malgré ces paroles, je devine qu'elle est furieuse que je sorte. Je le sens rien qu'à son regard, ce qui me conforte dans l'idée d'avoir pris la bonne décision. Je sais qu'à partir d'aujourd'hui, je ferai tout pour ne pas me retrouver dans la même pièce qu'elle.

L'après-midi est déjà bien avancé lorsque Miguel et moi rentrons à la maison. L'exposition n'était pas des plus passionnantes – hormis pour les œuvres de ma mère, je ne me suis jamais vraiment intéressée à l'Art –, mais je ne regrette pas d'y être allée. Passer du temps avec mon frère m'a fait du bien et m'a permis de me détendre un peu, chose dont j'avais plus que besoin.

À cause de ma courte nuit de sommeil, j'ai dû étouffer un bâillement plus d'une fois. Heureusement, Miguel ne s'est aperçu de rien – ou s'il l'a vu, il ne me l'a pas reproché, ce qui serait étonnant. Peut-être a-t-il remarqué mon manque d'énergie ? Peut-être s'est-il souvenu que je lui ai confié avoir mal dormi ?

Encore maintenant, je dois me retenir de bâiller. La fatigue essaie par tous les moyens de s'emparer de moi. Hors de question que je me laisse aller ! Je n'ai pas envie de chercher le sommeil en vain ce soir.

Afin de ne pas croiser la vieille, je monte directement au grenier. Depuis notre discussion, je n'ai plus peur que Miguel m'y surprenne. Tant pis s'il apprend pour les livres, je suis désormais certaine qu'il ne me les enlèvera pas. Pas s'il sait qu'ils sont importants pour moi.

Aujourd'hui pourtant, je ne me dirige pas vers la latte qui les dissimule. Je m'installe simplement là où l'on ne me verra pas si quelqu'un – ma grand-mère par exemple – vient à entrer. Cet après-midi, je veux avoir la paix.

Sortant mon portable de mon jean, je me décide à poursuivre la lecture de mon e-book. Comme je le souhaitais, je me laisse captiver par l'histoire, oublie ce qui me préoccupe.

Concentrée sur cette échappatoire, je ne me rends pas compte que le sommeil s'empare peu à peu de moi…

Un cri s'étrangle dans ma gorge lorsque je me réveille. Loin de provenir de ma sieste, il survient quand je réalise avoir refait le même rêve que la nuit précédente. Je suis prise de panique. Tout ça, c'est à cause du livre de ma grand-mère, j'en suis sûre ! Une petite voix en moi me susurre que je ne me trompe pas.

Toute cette histoire est en train de me rendre folle !

J'éclate en sanglots. Le pire est que je ne peux pas m'en empêcher. Les larmes se déversent sur mes joues, silencieuses. Cette preuve du désastreux état dans lequel se trouvent mes nerfs me désarçonne. Vais-je devoir supporter tout ça interminablement ?

Calme-toi, Cassie. Réagir ainsi ne va rien arranger. Je ressasse cette phrase encore et encore, me force à respirer profondément.

Il me faut quelques minutes pour me tranquilliser. Cette crise de pleurs n'aurait pas dû se produire, je suis plus forte que ça. Un sourire mince fleurit sur mon visage. « Je suis forte », c'est exactement les paroles que Laura me faisait répéter lorsque ça n'allait pas. Il faut croire que ce genre de choses ne se soustrait pas à la mémoire.

Je cherche mon téléphone du regard, désireuse d'apprendre pendant combien de temps je me suis assoupie. Il traîne par terre, non loin de moi ; j'ai dû le lâcher en m'endormant. Je peste en constatant que l'heure du repas approche. À cause de cette sieste non voulue, je n'ai pas l'impression d'être restée éloignée de ma grand-mère très longtemps. Tant pis, ce ne sera visiblement pas aujourd'hui que j'aurai des vacances…

Je décide de redescendre pour ne pas faire attendre Miguel si jamais il m'appelle. Je sais que si je flâne dans la cuisine, je n'y serai seule avec la vieille à aucun moment. Durant les heures de repas, cette pièce est le territoire de mon frère.

Dans les escaliers, les effluves de cuisson qui me parviennent m'informent que je ne me suis pas trompée.

— J'espère que tu as faim, me demande Miguel lorsque j'arrive près de lui.

— Je suis affamée. Pâtes bolognaises ?

— Je t'avoue que je n'avais pas envie de faire trop de préparatifs ce soir.

— Pas de problèmes, j'adore ça !

— Je sais.

— Votre mère aimait cela aussi, déclare notre grand-mère.

Je sursaute. Je ne m'étais même pas rendu compte qu'elle était dans la pièce. Je grogne en silence. J'aurais de loin préféré être seule avec Miguel.

— C'est d'elle que je tiens la recette de la sauce, lui confirme ce dernier.

Malgré moi, cet échange me replonge dans de vieux souvenirs, à l'époque où je jouais avec mes poupées dans le salon tandis que ma mère cuisinait. Chaque fois que je sentais l'odeur de sa sauce bolognaise, j'arrêtais mes jeux pour venir l'observer. Souvent, elle me laissait la goûter et j'étais chargée de lui dire si elle était réussie ou non. De mémoire, je ne lui ai jamais répondu qu'elle ne l'était pas.

— Cassie ? m'interpelle mon frère.

À son expression, je devine que ce n'est pas la première fois qu'il m'appelle.

— Désolée, j'étais dans la lune.

— J'ai vu ça. Tu veux bien mettre la table ?

— Bien sûr.

Je m'exécute et tâche d'ignorer le regard de la vieille qui me suit partout où je vais. De nouveau, j'ai la désagréable sensation qu'elle sait pour ce nouveau rêve.

Je dois me retenir de frissonner.

— Au fait, Cassandra, où étais-tu cet après-midi ? m'interroge-t-elle.

— Cassie, pas Cassandra… Je lisais.

— Je ne t'ai pas demandé ce que tu faisais, mais où tu étais, me rétorque-t-elle d'une voix amusée.

Mais où veut-elle en venir ?

— Ici.

— Cassie est très silencieuse quand elle est plongée dans une histoire, on a parfois l'impression qu'elle n'est pas là, raconte mon frère.

Ma grand-mère a l'air de se satisfaire de cette explication, mais je discerne de la déception dans ses yeux. Souhaitait-elle que j'évoque le grenier et ma sieste involontaire ? Je crois que oui. La question est : pourquoi ?

Je n'ai pas le loisir d'y réfléchir davantage, nous passons à table. Même si la discussion est présente entre nous trois, je n'arrive pas à y participer entièrement. Je repense tout le temps à ce nouveau songe. Bien qu'une part de moi juge cette idée ridicule, je sais que c'est la formule du grimoire qui l'a provoqué. Je le sens. Tout comme je devine, vu ce qu'il s'est passé cet après-midi, que je le referai dès que je m'assoupirai.

Je ne peux le tolérer. Le cauchemar sur cet homme était déjà en trop, je n'ai pas besoin de cette préoccupation supplémentaire. D'autant plus que ce rêve me laisse une étrange impression à chaque fois. Une nuit blanche m'a amplement suffi. Je dois trouver un moyen pour ne pas revoir Ariane et Ishild aujourd'hui.

C'est en écoutant ma grand-mère que l'idée me vient.

Ayant toujours souffert de soucis de sommeil, tous les soirs, elle avale un somnifère pour être sûre de bien dormir. Je n'arrive pas à me souvenir où, mais je me rappelle avoir lu qu'une substance présente dans ces médicaments pouvait empêcher les gens de rêver.

J'hésite. Je ne suis pas enthousiaste d'en prendre. Je sais qu'ils ont plusieurs effets secondaires – telle l'accoutumance – et que ça ne réglera pas mon problème pour autant. Toutefois, est-ce vraiment mal de n'en subtiliser qu'un seul pour un soir ? De vouloir passer une petite nuit sans croiser de suicidés ou de sorcières ?

Je décide que non.

Chapitre 16

Lundi : la journée que j'aime le moins. J'arrive un peu en avance à l'école et patiente dans la cour.

Hier soir, j'ai réussi à subtiliser un comprimé dans la boîte de somnifères de ma grand-mère. Si je n'ai effectivement pas refait ce rêve étrange – ni celui sur cet homme par ailleurs –, je n'ai pas l'impression d'avoir mieux dormi pour autant. Je me suis réveillée fatiguée et toujours avec des interrogations plein la tête. Un rapide passage dans la salle de bain m'a démontré à quel point toute cette histoire m'influence. J'ai des cernes monstrueux et je jurerais que mon teint est plus pâle que d'ordinaire.

Mon frère aussi a remarqué que je n'étais pas en forme. Ce matin, juste avant que je ne parte, il m'a demandé si je me sentais mal. Il a ajouté qu'il me trouvait étrange ces jours-ci. Je l'ai rassuré comme j'ai pu, mais si les choses continuent à empirer, je ne pourrai plus lui cacher mes ennuis bien longtemps…

Dès que je clos mes paupières, des images de cet homme ou de mon dernier rêve s'imposent à moi. J'ai l'horrible sentiment que je n'arriverai plus jamais à fermer l'œil et cela ne me tranquillise pas. Au fond de moi, je reste persuadée que ce grimoire a tout aggravé. Ma colère envers ma grand-mère s'agrandit davantage.

Par bonheur, ce foutu livre ne me posera plus de problèmes. Ce matin, je m'en suis débarrassée. Tant pis s'il appartenait à mon père. J'en suis même venue à imaginer qu'il l'a lui aussi jeté, ce qui expliquerait pourquoi il était en possession de la vieille.

Des hypothèses. Encore et toujours des hypothèses.

Quelqu'un me fait signe au loin. Laura. Il est très rare qu'elle soit présente avant que les cours ne débutent, cependant je ne vais pas m'en plaindre. Discuter m'obligera à sortir un minimum de mes pensées.

— Salut ! me lance-t-elle joyeusement en arrivant à mes côtés.

— Déjà là ?

— Ravie de voir que ça t'enchante, plaisante-t-elle.

— Tu sais bien que ce n'est pas ce que j'ai voulu dire.

— Évidemment. Trésor, tu n'es pas malade ? Ne le prends pas mal, mais tu as une sale tête !

— Mon frère m'a posé la même question…

— La sienne aussi, tu l'as ignorée ?

Je soupire. Rien qu'une fois, j'ai envie de pouvoir parler sans qu'on m'interroge sur le fait que j'aille bien ou non.

— Juste des petits problèmes de sommeil, ce n'est pas très grave.

— Tu mens.

Parfois, sa perspicacité est un véritable fléau… Sans se soucier d'avoir une réponse, Laura poursuit :

— Je ne sais pas ce que tu as, mais je vois bien que

ça ne va pas. Tu n'es pas dans ton assiette depuis que tu m'as expliqué ce qui t'est arrivé à la gare. Tu es sûre que tu ne veux pas en discuter ?

— Je…

— Je ne t'ai pas forcée à te confier parce que tu n'avais pas l'air de le souhaiter, me coupe-t-elle. Mais je me fais un sang d'encre pour toi, Cassouille.

— Désolée, je ne cherche pas à ce que tu t'inquiètes.

— Je m'en doute, mais je ne peux pas m'en empêcher. Je ne suis pas la seule, il y a Jared. Depuis la dernière fois, nous… on en a un peu parlé. Même s'il ne te harcèle plus de remarques pour ne pas te vexer, il s'inquiète aussi. On veut juste t'aider.

J'essaie de sourire : j'ai de la chance d'avoir une amie comme Laura. Je sais à quel point ça a dû être dur pour elle de ne pas me questionner ; je connais sa curiosité. Alors pourquoi est-ce que je n'arrive pas à lui expliquer ce qui se passe ? À lui parler de ces cauchemars, de ces visions de cet homme, de ma grand-mère et du grimoire ?

— Vous ne pouvez pas m'aider.

C'est tout ce que je parviens à lui dire. Ce n'est pas suffisant, j'en ai conscience. À sa tête, je vois que mon amie attendait une autre réponse. Sans doute va-t-elle insister.

Contre toute attente, elle récupère vite son sourire.

— Ça, je n'en suis pas si sûre, proclame-t-elle. Jared et moi, on n'a pas l'intention de t'abandonner !

— Merci.

Le mot est sorti avant que je ne puisse l'en empêcher ; je n'ai pas réussi à le retenir à temps. Même si j'ai peur qu'ils se fassent du souci, je suis soulagée de ne pas me sentir seule. Pour ne pas repartir dans cette discussion, je change de sujet :

— Je ne savais pas que tu t'entendais bien avec Jared.

L'étincelle que j'aperçois dans son regard m'indique qu'il ne la laisse peut-être pas indifférente.

— C'est récent. Depuis qu'il est venu me parler, en réalité.

— Et ? la taquiné-je, devinant qu'elle ne me dit pas tout.

— Je le trouve très gentil.

— C'est tout ?

Elle pique un fard, ce qui m'étonne. Je ne l'ai encore jamais vue rougir ainsi pour un garçon.

— N'est-ce pas moi qui te cuisine d'habitude ?

Je sifflote :

— Tu détournes la conversation.

— Cassie !

— D'accord, d'accord. J'arrête. Mais avoue qu'il te plaît.

— Je... j'en sais rien.

Je lui souris, mais n'en rajoute pas plus. Le fait qu'elle doute est nouveau. D'ordinaire, ses histoires naissent toutes ou presque grâce à son impulsivité. Je suis incapable de dire si quelque chose a changé ou si c'est juste moi qui me fais des idées. Quoi qu'il en soit, je ne peux pas m'empêcher de penser que Jared et Laura iraient bien ensemble. Tous les deux méritent d'être heureux.

Toute la journée, Laura revient à la charge et essaie de me tirer les vers du nez. Elle sait que je suis préoccupée et ne compte pas abandonner tant que je ne lui aurai pas craché le morceau. Ses tentatives, aussi douces et déguisées soient-elles, m'agacent. Je me sens tendue, nerveuse. Je dois lutter pour ne pas craquer et lui avouer tout ce qui m'est arrivé depuis que je lui ai confié avoir vu mon cauchemar se réaliser.

Quand les cours s'achèvent, je ne demande pas mon reste : je lui lance un bref au revoir et m'empresse de quitter le lycée. Je devine que cette attitude la dépite. Tant pis, je m'excuserai plus tard.

L'air frais me fait le plus grand bien. Même s'il ne parvient pas à chasser toutes mes pensées sombres, il m'aide à me calmer. Je dois me maîtriser, je sais que j'en suis capable. Cette histoire finira bien un jour – probablement lors du départ de ma grand-mère.

Une fois hors de l'enceinte de l'établissement, je veux me diriger vers l'arrêt de bus. J'en suis cependant empêchée : on m'agrippe le bras. Un peu forcée, je me retourne. Je ne suis pas étonnée par l'identité de celui qui m'a freinée.

— Logan.

— Tu aurais deux minutes ?

— Peut-être.

Dès que je remarque son sourire, je précise :

— Ça ne dépend pas de moi, mais du bus.

— Je voulais voir comment tu allais.

J'entends ce qu'il n'ajoute pas : « Depuis que tu as manqué passer sous ce train. »

— Je vais bien, merci. Je n'ai pas besoin d'une

nounou.

— Pas la peine de monter sur tes grands chevaux, Deschamps. Ce n'est pas à toi de décider qui peut ou non s'inquiéter pour toi.

Ces mots me laissent pantoise. Je n'ai pas imaginé un seul instant qu'il se fait du souci pour moi. À mes oreilles, sa question sonne comme un reproche ; il faut croire que je n'écoute que ce que je veux entendre, que le manque de sommeil affaiblit ma lucidité.

— Désolée.

— Un peu sur les nerfs ?

Heureusement, ma mauvaise humeur n'a pas l'air de le vexer pour un sou.

— Longue journée. Laura, mon amie, n'a pas arrêté de me harceler parce qu'elle ne me trouve pas dans mon état normal.

Je ne sais même pas pourquoi je lui confie ceci.

— C'est qu'elle est bonne observatrice.

— Que…

— Deschamps, tu n'es pas dans ton état normal. À quoi bon le nier ?

Je soupire. Le pire, c'est qu'il a raison.

— Toi aussi, tu es là pour me cuisiner ?

— Ça dépend. Je risque de me prendre un coup ? sourit-il, narquois.

— Il y a des chances.

Pourquoi est-ce que personne ne s'efforce de comprendre que je ne veux pas parler ? Je ne parviens pas à y voir clair dans tout ce qui m'arrive, comment le leur expliquer dans ces conditions ?

— Je tente quand même : tu vas bien ?

— Tu m'as déjà posé cette question…

— Tu ne m'as pas répondu honnêtement.

Je souris malgré moi. De nouveau, discuter avec lui me détend, sans que je saisisse pourquoi.

— Alors ? insiste-t-il.

— Alors tu le sais très bien. C'est tout ce que tu avais à me demander ?

— Non, mais je me doute que tu ne satisferas pas ma curiosité.

— Voilà enfin une sage décision. Comme quoi, les miracles existent !

— Ce n'est pas pour ça que je n'essaierai pas de te faire parler.

Je soupire.

— J'en étais sûre…

Il semble hésiter.

— Mon bus ne va pas tarder. Si tu as un truc à me dire, dis-le maintenant.

— Bien, se lance-t-il. Je ne sais pas ce qu'il se passe exactement, Deschamps, mais c'est flagrant que quelque chose te préoccupe et que ça empire. Il suffit de te regarder pour le remarquer. Même ton comportement l'indique. Je sens que ton amie s'inquiète : moi aussi, je l'ai vue t'interroger plusieurs fois aujourd'hui. Pourquoi ne veux-tu pas t'exprimer ? À elle au moins, qui est proche de toi ? Qu'y a-t-il de si grave pour que tu t'emmures dans ce silence ?

Je tâche de garder un visage neutre. Ses mots m'atteignent plus que je ne le montre. Je serre les poings. Peut-être à cause des questions incessantes de Laura, je suis sur le point de craquer. Un flot d'images me vient à l'esprit. Cet homme. Ce grimoire. Ariane. Tanja. Ishild. Ma grand-mère.

C'en est assez !

— Cassie ?

Mes yeux s'embuent, je refuse de relever la tête.

— Mon bus va arriver, désolée.

Je m'éloigne, il me rattrape. Surprise, je le dévisage. Lourde erreur : maintenant, il sait que je suis au bord des larmes.

— Oublie le bus, je te ramènerai. Tu es certaine que tu ne souhaites pas en parler ?

À vrai dire, en ce moment, je ne suis plus sûre de rien. Je me garde bien de lui en faire part.

— Ou marcher un peu, rien qu'une petite promenade ?

Cette fois, je le regarde fixement.

— Pourquoi fais-tu tout ça ?

Ma question semble le perturber un instant. Il finit toutefois par y répondre :

— Tu veux la vérité ?

Je hoche la tête.

— Je n'en ai aucune idée. Juste... je suis incapable de t'abandonner dans cet état.

Je ne sais pas si je prends la bonne décision, mais j'accepte sa proposition. J'ai conscience qu'une fois que je serai seule, les images me hanteront encore plus. Attrapant mon téléphone portable, je préviens Miguel que je rentrerai un peu plus tard, que je suis avec un ami. C'est étrange de considérer Logan ainsi, pourtant je sens au fond de moi que c'est la vérité.

— Où veux-tu aller ? me demande-t-il.

— N'importe. Là où il n'y a pas trop de monde, ce serait parfait.

— Tu n'aimes pas qu'on te remarque quand tu n'es pas bien, hein ?

Je ne réplique pas. Il connaît déjà la réponse.

Sans plus prononcer un seul mot, on se met en route. Pendant tout un moment, nous déambulons côte à côte et n'échangeons aucune parole. Même si je n'en montre rien, je suis reconnaissante qu'il ne me pousse pas à cracher le morceau.

— Quel silence, lâché-je quand celui-ci devient trop oppressant.

— J'hésitais à le briser, avoue-t-il. Vu tes réactions lorsqu'on te brusque un peu, je n'osais pas m'y risquer.

Sa moquerie me fait sourire. M'apaise, même. Je lui décoche un coup de poing dans l'épaule. Ses lèvres s'étirent à son tour.

— Tu te sens mieux ?

— Marcher me rend plus sereine, en général.

— Toujours pas envie de parler ?

Je perçois une certaine impatience dans sa voix, mais plus que tout, j'entends ce qu'il ne dit pas : il ne me forcera à rien. Si je ne veux pas m'épancher, je suis libre de ne pas le faire. Il n'insistera pas une fois de plus. C'est peut-être pour ça que j'hésite alors que j'avais prévu de ne confier ce qui m'arrive à personne. Pas même à Laura ou à mon frère.

— Tu me prendrais pour une folle.

— C'est déjà le cas, Deschamps !

Sous mon regard noir, il retrouve son sérieux. Je ne plaisante pas.

— Ça ne peut pas être si grave… tente-t-il.

Il semble incertain. Je lutte contre de nouvelles larmes.

— Deschamps ?

— Je crois que je deviens complètement cinglée.

Un sanglot secoue ma voix. Pendant plusieurs secondes, je ne suis plus capable de prononcer un seul mot. Je reste figée sur place, la tête basse et les poings serrés.

Lorsque Logan me prend dans ses bras, je hoquette de surprise.

— Ne me demande pas pourquoi je fais ça, j'en ai aucune idée ! proclame-t-il.

— Merci…

J'ai soufflé ce remerciement d'un ton si faible que je doute qu'il l'ait entendu. Quoi qu'il en soit, son étreinte m'apporte un réconfort bienvenu. J'autorise mes larmes à couler et me calme petit à petit. Je suis consciente que pleurer ne changera rien, mais je ne peux plus m'en empêcher.

Au bout d'un moment, Logan me relâche :

— Viens, me dit-il, je te ramène chez toi.

Son comportement m'étonne de plus en plus.

— Tu ne veux plus savoir ?

— Pas tant que tu ne seras pas prête à en parler. Ne t'en fais pas, je suis patient. Parfois.

Je ne trouve rien à lui répondre. Et puis, d'un coup, les mots m'échappent :

— Je pense que je vois un mort.

Je regrette immédiatement de le lui avoir avoué tant la surprise est grande sur son visage.

— Tu penses… quoi ? m'interroge-t-il, comme s'il n'était pas certain d'avoir bien entendu.

— Je te l'ai dit, je deviens cinglée. Maintenant, tu me prends *vraiment* pour une folle.

Je m'éloigne, sans trop savoir si je suis triste ou furieuse de m'être laissé aller.

— Non, attends !

— Pourquoi ?

Ma question le rend muet quelques secondes. Il se ressaisit vite :

— Parce que… j'ai envie que tu m'en racontes plus sur ce que tu as vu.

C'est à mon tour d'être sans voix. Pourquoi désire-t-il en apprendre plus ? Pour se moquer ? Ses yeux me persuadent du contraire. Je doute qu'il me croie pour autant – qui croirait une telle histoire ?

— Si tu ne veux pas, je comprendrai. Mais si tu le veux, je t'écouterai.

— Sans me juger ?

Mon ton de voix est plus agressif que je ne le souhaite. Par chance, il ne s'en offusque pas ; pour toute réponse, il hoche la tête. Je me décide.

Il me faut presque une minute pour parvenir à prendre la parole et parler de mon premier cauchemar, de l'arrivée de ma grand-mère et de cet homme. Au début, je m'exprime faiblement, avec crainte. Mais plus je vois qu'il tend l'oreille d'un air sérieux, plus je me confie. Il m'est bientôt impossible de m'arrêter et je lui raconte tout, même cette histoire de grimoire et mes récents et étranges rêves sur Ariane, cette femme qui me ressemble tant. Quelque chose en moi ressent de la peur à se

193

dévoiler ainsi. Je sais que malgré ses gentils propos, Logan peut me traiter de cinglée dès que j'aurai fini mon monologue. Pourtant, tout déballer me fait un bien fou.

Lorsque je cesse de parler, je fixe mon interlocuteur. Nerveuse, j'attends sa réaction. Me livrer m'a soulagée, mais le doute me torture : vais-je le regretter ?

Logan se décide enfin à prendre la parole :

— Eh ben… ça pour une histoire…

Son ton est gêné, comme s'il ignorait quoi dire – ce que je peux comprendre, vu tout ce que je viens de lui balancer d'une traite.

Voyant qu'il n'ajoute rien, je pose la question qui me brûle les lèvres :

— Est-ce que… tu me crois ?

Chapitre 17

À nouveau, elle se retrouve près de cette vieille ferme. Quelque chose a changé depuis son dernier passage : Ariane n'est pas assise au bord du ruisseau. Personne n'y est. Cette fois, elle a conscience qu'elle rêve. Rien de ce qui l'entoure n'est réel.

Cassie est seule. Le jour tombe doucement. « Que dois-je faire ? », s'interroge-t-elle. Elle partirait bien, mais où ? Elle ne sait toujours pas où se situe cet endroit.

La porte de la ferme s'ouvre et attire son attention. Ariane se faufile à l'extérieur, vêtue d'une robe simple et d'un châle qui lui couvre les épaules. Ses cheveux blonds sont attachés en un chignon bas. Elle sourit, visiblement heureuse de sortir. Vu les nombreux coups d'œil qu'elle jette autour d'elle, elle ne veut pas être repérée. Évite-t-elle ses sœurs ? Sa mère ? Les trois ? Cassie n'en a pas la moindre idée.

La ressemblance entre elle et cette femme la frappe encore plus cette fois. Pour peu, elle penserait apercevoir sa jumelle.

« Où va-t-elle ? », se demande-t-elle lorsque Ariane se met en route à pas de loup. Intriguée, elle décide de la suivre. La sorcière sait où elle se rend. Pas une fois elle n'hésite sur la direction à prendre, alors qu'aucun chemin n'est visible. Après avoir marché plusieurs minutes, elle s'enfonce dans les bois, talonnée de près par l'adolescente – qu'elle ne peut pas remarquer. Bientôt, toutes deux atteignent une clairière. Un homme s'y tient déjà, le sourire aux lèvres. Selon Cassie, il ne doit pas avoir plus de vingt-cinq ans.

— Jons ! s'écrie Ariane en allant se jeter dans ses bras. Vous m'avez tant manqué !

— Et vous donc, lui répond-il en effleurant son front du bout des lèvres.

Le vouvoiement renforce l'impression qu'elle a éprouvée lors de son premier rêve : celle d'avoir voyagé dans le temps. De plus en plus curieuse, elle continue à observer la scène.

Ariane est heureuse de ces retrouvailles, cela se lit sur son visage. Avec tendresse, elle dépose ses lèvres sur celles du prénommé Jons et passe ses doigts dans ses cheveux blonds. « Est-ce vraiment cet homme qui va l'abandonner ? », se questionne Cassie en se remémorant son autre rêve. Vu la façon dont il dévore son double des yeux et répond à son baiser, elle n'arrive pas à y croire. N'importe qui comprendrait qu'il l'aime.

Avec un sourire, Jons prend la main de sa belle et l'entraîne plusieurs mètres plus loin, là où le sol est couvert de mousse. Les deux jeunes gens s'y asseyent. Tout en restant un peu en retrait – elle juge la scène trop intime pour s'en approcher davantage –, Cassie en fait de même. Une petite voix ne cesse de lui répéter qu'elle doit se réveiller. Un nouveau rêve ne lui apportera que des interrogations supplémentaires. N'est-elle pas déjà assez troublée comme ça ? Mais, curieuse, elle veut savoir. Elle souhaite apprendre comment cet homme a pu trahir Ariane. Elle ne comprend pas. Vu son attitude actuelle, que s'est-il passé par la suite pour qu'il l'abandonne ?

Pour l'heure, elle ne peut que les espionner. Jons semble désirer prendre la parole. L'adolescente le trouve hésitant. C'est finalement Ariane qui s'exprime en premier lieu :

— Qu'y a-t-il, Jons ? Vous avez l'air si soucieux, tout à coup…

— C'est que… j'ai à vous parler.

— Je vous écoute.

Rien qu'en le regardant inspirer longuement, Cassie devine qu'il s'apprête à lui faire une importante déclaration. Déclaration qu'elle-même a hâte d'entendre. Pour peu, elle se sentirait comme une voyeuse. Bien que quelque chose en plus de sa curiosité la pousse à rester, une petite voix lui chuchote qu'elle assiste à un instant privé de leur vie, qu'elle ne devrait pas en être la spectatrice. Son indiscrétion lui paraît déplacée, mais elle lutte contre ce sentiment. Elle aurait même tendance à dire qu'une force inconnue lutte pour elle. Avec elle. « Je deviens folle. »

Lorsque Jons reprend enfin la parole, elle sort de ses pensées et écoute.

— Je vous aime, Ariane. Plus que tout au monde.

Le sourire de sa belle se fait plus doux. Pas assez cependant pour que ce soit la première fois que Jons prononce ces mots.

— Je vous aime tout autant.

Les traits du jeune homme se détendent, comme si la réponse de son amante lui ôtait ses hésitations. Il est déterminé, cela se voit. Ariane le voit.

— Je devine à votre regard que ce n'est pas tout ce que vous aviez à me confier, affirme-t-elle.

— En effet.

À l'instar de la sorcière dont les yeux pétillent de bonheur à l'idée d'être avec celui qu'elle chérit, Cassie attend la suite, impatiente de savoir.

— Ariane, poursuit le jeune homme d'une voix sérieuse, vous ne vous plaisez pas dans votre famille. Je m'en suis douté au fil de nos conversations. Vous êtes prête à défendre vos sœurs et votre mère corps et âme si l'on venait à s'en prendre à elles, mais vous n'êtes pas pour autant épanouie en leur compagnie.

— Je… En réalité, je… je… Vous avez raison, capitule-t-elle.

— Je ne souhaitais pas vous blesser avec mes propos, murmure Jons devant son air affligé.

— Vous ne l'avez pas fait, je me sens simplement nostalgique.

— Nostalgique ?

— Autrefois, j'étais ravie de vivre avec elles. C'était avant que…

— Avant ? l'encourage le jeune homme.

— Avant que leurs idées sur vos semblables ne changent.

Concentrée sur leur discussion, Cassie se rend compte qu'elle n'a pas arrêté de se rapprocher d'eux. « Encore heureux qu'ils ne puissent pas m'apercevoir ! »

— Désirez-vous en parler ?

— Il n'y a pas grand-chose à dire, souffle Ariane. Plus les sorcières se sont vues traquées, plus elles ont été obligées de se cacher, de cacher ce qu'elles étaient, et plus Ishild et mère sont devenues amères. Elles en veulent au monde entier pour les actes d'une poignée d'ignorants. Elles en sont même venues à penser que la magie noire était la solution. Elles ont oublié la sensation que l'on ressent lorsqu'on parvient à sauver quelqu'un grâce au Don que nous avons reçu. Elles préfèrent désormais s'isoler et maudire le commun des mortels. Je ne peux et ne veux me métamorphoser en ce genre de sorcière.

— Cela n'arrivera jamais. Vous êtes trop douce pour blesser qui que ce soit.

La confiance que Jons témoigne à la jeune femme fait sourire Cassie. Elle la devine inébranlable. À nouveau, elle se demande ce qui a pu se passer pour que ces deux-là aient un destin si cruel.

— Pourquoi ne partez-vous pas ? s'enquiert soudain Jons.

— Ma peur m'en empêche.

— Votre famille vous effraie-t-elle tant ?

— Il n'y a pas que ça. Je… j'ai toujours vécu ici. Je ne connais rien du monde. L'affronter seule me terrifie. D'autant plus que, même si je ne suis pas d'accord avec elles sur tout, mère et Ishild ont raison sur un point : il devient dangereux pour une sorcière de s'éloigner de chez elle.

— Et si vous n'étiez pas seule pour braver cela ?

Sous le coup de la surprise, les yeux d'Ariane s'agrandissent.

— Que voulez-vous dire ?

Au léger tremblement de sa voix, Cassie comprend qu'elle a peur d'espérer.

— Partons ensemble. Partons dès que vous le souhaitez !

— Mais où irions-nous ?

— Je ne sais pas. Là où nos pas nous mèneront, là où vous pourrez exercer votre magie librement et être celle que vous désirez être.

— Partir… répète Ariane pour elle-même, comme perdue dans ses réflexions.

Tout sur son visage laisse penser que l'idée l'enchante. Alors pourquoi hésite-t-elle ?

— Quelque chose ne va pas ? la questionne son bien-aimé.

La jeune femme le dévisage, sérieuse :

— Si je m'en vais, qui calmera l'envie de vengeance d'Ishild et mère ? Qui pourra me garantir qu'elles ne commettront pas l'erreur de leur vie ?

— Me permettez-vous de vous répondre en toute honnêteté ?

— Je n'en attends pas moins.

— Vous en avez déjà beaucoup fait pour votre famille, il est grand temps de vous occuper de vous, désormais. Que vous restiez ou non, votre sœur et votre mère finiront par s'exposer à un faux pas, puisqu'elles oublient leurs principes. Vous n'y pouvez rien.

— Peut-être redeviendront-elles un jour qui elles étaient ?

— Y croyez-vous sincèrement ?

— … Non.

— Souhaitez-vous partir ? Ne songez pas aux conséquences, ne pensez plus à rien. Demandez-vous juste si vous voulez vous en aller et donnez-moi votre réponse.

Après un court silence, c'est avec le sourire qu'Ariane lui susurre ces mots :

— Je souhaite m'éloigner d'ici, oui. Mais seulement si vous m'accompagnez.

— Le contraire n'est pas envisageable, murmure-t-il en la regardant droit dans les yeux. Quand désirez-vous plier bagage ?

Tendue, la sorcière se mord la lèvre.

— Ariane ? s'inquiète Jons.

— Je ne peux pas abandonner Tanja… Mère et Ishild ne l'ont pas encore convaincue que tous les Hommes étaient mauvais envers nous. Elle, il me reste une chance de l'aider.

— Emmenons-la avec nous !

— Vous… vous accepteriez ?

— Tanja est la seule à ne pas s'être opposée à notre amour. Elle a également déjà menti pour vous lorsque vous veniez me rejoindre. Pourquoi ne l'accepterais-je pas ?

— Merci, lui sourit Ariane.

— Je sais à quel point vous tenez à elle.

Silencieuse, Cassie n'en est pas moins émue. Cet homme est réellement prêt à tout pour celle qui possède son cœur. Ça se sent.

— Quand nous enfuyons-nous ? la questionne-t-il

joyeusement.

— Le plus tôt possible. J'ai conscience que quoi que je puisse faire, je ne pourrai pas préparer mère et Ishild à mon départ. Mieux vaut qu'elles l'ignorent. Cependant, Tanja est malade. Je préférerais attendre qu'elle soit rétablie avant que nous nous en allions.

— Bien entendu. Puis-je vous recommander de ne pas lui parler de notre fuite tout de suite ? Si votre mère et votre aînée étaient au courant, qui sait ce qu'elles seraient prêtes à faire pour vous empêcher de quitter votre maison, pour...

— Pour que notre trinité – et par là même la grandeur de notre pouvoir – ne soit pas rompue, achève Ariane à sa place.

— C'est cela.

— Je ne pense pas que Tanja nous dénoncerait, vous savez ?

— À son âge, une parole est vite prononcée. Je ne doute pas d'elle, mais mieux vaut être prudents.

La sorcière acquiesce.

Combien de jours vont-ils s'écouler avant que Jons ne la trahisse et qu'elle le maudisse à jamais ? Cassie ne peut toujours pas comprendre comment une telle issue est possible. Pas en voyant l'amour et la confiance qu'ils se portent.

— Je vais devoir rentrer, soupire Ariane. On risque de s'apercevoir de mon absence si je reste à vos côtés trop longtemps.

Tout en murmurant ces paroles, la jeune femme se relève, vite imitée par son amant et Cassie.

— Ariane, attendez.

— Oui ?

— Il y a encore une chose que je dois vous demander avant que vous ne retourniez chez elles.

L'adolescente remarque que ses mains tremblent un peu tandis qu'il s'approche de son aimée. Sans ajouter un seul mot, le jeune homme sort une bague de son habit. Bague que Cassie reconnaît sans peine pour l'avoir observée dans un rêve précédent.

— Ariane, puisque nous allons bientôt partir ensemble… acceptez-vous de devenir mienne ?

Les étoiles qui pétillent dans les prunelles de la sorcière sont la plus belle des réponses.

Une fois n'est pas coutume, je m'extirpe du sommeil en douceur. Un sourire étire mes lèvres lorsque je repense à mon songe et à la demande en mariage de Jons. Sourire qui disparaît aussitôt que je me rends compte que j'ai déjà vu Jons…

Le suicidé de la gare !

Cela ne m'a pas marquée, j'ignore pourquoi. Maintenant que je suis éveillée, aucun doute n'est possible, il s'agit bel et bien de lui ! Ma respiration s'accélère. Je tente d'y voir plus clair. Qu'est-ce que ça peut vouloir dire ?

C'est là que je l'aperçois. Trônant fièrement sur mon bureau, le grimoire semble me narguer.

Comment !? Je me rappelle encore l'avoir jeté. Il ne devrait pas être ici !

Aussi bien de rage que d'incompréhension, je me lève et le renverse par terre. Me calmer, je dois me calmer. Je n'arrive plus à sortir ce rêve de ma tête. Même si rien d'horrible ne s'y est produit, il me perturbe tout autant que mes autres cauchemars à cause de l'identité de ce fameux Jons. Cessera-t-il de me hanter un jour ? J'en doute un peu plus à chaque instant.

Alors que mes yeux se posent sur le grimoire désormais à terre, je ne peux que m'interroger. La formule que j'y ai lue est-elle en train de marcher ? Est-ce pour cela que je fais ces rêves étranges ? Pour apprendre la vérité sur l'homme de la gare, comme je l'ai souhaité ? C'est ridicule ! Ridicule, oui, c'est le mot. Pourtant, une part de moi le concède…

Je ne sais pas ce que je dois penser de ce nouveau songe. Que suis-je censée tirer au clair ? Puis-je trouver la solution seule ? Cette question m'effleure à peine que je me calme et souris. Je ne suis plus seule.

J'attrape mon téléphone portable sur la table de nuit et retranscris les derniers événements à Logan. Je n'arrive toujours pas à réaliser que je lui ai tout révélé. Surtout, je n'arrive pas à réaliser qu'il m'a crue. « Je te connais assez pour savoir que tu n'es pas le genre de fille à inventer une histoire pareille. Alors oui, aussi dingue que ça puisse paraître, je te crois, Deschamps. » Ces mots m'ont surprise, mais plus que tout, ils m'ont soulagée. Quoi qu'il se passe, j'ai maintenant un ami pour en parler. Pour m'aider.

Ce soir, si Miguel me laisse sortir – et il n'a aucune raison de refuser –, nous irons chez lui pour chercher des renseignements sur l'homme de la gare. Hier, lorsqu'il m'a proposé cette idée, j'étais sceptique. Je ne voyais pas vraiment quelles informations nous serions en mesure de dénicher, surtout que les journaux que Clément m'a donnés ne m'ont rien appris sur cet homme. Aujourd'hui, après avoir fait ce rêve, je me dis que peut-être nous avons une chance. Si ce grimoire et ses formules fonctionnent réellement – et si je ne suis pas aussi folle que j'ai parfois envie de le croire –, alors nous connaissons maintenant le prénom de ce mystérieux suicidé. Avec un peu de bonne fortune, nous pourrions en découvrir davantage sur lui. Même un minuscule indice ferait l'affaire.

Mon portable vibre, Logan m'a déjà répondu. J'affiche son message : « Parle avec ta grand-mère. »

Je grimace. Il m'a aussi donné ce conseil hier. Selon lui, elle est forcément au courant de quelque chose. D'abord ses questions sur mon sommeil, puis ses insinuations sur ce rêve, et ensuite ce livre retrouvé dans ma chambre. Pour Logan, le doute n'est plus permis : je dois en discuter avec elle. Bien que l'idée ne m'enchante pas, je sais qu'il a raison. J'en avais conscience avant qu'il ne me le dise, mais je refusais de me l'avouer, trop têtue et en colère contre mon aïeule.

Je soupire. Je crois que je n'ai plus trop le choix si je veux avoir des réponses. Peut-être même n'aurais-je pas eu à subir ces nouveaux rêves sur Ariane et Jons si je lui avais parlé plus tôt. Mais à quoi bon y songer ? Il est trop tard pour avoir des regrets.

Je m'habille sans me presser – pour une fois, je ne me lève pas à la dernière minute – et me rends au rez-de-chaussée, enfin décidée à mettre le sujet de mes rêves sur le tapis.

— Grand-mère ? l'appelé-je depuis les escaliers.

C'est mon frère qui me rétorque :

— Elle n'est pas là.

L'étonnement doit se peindre sur mon visage, car il ajoute :

— Elle est sortie en début de matinée. Elle m'a dit qu'elle avait besoin de prendre l'air.

C'est bien ma veine. Je choisis de ne plus l'éviter et c'est elle qui est introuvable !

— Pourquoi la cherches-tu ?

J'ouvre la bouche, prête à inventer une quelconque excuse, lorsque je me ravise. Je ne lui ai que trop menti ces temps-ci, je n'ai pas le cœur à continuer ainsi. Même si je refuse qu'il sache tout, je joue franc-jeu :

— Elle m'a remis un livre il y a plusieurs jours. En le lisant, j'ai vu qu'il appartenait à papa.

— Vraiment ? s'étonne-t-il avec un sourire.

J'acquiesce.

— Je voulais juste lui poser deux ou trois questions.

J'omets simplement de préciser lesquelles ainsi que la nature dudit livre.

— Je suis content de constater que les choses s'arrangent entre vous. Soulagé aussi, m'avoue-t-il.

Je sens qu'il est sincère. Je ne souhaite pour rien au monde démentir ses propos.

— Comme quoi, il suffit d'avoir un grand-frère qui n'en fait qu'à sa tête pour que tout aille mieux.

— C'est un trait de famille, réplique-t-il du tac au tac.

Je souris, sans me départir de ma nervosité pour autant. Il faut que je parle à ma grand-mère, que j'aie des réponses.

— Tout va bien ? Tu as l'air un peu pâle, enchaîne

mon frère.

— J'ai seulement faim !

— J'ai fait des crêpes si tu en veux.

— Des crêpes au petit-déjeuner ? Je n'en ai plus mangé depuis… depuis…

— Que maman nous en préparait, oui, complète-t-il pour moi. J'y ai repensé ce matin et je me suis dit : pourquoi pas ?

— C'est une bonne idée, souris-je.

— Viens t'asseoir, je t'en réchauffe avant de partir à la galerie.

— Merci.

Déjà plus détendue, je vais m'installer à table et me surprends à avoir hâte de retrouver Logan. Jamais je n'aurais imaginé que je m'entendrais avec lui un jour ni qu'il serait celui qui m'aiderait le plus.

Chapitre 18

Lorsque mon dernier cours prend fin, c'est confiante que j'attends Logan sur le parking réservé aux étudiants. Même s'il tarde à arriver, je sais qu'il n'est pas parti sans moi, son scooter en témoigne.

Tandis que je patiente près de celui-ci, je sens plusieurs regards se poser sur moi. Certains sont curieux, d'autres méprisants. Je les ignore. En ce moment, ils sont le cadet de mes soucis.

Enfin, mon ami me rejoint. Sa démarche est aussi nonchalante qu'à l'accoutumée. Je surprends néanmoins un sourire discret moins habituel sur son visage.

— Je vois que tu n'as pas oublié, Deschamps.

— C'est Cassie. Et je n'oublie jamais rien.

— Vraiment ?

— Pas souvent, en tout cas.

Ses lèvres se retroussent et, en me tendant un casque, il s'exclame :

— Cesse de parler et monte, on a du pain sur la planche.

Rien qu'à repenser à la sensation que j'éprouve sur cette machine infernale, je grimace. Pas de chance pour moi, Logan s'en aperçoit.

— Un problème ? me nargue-t-il.

— Ce n'est pas mon moyen de locomotion favori…

Il s'esclaffe d'une manière franche et joyeuse qui ne me vexe pas, loin de là. Je prends conscience du fait que je l'entends rire pour la première fois. Ce son me plaît, mais il n'est pas question que je le dise à voix haute.

— Si tu préfères, je te laisse mon adresse pour que tu t'y rendes à pied et je t'attends là-bas.

— Ça ira, merci, soupiré-je en m'installant derrière lui. Si tu cessais de parler ? On a du pain sur la planche, non ?

L'emploi de ses propres mots semble l'amuser ; tandis que je lui enserre la taille, je sens qu'il rit sous cape. Sans comprendre pourquoi, ça me fait plaisir.

Quelques secondes plus tard, le scooter se met en route. J'essaie de lutter, de garder les yeux ouverts, en vain. Je ne m'y habituerai jamais. Juste avant de fermer les paupières, j'aperçois ma meilleure amie qui me regarde partir d'un air que je suis incapable de qualifier. Pendant la journée, j'ai parfois eu l'impression qu'elle m'en voulait de ne pas me confier à elle. Elle se doute que je tais certaines choses et ce constat la blesse, je le devine sans peine. Je m'en attriste. Laura est probablement la dernière personne que je souhaite froisser.

Alors que le véhicule accélère, je m'interroge. A-t-elle réalisé que Logan sait ce qu'elle ignore ? Sent-elle que mon soudain rapprochement avec lui est dû à ça ? Mon instinct me le confirme et me rend morose. C'est la première fois que je lui cache quoi que ce soit… Dois-je lui en parler ? Je n'arrive pas à répondre à cette question et reste silencieuse tout au long du trajet.

Sur le parking de la gare, Logan arrête le scooter et j'en descends immédiatement, contente de retrouver le sol. Je ne m'offense pas de son ricanement et attends qu'il m'indique la direction à prendre. Je sais maintenant que je ne me trompais pas en affirmant qu'il garait sa moto ici parce qu'il vivait non loin.

— C'est là derrière, me déclare-t-il en désignant une ruelle adjacente à la gare.

J'acquiesce et le suis. Une fois parvenus dans la bonne rue, nous nous dirigeons vers une bâtisse haute, assez étroite. Au nombre de sonnettes que je peux voir près de l'entrée, il doit s'agir de plusieurs appartements.

Logan sort un trousseau de clefs de son veston et ouvre la porte principale. Le couloir qui se dévoile, avec ses murs jaunes, n'est pas très accueillant. Je ne m'en formalise pas et me contente de suivre mon ami.

— J'habite au sixième, m'apprend-il. Il n'y a pas d'ascenseur, désolé.

— Pas grave, je suis une femme forte.

Il sourit suite à ma remarque et nous nous engouffrons dans les escaliers en colimaçon – étroits, eux aussi. Une fois que nous sommes arrivés au bon étage, Logan s'engage dans un couloir et s'arrête face à la deuxième porte à gauche, qu'il ouvre.

— Bienvenue chez moi, souffle-t-il en m'invitant à entrer.

Je m'exécute et suis surprise par l'austérité de son intérieur. La pièce dans laquelle je me trouve ne contient qu'un canapé recouvert d'un plaid épais, un poste de radio posé à même le sol, une armoire, un bureau sur lequel un ordinateur portable est visible, et un coin-cuisine où un réfrigérateur, une petite table, une cuisinière et un évier se partagent l'espace. Je ne peux pas m'empêcher de penser que ses parents ne doivent pas avoir une vie facile.

— Ce n'est pas très grand, ajoute Logan comme s'il devait s'en excuser, mais on s'y sent bien.

Je souris, ne sachant que lui répondre.

— Ça ne gêne pas tes parents que je sois là ?

— Du tout, puisque je vis seul.

— Désolée, je n'étais pas au courant.

— Je suis venu habiter ici après mes quinze ans. Ma mère n'était pas très… maternelle.

— Désolée, répété-je.

J'ignorais tout cela. Il faut dire que Logan n'est pas quelqu'un de bavard ni d'expansif. Je m'étonne d'ailleurs toujours du fait qu'il me semble désormais naturel de parler avec lui. Il y a encore peu de temps, jamais je n'aurais cru possible de l'entendre prononcer plus de quelques mots sur une journée.

— Si on se mettait au boulot ? m'interroge-t-il.

— Ça marche !

— Maintenant qu'on sait que Monsieur-j'aime-me-suicider-plusieurs-fois s'appelle John, on va peut-être parvenir à être efficaces, proclame-t-il en amenant ses deux chaises devant le bureau.

— Jons, pas John, souris-je en m'asseyant.

— Pas la peine de devenir contrariante, Deschamps. Tu veux un truc à boire ?

— Un verre d'eau ne serait pas de refus.

— Je n'ai que celle du robinet.

— C'est parfait, ne t'en fais pas.

Logan est nerveux, je le vois bien. Il ne doit sans doute pas souvent avoir du monde chez lui. Je me demande un instant s'il a honte de son logis. J'espère que non, car rien ne le justifie. Au contraire, je l'admire d'arriver à vivre seul tout en étant étudiant. J'accepte le verre qu'il me tend et le laisse allumer son ordinateur. Puis, nous traquons la moindre information qu'il y aurait sur ce fameux Jons. Nous essayons plusieurs combinaisons de mots dans la barre de recherche : son nom et celui de la ville, son nom et celui d'Ariane, son nom et le mot « sorcières ». Nous tentons même simplement d'écrire « sorcières » et le nom de la ville. Rien n'aboutit à un résultat satisfaisant. Nous en sommes toujours au point de départ. Si Logan ne semble pas s'en décourager, ce n'est pas mon cas. S'échiner encore et encore sur quelque chose qui est vain a le don de m'énerver.

— Ça ne marche pas ! On ne trouvera rien, à ce rythme-là.

— Si tu perds aussi vite ta motivation à chaque fois, je comprends que tu n'aies rien appris sur notre homme, me réplique-t-il d'une voix calme sans cesser de fixer l'écran.

Pour toute réponse, je lui tire la langue. J'ai conscience qu'il n'a pas tort ; la patience n'est pas ma plus grande qualité. De bonne grâce, je me tais et continue de chercher un quelconque résultat en sa compagnie. Qui sait, peut-être est-ce lui qui a raison, que ce n'est qu'une question de persévérance.

Pourtant, au bout d'un moment, Logan doit

également se rendre à l'évidence. La Toile ne nous sera d'aucune aide. Je prends sur moi pour ne pas me laisser aller au fatalisme et déclare :

— On devrait retourner à la gare.

— Même pas en rêve ! rétorque-t-il si vivement que j'en reste coite plusieurs secondes.

— Mais…

Il ne m'accorde pas le temps d'objecter :

— Vu ce qui a failli t'arriver la dernière fois, je doute que ce soit une bonne idée.

— Je suis au courant de ce que je risque, maintenant.

— C'est non.

— Je ne serai pas toute seule…

— Pas la peine d'insister, tu n'iras pas, s'emporte-t-il.

Ma patience commence à s'envoler :

— Ne sois pas si têtu ! C'est l'unique solution qu'on a.

— Trop dangereux, proteste-t-il derechef, d'une voix plus dure.

— Pourquoi me surprotèges-tu à ce point ? Mes problèmes ne te concernent même pas !

— Tu avais plutôt l'air contente de ne plus devoir affronter ça toute seule !

Ses mots atteignent leur cible sans aucune difficulté. Vexée et blessée, je me détourne et me lève de ma chaise. J'étais certaine que je regretterais de lui avoir tout dit à un moment ou à un autre, même si je refusais d'y croire.

Toutefois, Logan s'excuse dans les secondes qui viennent :

— Désolé, cette histoire me met un peu sur les nerfs.

— … Moi aussi, finis-je par avouer. Ne rien trouver sur cet homme me rend folle.

— Je… je ne sais pas pourquoi je m'inquiète pour toi à ce point, à vrai dire. Tu es apte à prendre tes propres décisions et je n'ai pas le droit de les mettre en doute, c'est vrai. Pourtant, je ne peux pas m'en empêcher. Je suis tout simplement incapable d'accepter l'idée que tu coures après ce fantôme – si c'en est bien un.

— Que pourrait-il être hormis ça ?

Je ne reviens pas sur ses excuses. C'est inutile, je ne suis pas réellement fâchée. Ou du moins, si je l'ai été, je ne le suis plus. Quelque part, ça me touche qu'il se fasse du souci pour moi.

— C'est ce que j'aimerais découvrir, Deschamps

Après un court instant, il ajoute :

— Il y a un autre moyen… une autre solution que celle de retourner à la gare.

D'un regard, je l'invite à poursuivre. Le fait qu'il hésite ne m'inspire pas confiance. Que va-t-il me proposer ?

— Même si ça ne va pas te plaire, tu dois avoir une conversation avec ta grand-mère.

J'aurais dû m'y attendre ; il me l'a encore suggéré ce matin. Avec raison, je le sais.

— J'ai voulu discuter de mon rêve avec elle aujourd'hui.

— Vraiment ? s'étonne-t-il.

Comme je lui ai parlé de ma relation avec elle, sa surprise est compréhensible.

— Ça m'arrive de t'écouter.

Ma remarque l'amuse, je le vois sur son visage. Visage que j'ai toujours trouvé fermé, que je réussis à décrypter depuis ces derniers jours.

— L'ennui, c'est qu'elle était sortie.

— Tu pourras lui en toucher un mot ce soir. Le plus tôt sera le mieux, vu les résultats inexistants de nos recherches.

Un soupir m'échappe avant que je n'aie le temps de le retenir.

— Un problème, Deschamps ?

Comment lui avouer qu'au fond de moi, en discuter avec ma grand-mère m'effraie ? J'ai peur de ce qu'elle serait en mesure de m'apprendre, peur de ce qui se dégage d'elle quand elle me parle de mes cauchemars, et bien que je ne l'aie compris que ce matin, j'ai peur que ça arrange les choses entre nous… Je suis incapable de l'expliquer, mais je ne veux pas pardonner ce qu'elle a fait. Je ne souhaite pas lui offrir une chance de se racheter. Quelque part, j'ai l'impression que lui demander son aide sur cette histoire – en imaginant qu'elle puisse vraiment m'aider – revient à lui donner cette chance que je lui refuse.

— Elle n'est pas si terrible, quand même ?

Sa tentative pour me rassurer me rend le sourire. Pas assez pour que j'en oublie mes craintes, mais suffisamment pour savoir qu'il a raison. Tôt ou tard, je devrai l'affronter.

— Je vais le faire, lui juré-je. J'ai juste besoin de courage.

— Tu…

Voyant qu'il s'interrompt, je l'incite à poursuivre :

— Je… ?

— Tu n'es pas obligée de l'affronter seule, si ?

Me propose-t-il réellement son soutien une fois de plus ?

— Tu viendrais lui parler avec moi ?

— Si ça peut t'être utile, oui, affirme-t-il. Au moins, je suis sûr que tu le feras, s'empresse-t-il d'ajouter devant mon air surpris. Et ça limite les risques de devoir te sauver la vie.

Je ne réplique pas. Je sais qu'avec lui, sur ce point-là, je n'aurai pas le dernier mot.

— Demain ?

— Demain, acquiesce-t-il.

À mes oreilles, ce mot sonne comme une promesse.

Chapitre 19

Sa vue est trouble, comme si un voile l'empêchait de distinguer ce qu'il y a autour d'elle. Elle devine malgré tout qu'elle est à l'intérieur d'une maison en bois. Elle ne bouge pas de là où elle est. Elle cherche une chose qui lui offrirait la possibilité de reconnaître les lieux. C'est finalement son ouïe qui le lui permet : Cassie entend le cours d'eau qui se situe non loin.

Une fois encore, elle se retrouve dans cet endroit. Aujourd'hui toutefois, elle est à l'intérieur de la ferme où vit Ariane. Sa curiosité naturelle la pousse à se demander à quelle scène elle va assister. Une tache floue se matérialise soudain juste sous son nez. Elle ne parvient pas à voir ce dont il s'agit, mais plus les secondes passent, plus elle se doute que c'est une forme humaine qui se tient là. Alors qu'elle se concentre pour essayer de déceler son identité, le visage d'Ariane apparaît, aussi net qu'il peut l'être. Ses yeux sont rouges à force d'avoir pleuré, ses cheveux blonds sont emmêlés. Pour peu, elle ferait peur.

— Comment avez-vous pu !? hurle-t-elle.

L'adolescente recule devant autant de fureur. Un cri

lui échappe sans qu'elle s'en rende compte tant elle ne s'y attendait pas. La sorcière ne s'en prend cependant pas à elle, mais à Ishild, juste derrière elle. Cassie se trouve pile entre les deux femmes. Quand elle le réalise, elle s'empresse de s'écarter, même si elle a conscience d'être invisible à leurs yeux. La tension qui les habite lui donne des frissons. Que se passe-t-il ?

— Nous n'avions pas le choix, crache Ishild.

Tout dans sa posture indique qu'elle est calme, bien trop face à cette situation. Le fait que sa sœur transpire la colère ne la préoccupe pas outre mesure. « Elle est trop sûre d'elle », constate Cassie, déjà désireuse de prendre la défense de son clone sans savoir ce qu'il s'est passé.

— Te rends-tu compte au moins de ce que vous avez fait !?

— Nous t'avons empêché de commettre une erreur. Tu devrais nous en être reconnaissante, ma sœur.

À peine Ishild a-t-elle prononcé ces mots qu'Ariane se jette sur elle et la renverse au sol. Ses doigts viennent emprisonner sa gorge et se resserrent dessus comme un étau. Malgré la douleur perceptible sur son visage, l'aînée ne bouge pas. Elle ne tente pas de résister. Pourtant, Ariane est prête à aller jusqu'au bout, cela se sent.

Tanja et une femme plus âgée surgissent d'une deuxième pièce. L'une en courant, l'autre du plus vite qu'elle peut. Malgré son air misérable et son dos voûté, la plus vieille inspire le respect et la crainte. Son regard acéré et son rictus mauvais dévoilent un lien de parenté avec Ishild. « Probablement la fameuse mère dont

Ariane et Jons discutaient », songe Cassie. D'une main ferme, la femme sépare les deux sorcières et les réprimande :

— Est-ce là un comportement à avoir entre sœurs ? Entre membres d'une même famille ?

Furieuse, Ariane se tourne vers elle :

— Je n'ai pas de famille ! Une famille ne m'aurait jamais fait ça !

— Tout comme une sorcière n'abandonne pas les siens ni ne fricote avec un non-sorcier !

— Tu es la première à avoir trahi, ajoute Ishild.

Un peu en retrait, Tanja semble vouloir disparaître sous terre. Quelque part, Cassie la comprend. Elle-même ne sait plus où se mettre. Dévisageant tour à tour les quatre femmes, elle cherche à saisir ce qui se passe et à se situer dans le temps. Ce qu'elle voit se déroule-t-il avant ou après son dernier rêve ? Elle suppose que la suite le lui apprendra.

— En quoi l'amour est-il un mal ? En quoi vous ai-je trahi ? J'ai toujours été là pour vous !

Alors qu'Ariane prononce ces paroles, les larmes commencent à couler sur ses joues blanches. Des larmes qui, Cassie le devine, ont été trop longtemps contenues par la haine. Par une rage presque meurtrière qui est en train de la consumer, qui ne demande qu'à sortir.

— Cessez cette comédie, fille indigne, persifle sa mère d'une voix criarde, insupportable à l'oreille. Vous vouliez nous quitter, affaiblir notre magie. Peut-être même auriez-vous aimé nous voir brisées, vos sœurs et moi !

— Je vous défends de dire cela ! J'ai toujours tout fait

pour vous, pour que vous soyez heureuses… Mais vous ne l'avez plus été depuis des lustres et ne le redeviendrez jamais… Vous préférez vous enfermer dans votre haine pour les non-sorciers et dans vos vieilles traditions !

— Tu ne t'entends pas parler, lui reproche fermement Ishild. Ne te rends-tu pas compte que notre mère souffre par ta faute ?

— Aujourd'hui, cela m'est égal !

De plus en plus perplexe, Cassie observe Tanja se jeter entre ses parentes.

— Arrêtez ! Ne vous disputez pas…

Lorsqu'elle se tourne vers elle, la fureur d'Ariane s'apaise pour laisser place à la tristesse.

— Tanja… souffle-t-elle, comme perdue. Pourquoi ? Pourquoi leur as-tu dit ? J'avais confiance en toi. Je… je pensais que tu aimais bien Jons…

— Je l'aimais bien, oui.

— Parce que tu es trop jeune pour saisir ce que ça implique, siffle l'aînée des trois sœurs.

À croire qu'un justificatif est nécessaire pour apprécier cet homme. L'air meurtrier, Ariane lui intime le silence. Pour la première fois, remarque Cassie, Ishild paraît petite à côté d'elle.

— Alors pourquoi as-tu fait ça, Tanja ? Pourquoi leur as-tu révélé que Jons et moi avions l'intention de partir ? J'ignorais même que tu le savais…

La cadette est mal à l'aise, aucun doute là-dessus. Elle ne cesse de triturer le tissu de sa robe entre ses doigts, baisse le regard pour fuir celui de sa sœur et n'ose quémander de l'aide auprès des autres membres de sa famille.

— Je… je l'ai deviné, Arie… avoue-t-elle. La bague à ton annulaire, ton expression rêveuse…

— Je vous ai dit que Jons m'avait offert cette bague pour preuve de son amour, rien de plus.

— Nous ne sommes pas idiotes, fulmine la matriarche. Nous avions pressenti grâce à votre air béat qu'il vous avait demandé en mariage. Nous cherchions déjà un moyen d'empêcher cette calomnie ! Une sorcière ne peut épouser qu'un sorcier. Il faut que sa progéniture ait le Don. Elle prie pour avoir au minimum une fille et ne vit que pour lui donner des sœurs. Elle se rapproche de ses parentes les plus lointaines s'il le faut afin de former une nouvelle trinité.

— Cela m'était bien égal d'avoir une descendance magique ! Tout ce que je voulais, c'était être heureuse et aider les autres avec mon Don. Vous avez tout gâché, lui répond Ariane, tremblante d'émotion.

Elle se tourne ensuite vers sa plus jeune sœur maintenant en larmes et ajoute :

— J'aimerais savoir pourquoi. Tu me dois au moins ça…

— Quand j'ai compris que tu allais partir, j'ai aussi compris que j'allais me retrouver seule ici…

Si Ishild et sa mère sont offusquées par ce qu'elles viennent d'entendre, elles n'en laissent rien paraître. Bien qu'encore perdue, Cassie commence à saisir certaines choses au travers de cette conversation, qui se passe après ses deux premiers rêves, si ce qu'elle devine est juste… Ariane a suivi le conseil de son amant. Elle n'a pas parlé de leur projet de fuite à Tanja malgré son intention de l'emmener avec eux. Cela s'est retourné contre elle lorsque la cadette a cru qu'elle allait l'abandonner. Dans sa peur d'être seule avec sa mère et sa sœur aînée, elle n'a pas hésité à la trahir. Ce qu'elle regrette amèrement, l'adolescente en est certaine. Peut-être même que c'était ça, cette lueur qu'elle a aperçue dans son regard lors de leur première « rencontre ».

Suite à la déclaration qu'elle vient d'entendre, la sorcière en peine baisse la tête, admettant son erreur. Pour Cassie, ce n'est pas la seule qu'elle a commise. Si elle n'avait pas porté la bague de son amant avant de s'enfuir, cela aurait été moins aisé de deviner ses intentions. Sans doute avait-elle besoin de la voir à son doigt pour se rappeler que le bonheur n'était plus très loin…

— Tanja a fait passer votre sororité avant le reste, personne ne peut l'en blâmer, tranche celle qui les a mises au monde, sûre de son autorité.

— Et pour le crime que vous avez perpétré, mère ?

Si les yeux d'Ariane pouvaient tuer, la chef de famille ne serait déjà plus de ce monde.

— Je n'ai pas à justifier mes actes devant vous. J'ai fait ce qu'il fallait pour éloigner la honte de cette famille.

— En entraînant la mort de Jons !?

La jeune femme tremble désormais de rage. Elle ne supporte plus de se tenir en face de sa famille.

Horrifiée par ce qu'elle vient d'entendre, Cassie n'ose plus bouger. Est-ce vrai ? Cette femme a-t-elle éliminé un homme juste pour éviter que sa fille ne l'épouse, parce qu'il était un non-sorcier ? C'est si terrible qu'elle n'arrive pas à le concevoir. Qui peut faire ça ? Va-t-elle seulement se justifier d'un tel acte ? Le démentir ?

Fébrile, au moins autant que sa « jumelle », elle attend la réaction de la plus âgée. Le léger sourire d'Ishild ne lui échappe pas. La situation la réjouit ! « Dommage qu'Ariane n'ait pas fini ce qu'elle a commencé plus tôt », songe-t-elle, amère. Tout en elle la dégoûte.

— C'est là que vous vous trompez, ma fille. Je ne l'ai pas tué. Je l'ai simplement aidé à comprendre qu'il ne pourrait jamais vous avoir.

— Vous lui avez dit que je m'étais enfuie de la maison et l'avez en plus incriminé de cela… Ne niez pas ! Tanja m'a tout avoué… Vous lui avez laissé croire que je préférais m'en aller en l'abandonnant derrière moi.

— C'était pour votre bien.

Cette phrase est de trop pour la sorcière qui, en sanglots, s'écrie :

— Jons n'avait que moi ! Quand je l'ai connu, il était au plus mal. Seule la promesse de notre départ le faisait encore espérer… Il a mis fin à ses jours en pensant m'avoir perdue ! Vous en rendez-vous compte !?

— Vous ne pouvez m'accuser de ceci. Je n'y suis pour rien quant à sa faiblesse d'esprit. Se tuer était son choix. Pour votre gouverne, nous vous avons également laissé entendre qu'il avait préféré se donner la mort au lieu de s'enfuir avec vous et vous êtes toujours là aujourd'hui. Car vous, vous êtes forte. De ce fait, vous finirez par réaliser que j'ai agi avec raison.

Cassie s'attend à ce qu'Ariane explose devant des propos si cruels, mais seul un soupir défaitiste s'échappe de ses lèvres. Se résigne-t-elle à ce qu'elle vient d'apprendre ? Prend-elle conscience qu'il n'est plus possible d'assagir sa mère ? Dans son regard, Cassie voit que malgré son calme soudain, jamais elle n'oubliera ni ne pardonnera à cette femme.

Un ricanement sort de la gorge d'Ishild devant la souffrance de sa sœur, qui se retourne vers elle :

— Et toi… toi ! Quels motifs avais-tu pour me pousser à lui infliger ce sort ?

L'aînée ne répond pas, se contente de sourire. Quelque chose dans ses yeux fait vaciller Ariane. À leurs côtés, Tanja ose enfin relever la tête.

— C'est à cause de ça que je te l'ai dit, Arie. Je ne supportais pas qu'elle t'ait… qu'elle t'ait forcée à… Je ne voulais pas. Comme pour Jons… Je ne pensais pas qu'il…

— Je ne l'ai obligée à rien, feint de s'offenser Ishild. Elle a choisi elle-même de le maudire après qu'il l'a abandonnée.

Les doigts d'Ariane se replient contre sa robe. Elle est à bout de nerfs, sur le point d'exploser. Une fois de plus, Cassie regrette de n'être qu'une spectatrice impuissante. Pour l'heure, sa seule envie est d'écraser son poing sur le visage de cette garce d'Ishild.

— Jons s'était donné la mort. J'allais rester avec vous, former votre si précieuse trinité. Alors pourquoi ?

— Parce qu'il avait presque réussi à te corrompre. Il méritait d'être maudit.

Cette fois, la sorcière craque.

La claque retentit sur la joue de l'aînée ; une trace rouge y apparaît. Ishild ne tressaille pas, elle s'y était préparée. Elle se doutait qu'elle n'y échapperait pas. Elle se juge sans doute chanceuse de ne récolter qu'une gifle vu ce qu'il s'est passé plus tôt. Quoi qu'il en soit, elle n'a pas peur. Elle se sent protégée grâce à la présence de leur mère.

— Il s'est suicidé par votre faute ! hurle Ariane. À cause de ce que nous avons fait, son âme ne trouvera jamais le repos. Ishild, te rends-tu compte que nous l'avons condamné à revivre sa mort éternellement !? C'est horrible ! Comment avons-nous pu…

— Tu n'ignorais pas ce qui lui arriverait si nous jetions le sortilège. Tu étais *d'accord*, sourit la perfidie incarnée.

— Tu t'es servi de ma douleur… Tu… tu voulais que je le fasse.

Cassie pressent qu'Ariane a mis le doigt sur quelque chose, qu'une information vient d'être révélée.

— Tu as profité de ma faiblesse, poursuit-elle, le regard accusateur. Tu désirais que je lance un sort sombre, peu importe lequel, peu importe les conditions. Le moment était parfait pour que j'accepte. Tu savais que tu y parviendrais…

— Exact. Les sorts sombres développent notre puissance naturelle. Une trinité qui les utilise peut tout accomplir.

— Le pouvoir, murmure Ariane. Tu as fait ça pour plus de pouvoir…

Regagnant une partie de son assurance, elle ajoute :

— Mon Jons ne sera pas le seul être à avoir une âme maudite… la tienne l'est tout autant par tes actions ! Vous trois, soyez sûre de ceci : avec ou sans lui, je quitterai cette famille !

Enfin, Cassie sent qu'elle prend la bonne décision.

— Nous sommes liées, nous te retrouverons toujours, objecte son aînée.

— Ariane, soyez raisonnable, la prie la matriarche.

— Je ne l'ai jamais été plus qu'en cet instant.

D'une démarche furieuse, la jeune femme traverse la pièce et ne s'arrête qu'une fois à hauteur de sa sœur cadette. Lorsque les mots jaillissent de ses lèvres, sa peine est perceptible, presque palpable :

— Nous voulions t'emmener…

Puis, sans leur accorder un regard, elle ouvre la porte et s'engouffre à l'extérieur, le pas sûr.

— Ariane ! vocifère Ishild, prête à la rattraper.

Elle en est empêchée de la main même de sa génitrice.

— Laissez-la. En pleine nuit, elle n'ira nulle part. Elle reviendra, soyez-en certaine. Et lorsque nous l'aurons aidée à recouvrer la raison, lorsque Tanja aura l'âge pour lancer son premier sort sombre, la trinité sera assez puissante pour qu'aucun être ne puisse nous faire du mal, comme vous le souhaitiez. Ensemble, vous deviendrez les défenderesses de toutes nos sœurs et vous rendrez justice à celles déjà tombées.

« Ces deux femmes sont folles ! », songe Cassie, affolée. À voir l'expression de Tanja, celle-ci n'est pas loin de penser pareil. Ariane ne mentait pas en parlant de leur aveuglement et de leur désir de vengeance à Jons. Dire qu'elles ont été jusqu'à provoquer la mort d'un homme…

Dégoûtée, ne pouvant supporter la présence de ces mégères une seconde de plus, l'adolescente prend la même direction que son clone. Elle espère la rattraper, mais plus que tout, elle espère qu'Ariane tiendra sa résolution : qu'elle partira loin de cette famille, qu'elle empêchera ainsi la trinité d'être complète, et qu'elle vengera son amant d'une certaine façon.

Comme l'a pressenti sa mère, la sorcière n'est pas allée bien loin. À quelques mètres de l'habitation, elle s'appuie contre un arbre, le cœur au bord des lèvres. Cassie n'ose imaginer ce qu'elle doit ressentir à cet instant. Perdre l'homme qu'elle aime est une chose, apprendre que sa famille est impliquée dans son suicide en est une autre. Plus que tout, la trahison de Tanja, même si elle est en partie justifiable – du moins, aux yeux de l'adolescente –, doit la rendre malade. Regrette-t-elle de ne pas lui avoir avoué plus tôt qu'elle et Jons comptaient l'emmener avec eux ? Sans doute.

D'un pas discret, comme si elle craignait d'être malgré tout entendue, Cassie avance dans sa direction. La sorcière marmonne entre ses dents. Elle doit attendre d'être à sa hauteur pour saisir ce qu'elle dit :

— Jons… comment ont-elles pu ? Comment ai-je pu les croire ? Au fond de moi, je savais que vous ne pouviez pas m'avoir abandonnée sans raison…

Si seulement Cassie était en mesure la réconforter. Qu'elle déteste cet état d'impuissance !

— Jons, poursuit Ariane, si c'était en mon pouvoir, je déferais ce que j'ai fait… Mais une sorcière ne peut rompre le sort sombre qu'elle a lancé. Il n'y a qu'un être du même sang qu'elle qui le peut... et uniquement de son plein gré. Oh, Jons ! Je suis tellement désolée !

L'adolescente comprend qu'elle a besoin de

prononcer ces mots, même si personne à part elle ne les entend. Elle doit se confier pour se sentir soulagée, ne serait-ce qu'un minimum. Elle ne pourra pas avancer si elle ne le fait pas. Peinée par sa tristesse, Cassie écoute la suite de ce qu'elle a à dire :

— Je sais qu'Ishild n'acceptera pour rien au monde de lever le mauvais sort que vous subissez pour moi. Elle préférera mourir plutôt que vous aider… Cela vaut également pour mère. Quant à Tanja, je pense qu'elle ne touchera jamais aux sorts sombres de sa vie. Même si cela me rassure pour elle, ça signifie aussi qu'elle n'osera jamais vous libérer, de peur de sentir l'emprise de ce qui vous condamne.

Convulsée par de nouveaux sanglots, la sorcière plaque sa main devant sa bouche pour les étouffer. « Jamais elle ne s'en remettra, songe Cassie, sa famille l'a détruite en agissant ainsi. »

Alors qu'elle croit qu'Ariane va s'écrouler, au bout d'un moment, celle-ci se redresse. Une singulière fermeté l'anime. La flamme de sa colère grandit en son sein. Sa respiration se fait plus forte tandis que ses pleurs s'amenuisent. Elle a tout l'air d'une femme qui vient de prendre une importante décision.

— Elles ne s'en sortiront pas aussi facilement, crache-t-elle.

Pendant une fraction de seconde, Cassie distingue quelques traits communs avec ceux d'Ishild sur son visage. Malgré tout ce qui a pu arriver, les deux sœurs ont une chose qu'elles partagent : leur détermination. Rien qu'en voyant son regard, l'adolescente comprend que la jeune femme a une idée et qu'elle ne s'arrêtera pas avant de l'avoir mise en œuvre.

— Jons, je vous promets que je n'aurai de repos tant que vous ne serez pas délivré du sort qui vous torture. Même si cela doit prendre des années, nous serons à nouveau réunis, je vous en fais le serment.

Cette voix ! Une fois de plus, comme lors de son premier rêve, Cassie a le sentiment de l'avoir déjà entendue ailleurs. Elle n'ose toutefois pas en jurer. Après tout, peut-être que leurs voix se ressemblent tout simplement ? Plus rien ne l'étonnerait, au point où elle en est.

Pour la première fois dans ce rêve, Ariane sourit. Cela n'a rien de rassurant ou de bienveillant. C'est le sourire d'une âme brisée, prête à tout pour parvenir à ses fins.

L'adolescente la suit des yeux et la voit sortir quelque chose de sa robe. Quelque chose qui se trouvait dans une poche qu'elle n'avait jusque-là pas remarquée.

Une mèche de cheveux.

À en juger par leur couleur, ils appartiennent à Ishild. Sans doute les lui a-t-elle pris lorsqu'elle lui a sauté à la gorge afin de lui faire payer le prix de son acte.

S'asseyant à même le sol, la sorcière les dépose sur ses jambes en veillant à ce qu'ils ne s'envolent pas, puis attrape un médaillon dans son décolleté. Elle l'ouvre en deux pour en sortir une seconde mèche, blonde cette fois. « Tanja ? », se demande Cassie.

Sans aucune hésitation, Ariane tire sur ses propres cheveux pour en arracher quelques-uns, avant de tresser les trois mèches ensemble. Intriguée, l'adolescente l'observe, incapable de faire autre chose. « Pourquoi agit-elle ainsi ? », est la question qui ne cesse de lui revenir en tête. Avec ces cheveux, on pourrait croire que la sorcière tisse une sorte de nouveau lien avec ses sœurs. Mais pourquoi ? Ne veut-elle pas au contraire se détacher de sa famille, en rester le plus éloignée possible, comme le témoigne son intention de partir ?

Les pensées de la jeune fille s'interrompent lorsqu'Ariane tâtonne l'herbe autour d'elle. Elle semble rapidement dénicher ce qu'elle y cherche : une pierre avec un coin tranchant. Avant d'avoir le temps d'hésiter, elle s'entaille la paume gauche et jette le caillou. Cassie a mal pour elle, un cri s'échappe de sa gorge. Elle ne s'attendait pas à ce que la sorcière ait ce geste. Que fait-elle ?

Refermant ses doigts autour de la plaie, Ariane oblige le sang à couler sur la tresse qu'elle a fabriquée. Une grimace de douleur traverse son visage, mais elle se ressaisit vite. Sa détermination la contrôle, elle ne doit pas faiblir. Lorsqu'elle juge que la tresse est assez imbibée, elle s'en empare, raffermit sa prise dessus et prononce une série de mots. La jeune fille est de nouveau convaincue que quelque chose l'empêche de saisir ce qu'Ariane dit. Ce bourdonnement dans ses oreilles n'a rien de naturel ! D'autant plus qu'il disparaît dès que la sorcière clôt ses lèvres.

Cassie pressent qu'elle a terminé. Son corps s'affaisse, comme si elle ne pouvait en supporter davantage. L'adolescente ignore tout de cette mise en scène et de ce sortilège, mais elle devine à ses traits qu'il sera lourd de conséquences.

D'un geste las, le regard triste, Ariane pose sa main non blessée sur sa robe, à hauteur de son ventre.

— Je suis désolée… murmure-t-elle.

J'ouvre les yeux.

En sueur, j'ai du mal à retrouver ma respiration. Ce nouveau rêve m'a mise dans un bel état ! Tous mes membres en tremblent. Essayant de me calmer, je ressasse tout ce que je viens d'apprendre. J'ai besoin de dresser une liste mentale pour y voir clair. Je ne sais pas ce qui me permet d'affirmer cela, mais je suis certaine que je ne reverrai plus Ariane et cet endroit, que ce rêve est le dernier.

Mes trois songes sont liés, comme les mèches de cheveux des trois sorcières. C'est le grimoire, ou plutôt la formule que j'y ai lue, qui en est responsable. J'en suis convaincue désormais. Je n'ai plus les moyens de nier. Il faut que je regarde la réalité en face : toute cette histoire n'a pas d'explication rationnelle. Elle est bien au-dessus de ça.

Une fois que ma respiration est plus sereine, je me redresse afin de m'appuyer contre ma tête de lit. Il faut que je garde les idées claires.

Que m'ont appris ces rêves ?

Premièrement, Jons et Ariane – sorcière qui me ressemble étrangement et dont la voix m'est familière – s'aimaient. Leur union était toutefois inenvisageable pour la famille d'Ariane, qui souhaitait qu'elle épouse un sorcier.

Deuxièmement, Ariane désirait s'enfuir avec Jons pour s'éloigner de ses sœurs et sa mère, démarrer une nouvelle vie. Les mœurs de sa fratrie avaient changé depuis que les sorcières étaient traquées.

Troisièmement, pour empêcher la fuite d'Ariane, avec l'aide involontaire de Tanja – la cadette –, sa sœur aînée et sa mère ont laissé croire à Jons qu'elle l'avait abandonné et, fou de désespoir, celui-ci s'est donné la mort. Ariane s'est sentie trahie par cet acte et, encouragée par Ishild, a damné l'âme de celui qu'elle aimait.

Quatrièmement, Jons est condamné à revivre éternellement son suicide, sans doute la raison pour laquelle je l'ai vu plusieurs fois se jeter sous un train.

Cinquièmement, quand Ariane a appris ce que sa famille avait fait, elle a juré de partir et a lancé une incantation dont j'ignore presque tout. Je suppose qu'elle concerne leur trinité à elle et ses sœurs, étant donné qu'elle s'est servie de leurs mèches de cheveux.

Pour finir, si je n'ai pas mal interprété la fin de ce dernier songe – et quelque chose en moi me pousse à croire que ce n'est pas le cas –, Ariane attendait un enfant… Sans aucun doute celui de Jons.

Ce grimoire ne mentait pas : j'ai bel et bien appris la vérité sur ce mystérieux suicidé, même si des interrogations subsistent.

Tout d'abord, le fait que Jons soit à la gare ne me paraît pas logique. Je pense pouvoir affirmer sans me tromper que mon rêve se déroulait à une époque antérieure à l'apparition des premières locomotives. Rien que les habits d'Ariane – et ceux de Jons, qui m'ont tant intriguée la première fois que je l'ai croisé – me le confirment. Or, c'est sous un train que je l'ai vu se jeter à plusieurs reprises.

Ensuite, quel est le sort qu'Ariane a lancé et pourquoi en était-elle désolée pour son enfant ? Et pourquoi est-ce que je lui ressemble à ce point ? J'ai bien une idée en tête, mais je n'ose la formuler. Je crois que j'ai peur d'admettre que c'est possible...

Enfin, pourquoi ai-je la capacité d'apercevoir Jons ? En quoi suis-je différente ?

Je soupire. Malgré les éléments de réponse qui s'offrent à moi, je ne me sens pas plus avancée. J'ai l'impression qu'à chaque explication que je trouve, une nouvelle énigme pointe le bout de son nez...

Chapitre 20

Pour une fois, dès que midi sonne, je ne me rends pas à la cantine. À la place, je me dirige vers le parking des étudiants, là où doit être garé le scooter de Logan.

Je ne l'ai pas encore vu aujourd'hui, tout comme je ne lui ai toujours pas parlé de ce nouveau rêve. J'aurais pu lui envoyer un texto, mais je préfère qu'on en discute face à face. Logan a le recul qu'il me manque. Souvent, il analyse mes paroles et fait quelques réflexions bien utiles. Je l'aperçois avant même de repérer son véhicule. Il semble patienter.

— Tu m'attendais ? lui demandé-je en arrivant près de lui.

— Possible, Deschamps.

Je soupire sans pour autant lui reprocher l'emploi de mon nom de famille. J'ai compris que c'était peine perdue.

— Du nouveau ?

Ai-je raison de soupçonner un peu d'empressement dans sa voix ? Quoi qu'il en soit, je me mets immédiatement à lui relater mon dernier songe, celui où j'ai appris le sort réservé à notre suicidé. Une fois que j'ai fini mon récit, Logan prend la parole :

— C'est de plus en plus fou…

— C'est une histoire de dingue, oui.

Je suis trop grande pour accorder du crédit aux sorcières et aux malédictions. Pourtant, admettre leur existence est la seule chose qui me permet d'expliquer certains événements. Heureusement que Logan y croit lui aussi, sinon je penserais que je suis en train de perdre la tête.

Mais peut-être sommes-nous en train de devenir tous les deux fous.

— Je me disais que nous pourrions parler de tout ça avec ta grand-mère après les cours, me glisse mon ami.

Bien que j'aie envie de repousser la date, j'ai conscience qu'une discussion avec elle s'impose, que je n'y échapperai pas.

— On se retrouve ici ?

D'un bref mouvement de tête, Logan acquiesce. Au moins, je ne serai pas seule. Ce simple fait me rassure.

Avant que l'un de nous deux ne puisse ajouter quoi que ce soit, j'aperçois Laura qui s'avance dans notre direction. Je ne sais pas si ma vue me joue des tours, mais j'ai le sentiment qu'elle est en colère. Plus elle se rapproche, plus la chose se confirme.

— Je peux te parler ?

Son ton m'indique qu'elle ne tolérera aucun refus. Je n'ai même pas le temps de répondre que Logan prend la parole :

— Bon… je vous laisse entre filles.

« Lâcheur ! », suis-je tentée de siffler. Je me retiens toutefois. Je ne suis pas certaine que ma meilleure amie apprécierait la remarque.

— Un souci ?

— Oui, toi, me déclare-t-elle de but en blanc.

Parfois, j'oublie à quel point elle est franche et directe. Voyant que je ne réplique pas, elle enchaîne :

— Même si j'ai l'habitude qu'on se confie l'une à l'autre, je peux comprendre que tu ne veuilles pas me dire ce qui se passe en ce moment. On a tous le droit d'avoir son petit jardin secret. Mais je ne comprends pas pourquoi tu m'évites ainsi ces derniers jours. Tu n'es pas venue me retrouver à midi alors que tu le fais depuis que nous sommes amies !

— Je ne souhaitais pas te blesser. Je…

Comment lui expliquer que ses questions devenaient trop insupportables pour moi ?

— Pourquoi me fuis-tu ? Tu peux au moins me révéler ça, non ?

Je décide d'être franche à mon tour :

— Tu n'arrêtes pas de m'interroger, de façon discrète ou non. Pourtant tu sais que je n'ai pas envie de discuter.

— Excuse-moi de m'inquiéter, siffle-t-elle.

— Ce n'est pas ce que j'ai voulu dire… Je suis désolée que tu te fasses du souci. C'est inutile, je t'assure.

— Pas pour Logan, il semblerait.

Son accusation me laisse pantoise. Elle n'est quand même pas… jalouse ?

— Je ne vois pas ce que tu lui reproches.

— Ne nie pas : votre rapprochement soudain, son air préoccupé quand il te regarde. Tu as visiblement plus confiance en lui qu'en moi.

Plus que la colère, c'est la peine que je perçois dans ses propos. Malgré ça, ceux-ci me font bouillir. Comment peut-elle me jeter ces griefs au visage alors qu'elle est ma seule amie depuis l'incendie ?

— Tu ne t'entends pas parler…

— Qu'est-ce qui ne va pas ? insiste-t-elle une fois de plus.

C'en est trop.

— Tu vois, c'est pour ça que je suis un peu plus distante ces jours-ci : tu es incapable de t'empêcher de me le demander. Même si c'est pour une bonne raison, c'est énervant. Très énervant.

— Je souhaite juste t'aider…

— Alors, laisse-moi.

Je m'en veux aussitôt. À quoi bon cette dispute ? Ne devrions-nous pas plutôt en discuter calmement et arranger la situation, comme pendant les petites querelles que nous avons eues durant la période où j'étais au plus mal ? Je n'ai pas le temps de rectifier le tir. Laura réplique du tac au tac :

— T'étais bien contente que je sois là après la mort de tes parents, pourtant !

Pire qu'un poignard, cette phrase me lacère le cœur, avive ma colère.

— Dégage…

Voyant qu'elle va reprendre la parole, je crie :

— Dégage !

Son expression n'est plus la même, mais je ne le remarque pas immédiatement. Je suis trop furieuse pour ça. Logan, qui était allé s'accouder à un muret plus loin, accourt dans notre direction.

— Tout va bien ? nous questionne-t-il.

— Dis-lui de partir.

Ce sont les seuls mots qui sortent de mes lèvres. Pris au dépourvu, il dévisage Laura. Celle-ci veut ajouter quelque chose. Il la réduit au silence d'un regard. Visiblement, il me connaît assez pour savoir que je ne la laisserai pas parler. Elle me lance un dernier coup d'œil et finit par s'éloigner. Si je n'avais pas été aussi en colère, j'aurais tout de suite remarqué à quel point elle regrettait son accusation.

Je descends du scooter de Logan avec une joie non dissimulée ; je me demande un instant si je m'habituerai un jour à ce moyen de transport. Les chances sont maigres, voire inexistantes. Nous sommes enfin devant chez moi, prêts à converser avec ma grand-mère. Je prie pour que mon frère soit toujours à la galerie. Sans savoir pourquoi, je refuse de le mêler à ça.

Même si j'appréhende ce face à face, j'y vois un aspect positif : pour le moment, ma crainte m'empêche de penser à ma dispute avec Laura. Ça m'a hantée toute la journée. C'est si rare que nous ayons un désaccord ! Qu'il soit aussi violent surtout… Bien que je meure d'envie de lui téléphoner pour tout arranger – j'y ai songé plus d'une fois cet après-midi –, je n'arrive pas à m'y résoudre. Une petite voix ne cesse de me souffler que tout est mieux ainsi. Si je demeure éloignée de Laura, je l'écarte de toute cette histoire par la même occasion.

Alors que nous approchons de ma porte d'entrée, je

prends une grande inspiration. Plus question de reculer, maintenant.

— Prête ? m'interroge Logan.

Pour une fois, son ton n'est pas narquois. J'ai beau ne pas le montrer, sa sollicitude me touche.

— Il faut.

Ce disant, j'attrape mes clefs et ouvre la porte. Nous nous engouffrons à l'intérieur. Bien qu'il tente de rester discret, Logan laisse son regard se poser un peu partout dans le hall, surtout sur les nombreux tableaux que ma mère a accumulés après son mariage. Son attitude m'aide à réaliser à quel point j'ai de la chance. Je n'ai jamais été seule, je vis dans une maison spacieuse et accueillante. Je n'ai pas à me soucier de grand-chose, comparée à lui qui doit tout gérer dans son petit appartement.

Je l'emmène dans le salon. Par chance, ma grand-mère s'y trouve. Plongée dans un feuilleton, Baron allongé sur ses genoux, elle n'a pas l'air de nous avoir entendus. Je l'interpelle pour le vérifier :

— Grand-mère ?

Elle relève la tête vers moi, surprise. Je me suis tant appliquée à l'éviter ces derniers jours qu'elle ne devait pas s'attendre à ce que je vienne vers elle.

— Miguel est ici ? demandé-je.

Je dois m'assurer que notre conversation ne sera pas épiée.

— Il n'est pas encore rentré, m'informe-t-elle.

— Bien. C'est à toi que je veux parler.

Là aussi, l'étonnement est visible sur son visage. La tension semble augmenter d'un cran dans la pièce.

Pendant quelques secondes, ni elle ni moi ne prononçons un seul mot. Logan se racle la gorge pour me rappeler sa présence. Je suis si anxieuse que j'ai presque oublié qu'il était là avec moi. Pour moi.

— Je te présente Logan, un ami à moi.

Ce dernier hoche la tête tandis qu'un « enchantée » sort de la bouche de mon aïeule. Prenant mon courage à deux mains, je me lance :

— Que sais-tu sur Jons ?

Ses lèvres s'étirent en un fin sourire :

— On dirait que ma petite-fille devient enfin raisonnable.

La satisfaction est perceptible dans sa voix. Une fois de plus, je détecte cette aura qui me rend méfiante. Un frisson remonte le long de mon échine.

— Il est au courant ? me demande-t-elle en désignant mon ami.

Je me contente d'acquiescer.

— Qu'attendez-vous ? Asseyez-vous, s'impatiente-t-elle.

Nous obtempérons. Ma fébrilité s'accentue. Je ne peux m'empêcher d'emmêler mes doigts entre eux, de replacer une mèche de cheveux imaginaire. Des signes qui ne trompent pas et sont facilement remarquables.

— Pourquoi es-tu si stressée, Cassandra ?

Je tique sur l'emploi du prénom.

— C'est Cassie.

J'ignore le sourire moqueur de Logan, surtout parce qu'il a posé sa main sur mon bras et que ce geste me rassure. Il me donne la force de répondre à mon aïeule :

— Je suis nerveuse parce que quelque chose en moi

me pousse à l'être. C'est... comme si je percevais une sorte d'aura.

Je me mords l'intérieur de la joue, ne sachant pas si l'honnêteté est un bon choix ou non. Je ne précise pas que l'aura se dégage d'elle.

— Tu redoutes de me parler, est-ce que je me trompe ?

Cette phrase est une affirmation plus qu'une question, j'en ai conscience. Malgré ça, une fois encore, j'acquiesce.

— C'est ton instinct de sorcière qui provoque cela. Dès que tu te trouves dans une situation que tu appréhendes, où tu te sens menacée sans raison, il cherche à te protéger. Il t'envoie un signal. C'est bien qu'il se soit déjà développé chez toi. Les jeunes apprenties ont tendance à ne pas l'écouter. Avec de l'entraînement, il pourra t'être très utile.

— Mon instinct de... sorcière ?

Je n'ai retenu que ça de ses propos. Une crainte sourde monte en moi : ce que je soupçonne depuis mon dernier songe provoqué par le grimoire se concrétise.

— Tu ne l'as toujours pas compris ? Ces rêves, tu as pourtant senti qu'ils étaient spéciaux, n'est-ce pas ?

— Oui.

Ma voix n'est plus qu'un murmure. Logan perçoit mon malaise, car il accentue la pression sur mon bras. Je m'y accroche comme à une bouée pour garder les idées claires. Je dois cesser de fuir.

— Alors tu le sais.

— Ariane... je suis sa descendante.

Nouveau sourire ; j'ai vu juste. Au fond de moi, je

pense que je le pressentais depuis un moment. Depuis la première fois que j'ai aperçu Ariane, sans doute. Il m'a simplement fallu du temps pour l'accepter. Il en est de même avec cette histoire de sorcières, que j'ai encore du mal à croire. À l'inverse des héros des livres que j'aime tant, je ne parviens pas à me persuader que ce qui m'arrive est réel.

À côté de moi, Logan est bouche bée. Dire qu'il est étonné serait un euphémisme. Un instant, je crains qu'il change d'avis à mon propos, qu'il me juge cinglée et mette ma grand-mère dans le même panier. Une fois de plus, il me surprend : il reprend contenance et semble attendre la suite, sa main toujours posée sur mon bras.

— La sienne, celle d'Ishild ou celle de Tanja, acquiesce mon aïeule. Tout comme je le suis, moi aussi.

— Est-ce pour cette raison que… je peux voir Jons, à la gare ?

— En quelque sorte.

— Comment ça ?

— C'est une histoire plus compliquée qu'il n'y paraît. Et si tu le permets, j'aimerais commencer par le début.

Bien que je sois impatiente d'avoir la réponse à cette question, je hoche la tête. Il faut que j'écoute ce qu'elle a à m'apprendre.

— Je sais que cela n'est pas facile à admettre, mais tu es une sorcière, Cassandra. Une sorcière dont les pouvoirs sont encore enfouis.

Pas facile de définir ce que je ressens en ce moment ; un mélange de peur et d'excitation auquel la curiosité se joint. J'essaie d'accepter l'idée qu'elle me dit la vérité, que tout cela est concevable. Ce n'est pas simple, mais je peux y arriver. Quelque part, j'ai envie d'y croire, de penser que je suis spéciale.

— C'est ainsi. Nous descendons d'une longue lignée de sorcières dont Ariane a fait partie. Je suis d'ailleurs désolée que tu l'aies appris en rêve. Tu étais tellement fermée à toute discussion que j'ai eu recours au grimoire. J'étais sûre que ton instinct te pousserait à réagir en conséquence.

— Je comprends.

Je m'étonne de voir à quel point c'est vrai. Je ne lui en veux plus de m'avoir offert ce livre. Grâce à lui, j'ai déjà obtenu des réponses.

— Il y a des choses qu'il faut que tu saches sur les sorcières.

— Je t'écoute.

Logan se redresse, visiblement intéressé par le tournant que prend notre conversation. Est-il aussi curieux que moi ? J'ai l'impression que oui ; il semble tout autant investi que moi dans cette histoire.

— Elles naissent avec le Don. Elles ne le choisissent pas. C'est ainsi. Mais l'avoir ne suffit pas. La magie demande un long entraînement. Il faut connaître les sortilèges et les maîtriser pour être une sorcière complète. Il en existe une multitude ; certains sont simples, d'autres plus complexes. Le fait que tu aies réussi à lancer le sort pour apprendre la vérité – qui est basique – m'indique que tu feras une bonne sorcière une fois formée. Si tu le veux, bien sûr.

Je ne réponds pas à sa question indirecte. J'ai besoin de temps pour assimiler toutes ces informations. Mon ami me surprend encore en prenant la parole :

— D'après ce que j'ai déduit des rêves de Cassie, ce fameux Don se transmet de génération en génération ?

Ma grand-mère lui sourit, satisfaite.

— C'est cela, oui. Seules les femmes sont capables de l'extérioriser, j'ignore quelle en est la cause. Autrefois, les hommes de notre peuple étaient uniquement perçus comme le moyen de s'assurer une descendance magique. Rares étaient les mariages d'amour. De même, il était mieux vu pour une sorcière d'accoucher d'une fille plutôt que d'un garçon. Bien souvent, le souhait de n'importe laquelle d'entre elles était de mettre trois filles au monde. Le chiffre trois est sacré pour notre espèce. Si trois sorcières s'allient pour former une trinité, leur pouvoir est décuplé.

Je saisis désormais pourquoi la famille d'Ariane était si vexée par son choix de ne pas épouser un sorcier...

— Et si une sorcière ne mettait pas trois filles au monde ? l'interroge Logan.

Son intérêt ne cesse de m'étonner mais ne me déplaît pas. Il me permet d'affirmer qu'il ne me laissera pas tomber.

— Ce n'était pas si exceptionnel. Les trinités se créent aussi entre cousines. Plus rarement entre femmes de familles différentes.

— Dans mon rêve, j'ai cru comprendre que les sorts sombres augmentent la puissance des trinités, interviens-je.

Soudain triste, mon aïeule hoche la tête.

— À une époque, ils étaient interdits aux sorcières de moins de seize ans. Tu l'as peut-être deviné en ne parvenant pas à les entendre dans tes songes. C'est une sorte de protection. Ils sont prohibés depuis de longues années maintenant. Ils sont néfastes et peuvent facilement corrompre l'âme d'une sorcière. Ils attirent les plus faibles d'entre elles, surtout celles qui aspirent à de plus grands pouvoirs. La personne qui les utilise représente un véritable danger pour les siens comme pour les non-sorciers. Une trinité qui les emploie est presque invincible. Par chance, il est exceptionnel de voir trois femmes d'une même famille pratiquer cette forme de magie. De nos jours, il reste tellement peu de sorcières dans le monde que ce sont les trinités qui deviennent rares.

— Ishild voulait en former une puissante, elle s'est servie d'Ariane pour ça.

— Ishild était animée d'un fort désir de vengeance. Dans notre famille, nous avons toujours raconté l'histoire d'Ariane à nos filles et fils pour qu'eux-mêmes la relatent un jour. Toi et ton frère échappez à cette règle.

— Pourquoi ?

— Chaque chose en son temps, jeune fille.

Bien que j'aie envie de protester, je prends sur moi.

— Ariane et ses sœurs ont vécu pendant une période fort sombre pour nos semblables. Les femmes accusées de sorcellerie n'avaient plus qu'un seul destin : le bûcher. Ishild faisait partie de ces femmes prêtes à tout pour se venger de leurs persécuteurs – et des hommes en général, qu'elles rangeaient dans le même panier. C'est ce désir qui l'a menée à sa perte.

— Que veux-tu dire ?

— Même si ma mère m'a raconté l'histoire de nos ancêtres, j'ai souhaité la vivre. Tout comme toi, j'ai fait trois rêves, mais ceux-ci m'ont laissé quelques interrogations, notamment sur un sortilège lancé par Ariane. Sans ma chère maman, jamais je n'aurais découvert la vérité.

Je retiens mon souffle sans m'en rendre compte. Enfin, je vais savoir !

— Lorsqu'elle a appris ce qu'il s'était vraiment passé pour son amant, Ariane… Ariane s'en est encore plus voulu de l'avoir condamné. À tel point qu'elle n'avait plus qu'une seule pensée : trouver un moyen de le délivrer de son sort et se venger de sa famille, qui lui avait causé tant de torts. Des torts qu'elle jugeait immérités. L'unique « erreur » qu'elle avait commise était de tomber amoureuse d'un non-sorcier.

Je hoche la tête. Ce qu'elle me dit là, je l'ai ressenti au travers de mon rêve.

— Comme elle et ses sœurs ne pouvaient pas rompre le sortilège jeté, Ariane a fait un choix lourd de conséquences : elle a maudit sa propre famille. Ishild, Tanja, elle-même ainsi que leur descendance à elles trois seraient forcées de revivre ce qui était arrivé à son bien-aimé, jusqu'à ce qu'une d'entre elles réussisse à délivrer Jons.

— Le cauchemar…

— Exactement, me sourit mon aïeule. Sois honnête : ce fameux cauchemar, s'est-il révélé de plus en plus fréquent au fil des années ? Depuis quand le fais-tu ?

— La première fois, j'avais environ dix ans. Plus le temps est passé, plus il s'est montré récurrent.

— Sais-tu pourquoi ?

Je secoue la tête.

— Parce que tu approches de tes seize ans.

Ni Logan ni moi ne comprenons ce que ça signifie. Nous échangeons un regard interloqué.

— Je m'explique, reprit ma grand-mère. Celles qui naissent avec le Don sont très vite capables de pratiquer si on leur enseigne convenablement les sorts. Toutefois, ce n'est qu'à leur seizième anniversaire qu'elles entrent en pleine possession de leur pouvoir. C'est aussi à cet âge que la plupart d'entre elles choisissent une spécialisation. Certaines deviennent guérisseuses, d'autres devineresses. Certaines encore se laissent séduire par les sorts sombres et la nécromancie ; il existe une multitude de voies. Mais avant cela, avant leur seizième anniversaire, il est par exemple plus risqué pour elles de lancer un sortilège complexe. Cela les épuise plus. Tout comme il est dangereux de tenter un sort sombre. Parfois, un tel processus peut même leur coûter la vie. Raison pour laquelle les pratiquer précocement était interdit.

Il y a tant à assimiler ! J'ai peur d'oublier des choses une fois cette conversation terminée. Par chance, nous sommes deux pour retenir toutes ces informations sur les sorcières, dont je fais partie. Cette pensée me laisse encore un goût d'étrangeté.

Une question me frôle l'esprit :

— Tu m'as bien dit que les sorciers avaient le Don mais ne pouvaient pas l'utiliser ?

Autant ma grand-mère que mon ami sont perdus. Visiblement, ils ne voient pas où je veux en venir. La plus âgée hoche malgré tout la tête.

— Alors comment connaît-on leur nature ?

Une lueur indéchiffrable passe dans les yeux de mon aïeule. De la fierté ?

— Tu poses les bonnes questions, me félicite-t-elle. La réponse à celle-ci est une fois de plus l'instinct de sorcière. Quand elles mettent un enfant au monde, fille ou garçon, elles savent tout de suite si le Don est présent chez lui. Elles le ressentent. Certaines le devinent même avant l'accouchement. Pour l'avoir vécu, je te garantis que c'est indescriptible.

— Je crois qu'Ariane l'avait senti aussi.

— C'est possible, concède ma grand-mère.

À son expression, on pourrait penser qu'elle ne s'était jamais réellement penchée sur la question jusqu'à aujourd'hui. Et peut-être est-ce le cas. Depuis le temps, les femmes de notre famille doivent être plus préoccupées par la malédiction qui pèse sur nous que par Ariane.

— Elle n'a pas lancé son sort de gaieté de cœur, affirmé-je. Elle ne l'a fait que parce que c'était la seule solution pour aider Jons. Cela lui a brisé le cœur, elle savait qu'elle attendait un enfant avec le Don. Elle était consciente de le condamner. C'est pour cette raison qu'elle s'excusait…

Je ne peux m'empêcher de m'en sentir attristée. Ariane a perdu tout ce qu'elle chérissait… Comme s'il percevait mon état d'esprit, Logan se colle un peu plus à moi, un sourire timide aux lèvres. Ma grand-mère nous regarde attentivement, mais ne dit rien.

— Non seulement tu lui ressembles, mais en plus tu la comprends, j'ai l'impression, souffle-t-elle dans un murmure.

— C'est une mauvaise chose ?

— Pas que je sache. En vérité, je ne sais pas ce que ta ressemblance avec Ariane veut dire. Mis à part que notre famille descendrait d'elle plutôt que de ses sœurs, peut-être. Je ne suis pas certaine qu'il faille y voir une quelconque signification. Quant au fait que tu la comprennes, c'est tout à ton honneur.

Je demeure silencieuse. Je me sens étrange : soulagée et inquiète en même temps. Soulagée d'avoir enfin des réponses, inquiète à propos de l'avenir. Que va-t-il se passer, maintenant ? Dans ma tête, les pensées fusent. Je relie mes propres découvertes – celles réalisées grâce à mes rêves – à tout ce que mon aïeule vient de m'apprendre.

Une autre question m'arrive à l'esprit :

— Jons… Dans mon cauchemar, je le vois se jeter sous un train. Mais… il n'y en avait pas à l'époque d'Ariane, n'est-ce pas ?

Les yeux de ma grand-mère se font plus scrutateurs.

— Tu ne le rencontres qu'en songe ?

J'hésite à lui révéler la vérité. J'ai peur, je crois. Le regard de Logan m'y encourage. Il me rend plus confiante.

— Non, avoué-je.

— C'est ce que je craignais… soupire-t-elle. Quoi qu'il en soit, tu dis vrai : il n'y avait pas de trains quand Ariane était encore de ce monde.

— Pourquoi est-ce de cette façon que je le vois mourir ? Ça n'a pas de sens ! Dans l'un de mes rêves, Ariane a déclaré qu'il était condamné à subir son suicide pour l'éternité.

— Il y a sans doute une explication, tente de me rassurer Logan.

Il a dû sentir que mes jambes tremblent légèrement tant je suis nerveuse. Qui ne le serait pas en apprenant tout ceci ?

— Ton ami a raison, reprend mon aïeule, il y a une explication.

J'attends la suite avec impatience, qu'elle s'empresse de me fournir :

— Il y a longtemps, là où la gare se situe actuellement, se trouvait un vieux pont. C'est de celui-ci que Jons s'est donné la mort. Bien qu'Ariane l'ait voué à revivre son décès, quand le pont a été détruit, le sortilège a été… modifié. Jons ne peut quitter l'endroit de son trépas. Il a donc dû s'adapter aux changements. C'est pour cela que tu… que nous le voyons se jeter sous un train.

— Je comprends mieux. Évidemment, il a fallu que le hasard me fasse habiter dans la ville même où il a perdu la vie !

Le regard que me lance ma grand-mère à cet instant me laisse muette quelques secondes.

— Qu'est-ce qu'il y a ?

— Ce n'est pas ce qu'on peut appeler un hasard, en réalité.

— Comment ? intervient Logan, aussi curieux que moi.

— Lorsque mon fils – ton père, Cassandra – a rencontré Audrey, celle-ci ne savait rien des sorcières. Quand cela a commencé à devenir sérieux entre eux, Nils a décidé qu'elle avait le droit d'apprendre la vérité, non seulement parce qu'il ne voulait pas lui mentir sur qui il était, mais également parce qu'il envisageait de finir sa vie à ses côtés. Il avait parfaitement conscience qu'un jour, leurs enfants, s'ils possédaient le Don, seraient aussi maudits que lui ou moi. Il désirait qu'Audrey en soit informée. Il souhaitait qu'elle ait le choix.

Je ne peux m'empêcher de sourire. Ça ne m'étonne pas de papa.

— Maman l'a tout de suite cru, dis-je.

J'ignore pourquoi, c'est une conviction pour moi.

— Audrey n'a pas douté de lui une seconde. Tous deux se sont rapidement mariés après cela. Leur premier sujet de discorde est venu plus tard, à la naissance de Miguel.

— Pourquoi ?

— Bien qu'un sorcier ne puisse utiliser ses pouvoirs, son instinct est là. Nils a su que ton frère n'avait pas le Don. De ce fait, Audrey lui a annoncé ne pas vouloir gâcher son enfance avec nos histoires de famille. Miguel était épargné par la malédiction, ta mère désirait donc qu'il puisse vivre une vie normale. Entre nous, je pense que c'est son instinct maternel qui a pris le dessus. Quoi qu'il en soit, ton père, lui, jugeait qu'il n'était pas bon de le tenir ainsi écarté de la vérité. Il a tout de même fini par céder devant les arguments d'Audrey. Après tout, lui aussi ne pouvait que souhaiter une existence simple à son fils.

Je hoche la tête. Inconsciemment, c'est peut-être la même raison qui m'a poussée à ne rien dire à mon frère jusqu'ici. En un sens, je comprends le choix de maman.

— Et puis, tu es née. Pour Nils, il était évident que tu avais le Don. Malgré cela, comme pour Miguel, Audrey n'a rien voulu entendre. Elle ne désirait pas que tu sois informée de tes origines. Elle était convaincue qu'en ignorant tout de celle que tu es, la malédiction n'opérerait pas sur toi, que tes pouvoirs ne se développeraient pas et qu'à l'instar de ton frère, tu pourrais mener une existence normale.

— Ça n'a pas marché… Je crois que j'aurais aimé être au courant avant de voir cet homme se tenir en face de moi.

— Il ne faut pas en vouloir à ta mère, rétorque ma grand-mère. Elle souhaitait seulement vous protéger, ton frère et toi.

— Je sais. Je ne lui en veux pas. C'était une simple constatation.

Comme Logan est silencieux, je me tourne vers lui. Son regard est triste, songeur.

— À quoi penses-tu ? lui demandé-je.

Il reprend pied dans la réalité.

— Rien d'important, me rassure-t-il. Je me disais juste que tu avais de la chance d'avoir une mère prête à tout pour que tu sois heureuse.

— Elle était prête à tout, oui ! confirme mon aïeule.

Devant mon air interrogateur, elle s'empresse de s'expliquer :

— Une fois de plus, ton père a cédé. J'ai eu beau lui répéter dès qu'on se voyait qu'il devait vous dire la vérité, il n'a rien voulu entendre. J'ai compris que si je ne souhaitais pas perdre mon fils, il fallait que je me résigne. Audrey campait sur ses positions. Malgré cela,

255

plus les années passaient, plus elle craignait que le fameux rêve survienne dans ton esprit. Et un jour, elle a décidé d'agir.

— Comment ?

Mon impatience est palpable tant je brûle de savoir.

— Elle était convaincue que même sans être une sorcière, elle arriverait à délivrer Jons avec l'aide de ton père et la mienne. C'est pourquoi, après de très nombreuses recherches, elle et Nils sont venus vivre ici. S'ils réussissaient à rompre le sortilège jeté des siècles plus tôt sur le pauvre homme, tout s'arrêterait et ils n'auraient plus rien à craindre pour vous. Malheureusement, ils n'ont pas eu le temps de tenter quoi que ce soit.

— L'incendie.

Elle acquiesce, plus triste. Je sens plus que je ne vois Logan me prendre la main. Ce geste, simple au premier abord, me réconforte plus que je ne l'aurais pensé. À croire qu'il possède une sorte de super pouvoir.

Je n'arrive pas à me faire à l'idée que c'est pour moi que mes parents se sont installés ici. Pour aider Jons et ainsi me délivrer de la malédiction d'Ariane. Sans moi, ils ne seraient pas venus dans cette ville. L'incendie ne les aurait jamais atteints…

— Je dois finir ce qu'ils ont commencé.

Cette certitude prend place en moi.

— Je dois retourner à la gare.

Avant que ma grand-mère puisse ouvrir la bouche, Logan réplique :

— Pas question ! Je ne te laisserai pas te mettre en danger inutilement !

D'abord emplis de surprise, les yeux de mon aïeule pétillent vite d'une lueur que je ne parviens pas à déchiffrer. Un sourire rehausse ses lèvres :

— Ma petite-fille aurait-elle trouvé un Protecteur ? se réjouit-elle.

Chapitre 21

— Un quoi !?

Ce cri, Logan et moi venons de le pousser en chœur. Un rire s'échappe de la gorge de ma grand-mère. Elle paraît soudain moins âgée.

— Laissez-moi vous expliquer, reprend-elle, plus calme.

Nous acquiesçons, pendus à ses lèvres. De quoi parle-t-elle ?

— Voyons… Je pense que tout a commencé quelques années après les mésaventures de Jons et Ariane. Oui, si mes souvenirs sont bons, c'est bien cela. Je vous avoue honteusement que les leçons d'histoire que maman me donnait n'étaient pas ce que je préférais écouter, plaisante-t-elle. Soit. Vous l'avez compris : les temps n'étaient pas sûrs pour les nôtres. Certains hommes se réjouissaient même à l'idée de capturer leur première sorcière. Un groupe composé d'une dizaine de femmes, alors en fuite, retourna ceci contre eux. Elles leur lancèrent un sort qui les força à les préserver de leurs semblables. Ils s'en sentaient *obligés*. Ce furent les premiers Protecteurs.

Elle s'interrompt plusieurs secondes, désireuse de vérifier que nous la suivons encore.

— Bien entendu, un tel sortilège ne peut appartenir qu'à la catégorie des sorts sombres et ceux-ci ont presque toujours des répercussions. Tous les fils de ces hommes en ressentirent les effets. S'ils croisaient la route d'une sorcière et que celle-ci était en danger, ils devaient veiller sur elle. C'était plus fort qu'eux. Un grand nombre des nôtres ont lancé ce sortilège à l'époque, même celles révulsées par la magie noire. On sauve sa vie comme on peut… Quoi qu'il en soit, de nos jours, les Protecteurs sont aussi rares que les trinités ; ou plutôt, qu'un Protecteur rencontre l'une des nôtres est rare. Personne ne sait vraiment combien ils sont.

J'acquiesce. Ça explique certaines choses si Logan en est un. Maintenant que l'exposé de mon aïeule est terminé, je réalise que celui-ci m'a lâché la main. Un peu troublée par ce que je viens d'apprendre, je me tourne vers lui. Je suis surprise de le voir si tendu.

— Logan ?

Perdu dans ses pensées, il ne me répond pas. Je suppose qu'il a besoin de temps pour assimiler.

— Fait chier ! s'exclame-t-il tout à coup.

— Pas de grossièretés, proteste ma grand-mère.

— Qu'est-ce qu'il y a ? l'interpellé-je, interloquée.

Pourquoi ce brusque accès de colère ? C'est insensé. Lui qui a tout accepté avec calme jusque-là !

— Je ne veux pas être ton Protecteur, voilà ce qu'il y a ! rugit-il en se levant.

Ces mots me désarçonnent et me font mal, bien plus que je ne l'aurais cru. J'étais persuadée qu'il m'aidait parce qu'il le souhaitait. Après tout, je ne lui ai rien demandé ; c'est lui qui est venu me trouver, qui m'a convaincue de me confier et m'a proposé son appui. Ce rejet soudain me plonge autant dans l'incompréhension que dans la tristesse.

Pendant une seconde, j'ai l'impression qu'il regrette et va reprendre la parole, mais il n'en fait rien. Je reste tout aussi silencieuse que lui. Que pourrais-je lui dire, de toute façon ? Je n'ai aucune envie qu'il remarque que ça m'affecte. Je lui en veux pour ces propos. Plus encore que de la peine, c'est de la colère que je ressens. Il n'a pas le droit de me balancer de tels mots ! Pas après m'avoir laissé croire que je comptais à ses yeux. Je croise les bras, retenant une insulte à son égard. Ce n'est ni le lieu ni le moment.

Voyant que la situation ne s'arrange pas, ma grand-mère se lève également.

— Je pense que vous avez besoin d'être seuls un instant pour en discuter, nous déclare-t-elle. Si vous avez d'autres questions, je serai à l'étage, dans ma chambre.

Je la remercie d'un signe discret. Si Logan et moi devons parler, je préfère effectivement qu'elle parte. Je suis heureuse et reconnaissante qu'elle le devine.

Dès que je l'entends grimper les escaliers, je quitte le canapé à mon tour et fais face à Logan. Il peine à me regarder dans les yeux. Je pressens qu'il ne prendra pas la parole le premier.

— Ça t'ennuie à ce point de m'aider ?

Ma voix est incertaine. On peut presque y percevoir mon désespoir. Où est passée cette colère que je ressens ? Pourquoi ne puis-je pas l'exprimer ? Cette fois, c'est contre moi que ma fureur se dirige. Je me sens idiote de lui avoir montré cette faiblesse. Suis-je donc à ce point attachée à lui ? C'en est surréaliste. Nous n'étions même pas amis il y a moins d'un mois !

Ses bras s'affaissent le long de son corps. Il soupire longuement, mal à l'aise.

— Ce n'est pas ce que j'ai voulu dire…

— C'était pourtant assez clair.

Il s'avance vers moi, mais se ravise à mi-chemin.

— Je ne souhaitais pas te blesser.

— Trop tard.

Malgré tout, ma colère s'amenuise. J'attends qu'il poursuive, je me doute qu'il n'a pas fini.

— Si on s'asseyait ? me suggère-t-il après plusieurs secondes de silence oppressantes.

D'un bref mouvement de tête, j'accepte et nous nous exécutons. Logan semble chercher ses mots avec soin.

— Quand… quand je suis parti de chez moi, je me suis fait une promesse.

En parler n'est pas facile pour lui, je le vois. Ses traits sont crispés, ses propos hésitants. Je me radoucis un peu plus :

— Laquelle ?

— Celle-ci : dès que j'ai terminé mes études, je me barre d'ici… Trop de mauvais souvenirs sont liés à cette ville.

— Ta… mère ?

Son absence de réponse m'en dit long. Ne voulant pas le brusquer, je fais exactement ce qu'il a fait pour moi quelques jours plus tôt : j'attends qu'il soit prêt à se confier, et ce bien que je meure d'envie d'en savoir plus.

Il ne m'en parlera que s'il s'en sent capable.

Au bout de quelques instants, ma patience est récompensée.

— Elle et moi… on ne s'est jamais vraiment entendus. Elle n'avait pas prévu de tomber enceinte. Elle n'avait que dix-sept ans. Quand mon père l'a appris… je suppose que ça l'a effrayé. Il l'a quittée et leur histoire s'est terminée là. Elle devait sacrément lui en vouloir, car elle ne m'a jamais révélé qui il était. Pourtant, je peux t'affirmer que j'ai insisté. À une époque, c'était une obsession. Maintenant, c'est moins important à mes yeux. Enfin, pour en revenir à ma mère… je sais que je n'étais pas désiré. Sans sa famille, je crois que je ne serais pas là aujourd'hui. Elle aurait choisi d'avorter. Parfois, je me dis que ça aurait été mieux. Pour elle comme pour moi. Toute mon enfance, elle m'a reproché ma naissance. Je ne suis même pas sûr qu'elle avait conscience du mal que ses mots m'infligeaient. J'étais trop jeune pour réaliser ce qu'elle avait vécu. Elle me criait que je lui avais gâché sa vie, ses rêves. Que si elle était encore coincée ici, c'était entièrement ma faute. Je détestais être à la maison. Alors un jour, après une énième dispute sur mon existence, j'ai tout plaqué. Quelques mois plus tard, j'étais émancipé.

— Je suis désolée.

C'est la seule chose que je parviens à lui dire. Désormais, je comprends la remarque qu'il a émise lorsque nous parlions de ma mère.

— Tu n'y peux rien, m'assure-t-il en souriant tristement. Quoi qu'il en soit, je me suis juré de ne me lier à personne suite à ça.

— Pourquoi ?

— Si je n'ai aucune attache, rien ne me retiendra ici. Je serai prêt à partir dès mes études finies, à recommencer ma vie loin d'elle et à oublier tout de ces maudites années.

— Je vois…

Même si sa réaction me peine toujours autant, elle est justifiée.

— Tu es fâché d'être… un Protecteur ?

Utiliser ce terme est étrange. Il va vraiment falloir que je m'habitue à être une sorcière et que je me familiarise avec tout ce que ça sous-entend. Logan soupire :

— Ce n'est pas d'en être un qui m'a mis en colère. C'est ce que ça implique, Deschamps.

Patiente, j'attends qu'il poursuive. Je sens qu'il n'a pas tout dit.

— En dépit de ma promesse, ces derniers jours, j'avais accepté l'idée que j'avais « échoué ». Je me suis malgré moi pris d'affection pour quelqu'un dans cette ville : toi.

Je retiens un sourire ; sa déclaration me rend bêtement heureuse.

— Je m'y suis vite fait. Avoir une attache ne me dérangeait plus vraiment. Je me suis dit que ça devait arriver un jour ou l'autre.

Comme il semble guetter une réaction de ma part, j'acquiesce. Je le comprends plus qu'il ne l'imagine. Après la mort de mes parents, je ne voulais nouer un lien avec personne. J'avais peur de souffrir. J'ai changé d'avis lorsque Laura et moi sommes devenues amies. Cette pensée me fait mal. Le sommes-nous toujours aujourd'hui ? J'essaie de ne pas y songer et encourage Logan à poursuivre.

— Maintenant, j'apprends que c'est un foutu sortilège lancé je ne sais combien d'années auparavant sur l'un de mes ancêtres qui en est responsable, m'explique-t-il, un peu moins calme. Mon envie de te préserver, de t'aider, ne découle que de là… J'ai accepté facilement de rompre ma promesse, parce que je croyais en être la cause. Mais non, c'est un sort qui fait que je t'apprécie, Deschamps. Un simple putain de sort !

Son énervement est perceptible. Je commence à saisir d'où vient le problème.

— Est-ce que tu comprends ce que j'ai ressenti quand ta grand-mère nous a parlé des Protecteurs ? m'interroge-t-il, radouci.

Je devine qu'avoir craché le morceau l'a soulagé. Je le suis tout autant. Non seulement parce que ce n'est pas contre moi qu'il est en colère, mais aussi parce qu'il oublie une chose, que je compte bien lui rappeler :

— Je constate surtout que tu n'as rien écouté.

Surpris, il en reste comme deux ronds de flan.

— Que… quoi ?

— C'est vrai, le fait que tu sois semble-t-il un Protecteur te contraint à veiller sur moi. À me soutenir dans cette histoire, peut-être. Ça explique pourquoi tu ne savais pas exactement les raisons pour lesquelles tu m'aidais. Mais je n'ai pas entendu ma grand-mère affirmer que les Protecteurs appréciaient les sorcières sous leur garde.

— Que veux-tu dire ?

— Si le sort jeté par les unes oblige les autres à les

secourir, rien ne force ceux-ci à aimer leurs protégées pour autant.

Je n'ajoute rien de plus, attendant sa réaction. Je sens au fond de moi – mon instinct de sorcière, je suppose – que ce que je viens d'énoncer est la vérité.

De longues secondes s'écoulent avant que…

— Deschamps, tu es formidable ! s'exclame Logan.

Il se met à rire. Sans comprendre pourquoi, je ris à mon tour. Sans doute la pression qui retombe. Ça fait beaucoup d'informations et de révélations en une journée.

— J'ignorais que tu m'appréciais autant, le taquiné-je. Tu avais l'air très fâché de croire que c'était un sort le responsable.

— Comme tu avais l'air plutôt blessée par ma remarque, rétorque-t-il du tac au tac, impassible.

Un jour, j'aurai le dernier mot. En attendant, je me contente de lui tirer la langue.

— On ne devrait pas aller retrouver ta grand-mère, maintenant que c'est arrangé ? s'enquiert-il.

Je hoche la tête, puis nous prenons la direction du corridor. À l'instant où nous y arrivons, la porte d'entrée s'ouvre. Miguel, frigorifié par le vent automnal, apparaît devant nous.

Pour discuter sorcellerie avec ma grand-mère, c'est raté, j'en ai peur.

— Bonjour, nous salue-t-il, étonné de remarquer un visage qui ne lui est pas familier.

Il faut dire qu'à part Laura, je ne ramène pas souvent du monde à la maison.

— Je te présente Logan, un ami. Il m'aide pour les

cours.

Moi qui m'étais juré de ne plus lui mentir, c'est mal parti. Mais en lui avouant la vérité, j'aurai l'impression de trahir maman. Elle qui a tout fait pour qu'il ait une vie normale…

Mieux vaut que ça continue ainsi.

— Bonjour, réplique Logan.

Mon frère lui sourit. Il semble heureux. Peut-être est-ce de voir que je ne me cloître plus dans ma bulle ?

— Tu as meilleure mine, me dit-il.

Probablement parce que j'ai enfin eu des réponses à mes questions. Et un peu grâce à la présence de Logan, je dois l'admettre. Il faudra que je pense à demander à grand-mère si les Protecteurs ont cet effet sur nous…

— J'étais juste fatiguée. Ça a été à la galerie ?

— Très bien, je négocie un nouveau contrat. Ton ami reste manger ? propose-t-il.

Je pivote vers Logan pour avoir son avis. J'ai l'impression que nous sommes à un tournant tous les deux, après la discussion que nous avons eue. Ce qu'il va dire peut m'en apprendre beaucoup sur son acceptation à avoir « une attache en ville. »

— Avec plaisir.

Je m'entends presque soupirer de soulagement.

Chapitre 22

À mon réveil, j'ai les idées plus claires à propos de tout ce que j'ai découvert hier. Le fait d'être une sorcière ne me semble plus si dingue. Un peu comme si je l'acceptais petit à petit, comme si j'en avais toujours eu conscience, au fond. Avoir la certitude de ne plus être seule m'aide aussi. Je sais que Logan ne me laissera pas tomber, qu'il me croit, et qu'il veille sur moi ; je ne dois pas oublier qu'en plus d'être mon ami, il est mon Protecteur. Ce mot sonne étrangement dans mon esprit. Perturbant et rassurant à la fois.

On frappe contre ma porte. Je sursaute. Je suis en pyjama, mais tant pis.

— Oui ?

C'est ma grand-mère, qui entre.

— Puis-je te parler ?

— Bien sûr.

Malgré tout ce qui a été dit la veille, je ressens encore de la répulsion à la laisser revenir dans ma vie. Je sais pourtant que c'est nécessaire. Elle seule peut m'apprendre ce qu'être une sorcière signifie exactement. Découvrir qui je suis n'est que le début, j'en ai la certitude.

— J'aimerais aborder avec toi des points que je ne désirais pas mentionner hier.

— Logan ?

Elle hoche la tête. Je m'assieds pour être plus à mon aise et l'invite à en faire de même. Je me demande de quoi elle veut m'entretenir.

D'un œil distrait, je remarque Baron qui entre dans ma chambre, ravi de voir la porte ouverte. Lorsqu'il vient se frotter contre les jambes de ma grand-mère, je m'exclame malgré moi :

— Pourquoi est-ce qu'il te suit partout ? D'habitude, il n'est câlin qu'av…

— Qu'avec toi, me coupe-t-elle, un sourire amusé au bout des lèvres.

— C'est ça.

— Il y a une raison toute bête : les chats sont capables de percevoir notre aura magique. Tu es encore jeune, la mienne est plus décelable. Curieusement, ils sont attirés par cette aura. Presque toujours, là où il y a des sorcières, il y a au moins un chat. Voilà sans doute pourquoi ils sont si présents dans les légendes qui parlent de nous, qu'elles soient vraies ou fausses.

« Logique », suis-je tentée de répondre. Ma grand-mère n'est cependant pas venue me trouver pour discuter félins.

— De quoi voulais-tu me faire part ?

Son regard s'assombrit ; je devine qu'elle cherche ses mots. Je patiente, mal à l'aise.

— Depuis que je suis arrivée, je vois bien que ma présence t'indispose, Cassan… Cassie.

Le fait qu'elle fasse un effort sur mon prénom m'encourage à l'écouter.

— Je me doute de la raison : ce qu'il s'est passé suite à l'incendie.

Je ne prends pas la peine de la démentir. Ce qu'elle dit est vrai.

— Alors, même si je ne m'attends pas à ce que tu me pardonnes, je tiens néanmoins à te présenter des excuses pour cela, et à me justifier sur ma conduite de l'époque. Conduite qui n'est pas très reluisante, je le sais. Tu veux bien ?

— Oui.

Je réalise avec effarement que j'ai envie qu'elle m'explique son attitude passée. L'optimisme de Miguel est peut-être contagieux, en fin de compte.

— À la mort de vos parents… enfin, un peu après, reprend-elle, ma première idée a été de tout vous révéler, à toi et ton frère. L'origine de votre famille, la raison de votre déménagement… J'en ai été incapable. Le vœu le plus cher d'Audrey était que vous ayez une vie normale. C'était devenu celui de Nils aussi, j'en étais convaincue. Je… je ne pouvais pas briser ceci.

— Je comprends.

— Mais tu ressemblais tant à Ariane qu'à mes yeux, il était impossible que tu ne subisses pas la malédiction. Je devais t'y préparer, je le sentais au fond de moi. Tu avais déjà tant de retard sur ton apprentissage… La question était : comment faire pour que Miguel ne se doute de rien ? Comment faire pour qu'il puisse poursuivre son existence en paix, pour respecter le souhait de vos parents ?

271

— Nous séparer, saisis-je immédiatement.

Malgré moi, ma voix est froide. Cette partie de ma vie n'est pas celle que je préfère. Je suis toujours incapable de lui pardonner ce choix.

— Cela n'a pas été ma meilleure décision, j'en conviens. Les choses ne se sont pas passées comme je m'y attendais. Ton frère était encore jeune. Je ne pensais pas qu'il se sentait prêt à tout gérer. La maison, la galerie et toi, sa petite sœur. J'étais persuadée de l'aider en lui proposant de te prendre en charge.

— Miguel ne m'aurait jamais abandonnée, quelle que soit la situation.

— J'ai dû le reconnaître, crois-moi. Son refus a été catégorique. Je m'étais tellement convaincue que mon plan allait marcher que j'ai vu rouge et me suis disputée avec lui.

— Pourquoi avoir insisté jusqu'à nous traîner en justice ? Miguel n'en dormait plus !

Toute la rancœur que j'ai accumulée ces dernières années est en train de ressortir. J'essaie tant bien que mal de me calmer, afin qu'on puisse poursuivre cette conversation.

— J'ai été trop loin, j'en ai conscience aujourd'hui. Cela n'excuse pas tout, mais à l'époque, chaque nuit, je faisais ce rêve. Notre rêve, je veux dire. Tu sais maintenant de quoi je parle.

Je hoche la tête.

— Chaque fois que je me réveillais, je me demandais quelle serait ta réaction quand ce rêve t'apparaîtrait enfin. Et surtout, ce que tu ferais lorsqu'il se répéterait. J'étais hantée par la pensée que tu n'étais préparée à rien.

Tu ignorais même qui tu étais ! Peut-être parce que je n'arrivais pas à vivre avec ces cauchemars plus jeune, j'avais peur qu'il en soit de même pour toi. Sans ma chère maman, je n'aurais jamais appris à affronter la crainte sourde que cela provoquait en moi. Et toi, toi tu n'avais plus personne pour t'aider à comprendre… Cela m'a rendue folle ! J'étais prête à tout pour t'emmener habiter avec moi et t'enseigner à devenir une sorcière. J'étais si préoccupée par ton avenir que j'ai oublié le mal que tout ceci pouvait vous causer, à ton frère et à toi. Je n'y ai réfléchi que trop tard…

Que penser de tout ceci ? Je suis bien placée pour savoir à quel point ce rêve peut vous faire perdre pied. Pourtant, je ne parviens pas à lui pardonner, ni même à l'envisager.

— Tu aurais pu appeler quand tu t'en es rendu compte. Tu as préféré garder le silence et nous laisser nous débrouiller tous les deux.

— J'ai souvent voulu prendre le téléphone.

— Mais tu n'as rien fait.

— Ton frère était tellement en colère la dernière fois que nous nous sommes vus… et j'ai mes défauts. Je suis une vieille dame bornée, je ne le nie pas… Miguel s'en sortait très bien. Ensemble, vous arriviez à vous reconstruire. Avec le temps, n'ayant pas de nouvelles de vous, j'en suis venue à penser… Non, je me rassurais plutôt, en me disant que votre mère avait sans doute vu juste à ton sujet. Si tu n'étais pas au courant de ta véritable nature, la malédiction ne te toucherait pas… En plus d'être une tête de mule, il faut croire que j'étais naïve !

— Ça aurait pu marcher, qui sait ?

— On ne se défait pas d'une malédiction de manière aussi simple, malheureusement. Plus la date de ton seizième anniversaire approchait, plus mes inquiétudes resurgissaient. Un jour, j'ai tout bonnement décidé qu'il fallait que je m'assure que tout irait bien pour toi. J'ai mis ma stupide fierté de côté et j'ai appelé ton frère. La suite, tu la connais.

Je ricane :

— C'est marrant, le jour où tu es arrivée a été le jour où j'ai croisé cet homme pour la première fois. En vrai, je veux dire. À un moment, j'ai même eu l'impression que tout était lié.

— Le destin est parfois un sacré farceur. Peut-être que si je n'étais jamais venue, tu n'aurais jamais aperçu Jons. Peut-être que tu aurais continué à croire que ce n'était qu'un simple cauchemar.

— Tout comme il est probable que j'aurais fini par y être confrontée.

Ma grand-mère hoche la tête.

— Il existe une multitude de possibilités pour chaque chose. C'est d'ailleurs pour cela que, malgré la puissance de leur Don, les sorcières qui choisissent d'être voyantes ont toujours une marge d'erreur.

J'acquiesce à mon tour. Je ne trouve rien d'autre à dire.

— Je vais te laisser te préparer, je ne voudrais pas que tu sois en retard. Même si j'ai conscience que cela ne change rien entre nous, je suis heureuse d'avoir mis certains points au clair avec toi, Cassandra.

Dès qu'elle se rend compte qu'elle m'a une fois de

plus appelée par mon prénom complet, son expression se fige. Je dois retenir un sourire ; j'ai l'impression d'être face à un enfant pris en faute. Pour une fois, je ne m'en offense pas. Je constate qu'elle fait un effort et ça me suffit. Et puis… un détail me frappe : depuis ses aveux, l'aura qui émane d'elle est perçue plus faiblement par ce qu'elle désigne comme étant « mon instinct de sorcière ». Dois-je y voir un signe que nous sommes en bonne voie, toutes les deux ? Je l'ignore.

Alors qu'elle s'apprête à sortir de ma chambre, n'attendant plus de réponse de ma part, je l'interpelle :

— Grand-mère ?

Elle se retourne.

— Oui ?

— Je ne vais pas te mentir : je t'en veux toujours énormément. Mais… je comprends mieux, aujourd'hui. Et avec des efforts, peut-être que tout s'arrangera.

Grâce au sourire de mon aïeule, je sais que j'ai fait le bon choix. Après tout, parfois, il suffit de laisser le temps au temps.

Le ciel est dégagé. Cette journée s'annonce moins froide que les précédentes. Juste avant que je ne parte pour l'école, une pensée vient me hanter. Celle que mon père et ma mère sont morts pour moi. À cause de moi.

J'ai conscience que je n'aurais rien pu changer à ce qui leur est arrivé, que je ne suis pas responsable ; Logan me l'a assez répété hier. Pourtant, une part de moi culpabilise. Sans doute parce qu'à l'inverse de mes parents, qui étaient prêts à tout pour secourir ce pauvre

Jons et me défaire du mauvais sort par la même occasion, je n'ai fait que fuir jusqu'à présent…

En franchissant le seuil de ma maison, je me promets que je vais y remédier. J'ignore encore comment, mais je mettrai un terme à cette malédiction.

Je trouverai le moyen d'aider Jons et Ariane !

Chapitre 23

Ma journée de cours se termine. Je m'empresse de partir et refuse de jeter un regard en arrière. Je sais que Laura s'y tient avec Jared et que tous deux me fixent avec tristesse. Mon amie et moi nous sommes évitées dès le matin. Au moins, elle n'est pas seule, c'est une bonne chose. Jared semble l'apprécier : ils sont souvent ensemble quand je les croise. Ce dernier n'est plus aussi bavard pendant les heures de classe. Il me dit bonjour, me demande si je vais bien, mais n'insiste plus. Je suppose qu'il a compris…

Je suis contente qu'il soit là pour Laura. Elle n'a pas l'air en forme depuis notre dispute. Faire taire ma culpabilité n'est pas simple. Si je parviens à rompre la malédiction, tout pourra peut-être redevenir comme autrefois ; j'arriverai à lui reparler sans qu'elle s'inquiète pour moi ou pour ma santé mentale. J'ai peur d'avoir trop d'espoir. Alors, avant d'être rattrapée par mon chagrin, je me dépêche de rejoindre le parking. Logan m'y attend ; comment fait-il pour me devancer ? Je me presse pourtant à chaque fois !

Je lui souris :

— Je te manquais ?

Pour toute réponse, il lève les yeux au ciel. Ce midi, nous avons mangé dans une petite friterie en dehors de l'école. J'ai ainsi pu lui annoncer que j'avais l'intention d'aider Jons. Ça ne lui a pas vraiment plu – normal, il est mon Protecteur d'après ce qu'on en sait –, mais je le pense prêt à m'assister dans ma tâche.

— Toujours déterminée à rompre une malédiction que personne n'a réussi à briser en plusieurs siècles ? m'interroge-t-il justement, un brin moqueur.

— T'ai-je déjà dit à quel point j'adore ton optimisme ?

— Pas assez souvent, ricane-t-il.

C'est maintenant moi qui lève les yeux au ciel.

— Pour répondre à ta question : oui, je le suis. Je ne compte pas changer d'avis. J'ignore de quelle façon, mais j'y arriverai.

— T'es têtue, Deschamps. Trop.

Avant que j'aie le temps de rétorquer quoi que ce soit, il ajoute :

— Bon, par où on commence ?

Je ne peux m'empêcher de sourire, toute trace d'une quelconque réplique envolée. J'étais certaine qu'il m'aiderait !

— Je n'en ai pas la moindre idée, avoué-je.

— Tu peux répéter ?

— Je t'ai expliqué que je ne savais pas encore comment j'allais m'y prendre.

Il soupire ; toutefois, son sourire en coin le trahit. Il n'est pas agacé, plutôt amusé.

— Qu'est-ce qu'on va faire de toi, Deschamps ? Tu

te dis prête à retourner à la gare, mais tu n'as aucun plan.

— Il faut bien démarrer quelque part, non ? La gare ne me paraît pas être une si mauvaise destination.

— Tu oublies que tu as failli y laisser la vie, me reproche-t-il.

— Je ne crains rien, j'ai mon Protecteur avec moi.

— Ce n'est pas une raison ! Et puis, j'ai peut-être une autre piste.

Là, il me prend par surprise !

— Laquelle ?

— Ta grand-mère.

Sur le coup, je ne comprends pas.

— On lui a déjà parlé. Elle nous a raconté tout ce qu'elle savait.

— Tu m'as bien dit qu'elle t'avait donné une sorte de grimoire ?

Je hoche la tête.

— Tu ne crois pas qu'elle en a d'autres chez elle ? Des livres où on pourrait trouver un indice ?

— J'y ai réfléchi. Si elle avait la solution chez elle, elle serait au courant, non ?

— Ça ne coûte rien d'essayer. Parfois, la clef est juste sous notre nez. On ne s'en rend pas toujours compte, surtout si on reste focalisé sur une seule idée. Un peu comme moi quand ta grand-mère nous a parlé des Protecteurs.

Ce n'est pas bête du tout. Je ne peux qu'approuver :

— On tente.

— On commence quand ? Demain ? Après-demain ? Plus tard ?

— Tu veux sécher les cours ?

Logan me dévisage d'une telle façon que j'ai le sentiment de venir d'une autre planète.

— C'est les vacances. Tu sais, la Toussaint…

Je réalise enfin. Comment ai-je pu oublier ça ? C'est bien la première fois que je ne fais pas attention à la date des vacances !

Lorsqu'il remarque mon étonnement, Logan ne peut s'empêcher de rire :

— T'es incroyable, Deschamps !

Heureux d'arriver à destination après un voyage plutôt long, nous descendons du train. Je suis d'ailleurs ravie que Logan ait cédé pour le prendre – entre son refus de me voir retourner à la gare et son envie d'utiliser son propre véhicule, ça n'a pas été facile ! Je ne pense pas que j'aurais été capable de supporter son scooter jusqu'ici.

Nous sommes dimanche. Tout comme lors des jours qui vont suivre, nous comptons bien mettre celui-ci à profit pour trouver un moyen de rompre le charme qui pèse sur Jons. Ma grand-mère nous a donné les clefs de sa maison afin que nous puissions fouiller sa bibliothèque – la seconde, celle qui se situe au sous-sol – à notre guise. Elle doute que nous découvrions quelque chose, mais elle ne nous a pas découragés pour autant. J'ai l'impression que la présence de Logan à mes côtés la rassure. Sans doute sait-elle mieux que moi à quoi sont prêts les Protecteurs pour accomplir leur mission.

— Par où va-t-on ? m'interroge Logan.

Je prends plusieurs secondes pour lui répondre. Cela

fait tellement longtemps que je ne suis plus venue ici que j'ai du mal à me repérer. La dernière fois que nous avons rendu visite à ma grand-mère, mes parents étaient toujours en vie et nous y étions allés en voiture. Malgré ça, je pense avoir reconnu le chemin.

— Par là, dis-je en désignant une rue sur notre gauche. C'est à environ dix minutes de marche.

Logan acquiesce et me suit, étrangement silencieux. Dans le train, il n'a pas beaucoup parlé non plus.

— Tout va bien ?

Il tourne son visage vers le mien, surpris.

— Oui. Pourquoi ?

— Je te trouve calme. Enfin, plus que d'habitude.

Ses lèvres se rehaussent et je me rassure un minimum. Son sourire paraît sincère.

— Je suis juste… comment dire ? Un peu inquiet.

— Je suis sûre qu'on va y arriver.

Malgré mes paroles, parfois, je doute aussi de notre succès.

— C'est peut-être idiot… Depuis que nous avons discuté avec ta grand-mère, j'ai peur de ne pas être à la hauteur, d'être un mauvais Protecteur.

— Mais…

— Je sais que tu n'aimes pas en parler, me coupe-t-il, pourtant tu as bien manqué mourir à cause de cette histoire, et je n'ai pu te sauver que de justesse. Je n'arrête pas de me demander ce qu'il se passera la prochaine fois. Je ne peux pas dire que ça ne va pas. C'est juste que par moments, mes inquiétudes reviennent.

Qu'il se fasse autant de souci pour mon sort me touche. Sans m'en rendre compte, je me suis figée pendant son explication, le forçant à s'immobiliser lui aussi. J'aimerais répondre, mais le vocabulaire me fait défaut.

— Tire pas cette tête, Deschamps ! s'exclame-t-il, plus pour détendre l'atmosphère que par envie.

Les mots me viennent enfin à la bouche. Moi qui ne suis pas quelqu'un de tactile, je me surprends à lui attraper le bras.

— L'important, c'est que tu sois arrivé à temps, ce jour-là. Pour moi, ça fait de toi un très bon Protecteur. Et puis, que tu sois à la hauteur ou pas m'est bien égal, tant que tu es là.

Ses yeux s'écarquillent tandis que je rougis – et me maudis pour ça.

— Maintenant, je sais ce que je risque, donc je suis plus prudente, ajouté-je promptement en détournant le regard.

Il agrippe ma main et la serre dans la sienne.

— Merci.

Mes joues chauffent, j'ai l'impression que mon cœur bat plus vite. J'ignore quoi en penser. Jusqu'à ce qu'il me lâche, je n'ai pas conscience de retenir ma respiration. Dans un silence gêné, nous continuons notre route. Je suis presque soulagée quand je vois apparaître la bonne maison. Au moins, je ne me suis pas trompée de chemin.

— C'est là.

Nous marchons d'un pas rapide jusqu'au seuil. Ma grand-mère habite une vieille demeure en pierre. Par endroits, les murs extérieurs sont effrités, et la porte en bois aurait besoin d'être repeinte. Je sors les clefs de la poche de mon sweat et fais tourner celle de l'entrée dans la serrure. La porte me résiste. Je force, sans plus de succès. « Elle est un peu dure à ouvrir », m'a prévenue ma grand-mère. Je ne pensais pas que ça serait à ce point-là !

— Un coup de main ? me propose mon ami.

Je m'écarte.

— Un coup d'épaule sera plus utile, je crois.

Les coins de ses lèvres se rehaussent, signe qu'il est amusé. Au premier essai, il parvient à pousser cette maudite porte ; j'ai l'impression d'avoir une force de mouche.

Nous entrons.

L'intérieur sent le renfermé. Apparemment, la voisine ne prend pas le temps d'aérer quand elle vient arroser les plantes et relever le courrier.

Le vestibule donne sur le salon, une étroite pièce au papier peint fleuri. Je me souviens qu'enfant, lors de l'une de nos visites, Miguel et moi avions tenté de compter toutes les fleurs pendant que nos parents discutaient avec grand-mère. Les fauteuils n'ont d'ailleurs pas changé de place depuis. Ils se trouvent toujours en face d'un vieux coffre qui sert de table basse. Plusieurs étagères à livres et des cadres photo se partagent les murs. Je m'approche de l'un d'entre eux. Le cliché était déjà là lorsque j'étais petite, mais je n'y ai jamais vraiment prêté attention. Dessus, mes grands-parents se sourient, main dans la main. Je n'ai pas connu mon grand-père, mais à la façon dont il regarde sa femme, je peux affirmer qu'il l'aimait. Je suppose qu'il savait pour elle...

— Ça ne va pas ? me demande Logan.

Le cours de mes pensées s'évapore.

— Si, souris-je. J'étais juste dans la lune. Il y a longtemps que je n'ai plus mis les pieds ici.

Je l'emmène au sous-sol, là où ma grand-mère m'a dit que je trouverais son « autre bibliothèque ». Contrairement à ce qu'on pourrait croire, chez elle, les caves sont plutôt accueillantes. Elles sont chauffées et l'une d'entre elles abrite même la cuisine.

Nous repérons vite la bibliothèque, puisqu'il s'agit de la seule pièce du sous-sol à avoir une porte verrouillée. Par chance, grand-mère m'en a donné la clef. Je la fixe avec appréhension. Devant le regard interrogateur de Logan, je lui avoue :

— Elle m'a recommandé de ne toucher à rien d'autre qu'aux livres d'un ton si sérieux que j'en ai presque eu peur !

Il rit. À l'inverse de celle de l'entrée, la porte ne m'oppose aucune résistance. Aussi bien Logan que moi restons sans voix. « Son petit repaire », comme l'appelle ma grand-mère, doit être la pièce la plus vaste de la maison !

Plusieurs rangées d'étagères et d'armoires s'alignent contre les murs. Il y a tant de livres que le papier peint n'est visible qu'à de rares endroits. Au centre, des coussins semblent avoir été placés là pour offrir un peu de confort au lecteur qui s'enhardirait à s'avancer dans ce repaire. Le lieu possède quelque chose de bien à lui, une sorte de vie propre. Je le ressens jusque dans mes entrailles. Même Logan reste pétrifié devant la porte, comme si une force mystérieuse savait que nous n'étions pas les propriétaires de ces lieux et nous intimait l'ordre de partir. Je me répète plusieurs fois qu'étant une sorcière, petite fille de celle qui vit ici qui plus est, j'ai parfaitement le droit d'y pénétrer. Puis, j'ose enfin franchir l'encadrement de la porte. Mon ami m'imite. Son assurance n'est plus la même, je le sens. Ma grand-mère aurait-elle jeté un sort sur cette pièce que ça ne m'étonnerait pas !

— Bon. Je crois que le boulot nous attend.

— Après toi, me dit Logan en me désignant l'étagère la plus proche.

Rien qu'à voir son contenu, je devine que nos recherches vont être longues…

Chapitre 24

Trois jours. Trois jours que nous nous rendons chaque matin chez ma grand-mère pour éplucher les livres de sa bibliothèque secrète. Trois jours que nous rentrons bredouilles. La patience n'a jamais été ma meilleure qualité ; j'en ai assez de fouiller, feuilleter des grimoires pendant des heures pour ne rien dénicher. Je ne suis pas près de pouvoir aider cet homme ! Logan commence lui aussi à perdre espoir.

Bien que nous passons nos journées dans la même pièce, assis sur des coussins, ce travail de documentation nous fatigue. Pour preuve : en ce moment, alors que le train se rapproche de notre ville, nous ne parlons pas et somnolons. Je crois que l'abattement nous épuise autant que la recherche en elle-même.

Logan propose de me ramener en scooter, mais je décline gentiment. L'air frais et la marche seront un vrai soulagement pour moi après avoir été enfermée si longtemps. Avec un peu de chance, ça me redonnera le coup de fouet qu'il me manque pour retrouver un minimum d'énergie.

Arrivée à la maison, je dois pourtant me rendre à

l'évidence : ni la météo ni la balade n'ont changé quoi que ce soit. Je suis certaine que si je vais m'observer dans le miroir de la salle de bain, je ne remarquerai que mes cernes !

J'entre à peine dans le salon que mon frère m'interpelle depuis la cuisine :

— Cassie ?

— Oui ?

— J'étais sûr d'avoir entendu la porte claquer. Tu rentres tard aujourd'hui, le repas est prêt.

Une pointe de reproche est perceptible dans sa voix. Je le rejoins.

— Désolée, je n'ai pas regardé l'heure. Je ferai plus attention demain, c'est promis.

— Tu vas encore effectuer des recherches ? Combien de pages doit avoir ce rapport ?

— Beaucoup trop. Notre prof d'Histoire est un malade !

Je tente de ne pas grimacer face au mensonge. Il a bien fallu que je trouve une excuse à mes absences quotidiennes. Je me voyais mal expliquer à mon frère que je passe mes journées chez grand-mère, dans son repaire secret, afin d'aider un suicidé…

— Je suis content que tu t'investisses plus dans tes cours.

Je souris timidement. Dans un sens, même si ce n'est pas ce que je fais en ce moment, il n'a pas tort. Depuis notre discussion, je m'échine à m'améliorer. Ou du moins, j'essaie. Le week-end précédent, j'ai d'ailleurs remis mes classeurs en ordre et terminé les quelques devoirs que les profs nous ont donnés. Une première depuis longtemps.

— Mais… poursuit mon frère, hésitant.

Mais ? Mais quoi ?

— Tu sais, bien que j'apprécie tes efforts, je ne t'en demande pas trop non plus… Enfin, je ne souhaite pas que tu fasses passer les cours avant ta santé.

Je reste figée, incapable de répondre quoi que ce soit. Qu'insinue-t-il ?

— Ces derniers jours, tu as l'air de plus en plus épuisée. Tu t'endors presque au dîner… Tu es sûre que ça va, Cassie ?

J'aurais dû me douter que Miguel remarquerait mon état. Dire qu'il l'a mis sur le compte de l'école. S'il savait…

— Je suis simplement un peu fatiguée, rien de grave, le rassuré-je de mon mieux. Je ferai attention à moi.

— Justement, enchaîne-t-il. Demain, j'aimerais que tu ne sortes pas réaliser de nouvelles recherches. Toi et ton groupe avez le droit de profiter de vos vacances.

— Mais…

— Un jour de repos ne vous fera pas de mal, insiste-t-il.

Le connaissant, il n'en démordra pas. Depuis qu'il a pris l'habitude d'être celui qui veille sur moi, c'est devenu une vraie tête de mule. Par moments, je pourrais penser que j'ai non pas un, mais deux Protecteurs. Je n'ai pas trop le choix, j'accepte. Il ne me restera plus qu'à lui laisser entendre que je vais chez Laura demain. Je sais que ma grand-mère me couvrira.

Je me sens encore plus abattue. Je vais une nouvelle fois mentir à mon frère. Quelque part au fond de moi, j'aurais aimé que ce mensonge en préparation n'en soit pas un ; j'aurais aimé téléphoner à Laura pour lui proposer une sortie, tel qu'on le fait normalement toujours aux vacances.

À nouveau, j'ai envie de prendre mon portable et de l'appeler, de tout lui raconter. Une chose m'en empêche une fois de plus. Après tout, elle non plus n'a pas tenté de me joindre depuis notre dispute.

D'un bond, je me relève du coussin sur lequel je suis installée. Surpris, Logan me dévisage comme s'il s'apercevait seulement de ma présence.

— Deschamps ?

Je ne réponds pas et me dirige vers le fond du repaire de ma grand-mère, là où les livres que nous avons déjà feuilletés s'entassent. Je les écarte un à un jusqu'à trouver celui que je cherche : un grimoire brun qui a l'air très abîmé mais qui, une fois ouvert, semble n'avoir été lu qu'une seule fois. Je le déniche sans difficulté et viens m'asseoir à côté de Logan, scrutant les formules qui s'accumulent au fil des pages.

— Je peux savoir ce que tu fabriques ? me demande mon ami, intrigué par mon enthousiasme soudain.

— Je pense avoir une piste.

L'espoir revient progressivement sur son visage. Ses yeux s'animent d'une lueur que nous avions au début de notre fouille et que nous avons peu à peu perdue. Euphorique parce que j'ai peut-être découvert quelque chose, je me replonge dans le grimoire et m'attarde sur chaque paragraphe.

— Mais dis-moi ce que tu as déniché ! s'impatiente Logan.

D'un geste, je lui indique le livre que j'épluchais avant de me lever. Il est toujours ouvert là où je me suis arrêtée. Tant mieux. Je n'aurai pas à le feuilleter une seconde fois pour lui montrer ma trouvaille.

Mon ami l'attrape et lit les deux pages en diagonale. Je continue pour ma part ma recherche. Je sens que je touche au but.

— Hors de question ! s'exclame-t-il tout à coup.

Je sursaute et en lâche même mon grimoire.

— Aurais-tu perdu la tête ? m'interroge-t-il.

Je devine à son air qu'il est tout à fait sérieux.

— C'est la seule solution que j'ai dénichée.

Il soupire bruyamment, énervé. Du doigt, il désigne un passage du livre – qu'il tient toujours.

— « Bien qu'ayant mauvaise réputation, les sorts sombres ne sont pas tous maléfiques pour autant. Ils sont simplement plus puissants que la moyenne et demandent une grande maîtrise, que certaines sorcières n'atteindront jamais. Ainsi, ils peuvent tout aussi bien détruire que réparer, lorsqu'on sait les utiliser en toute conscience. » C'est ça, ta piste ?

Je hoche la tête. Après tout, c'est évident. Quoi de mieux qu'un sortilège du même niveau que celui qui entrave Jons ? Sans un mot, Logan m'arrache le grimoire que j'ai en main.

— Un répertoire de sorts sombres ? crache-t-il.

À nouveau, je me contente d'acquiescer.

— Pas question d'en faire usage !

Son ton est clair, il a pris sa décision.

— Ne sois pas idiot. C'est peut-être ma seule chance d'aider Jons et Ariane et de me défaire de la malédiction. Tu l'as lu comme moi, ils ne sont pas tous maléfiques.

Il écarquille les yeux et s'exclame :

— Tu es folle ! Pourquoi faut-il que je sois le Protecteur de quelqu'un qui n'a aucun sens du danger ?

— Tu exagères.

Ne peut-il pas comprendre que c'est l'unique moyen ? L'unique piste que nous ayons ?

— Je n'exagère pas, j'ai juste bien écouté ce que nous a raconté ta grand-mère, s'énerve-t-il. Premièrement, si je ne me trompe pas, tu n'as pas encore seize ans. Les sorts sombres sont donc risqués pour toi.

— Je les aurai bientôt, ça ne doit pas faire une grande différence.

— Tu n'es sorcière que depuis quelques jours, si je puis dire. Tout est nouveau pour toi. Tu n'es pas du tout préparée !

— J'apprendrai, rétorqué-je, énervée par son refus catégorique.

Il ne cherche même pas à savoir si c'est possible ou non. Il m'en pense incapable.

— Si j'ai bonne mémoire, ta grand-mère a parlé de sorcières corrompues par les sorts sombres, attirées par l'attrait de ceux-ci. Imagine seulement que cela se produise aussi avec un « bon » sort sombre. Te rends-tu compte du risque que tu veux courir ?

— Si on n'en prend jamais, on ne peut pas espérer obtenir un résultat.

— Qu'importe, c'est non, s'entête-t-il. La menace est trop grande.

— Ne fais pas ta tête de mule !

Le ton est monté entre nous sans que nous nous en apercevions. Le fait d'être sous tension ne nous aide pas.

— Je ne te laisserai pas te mettre en danger inutilement pour un éternel macchabée et une femme qui n'est plus de ce monde depuis belle lurette !

— C'est le sort des Protecteurs qui parle à ta place ! Tu pourrais au moins avoir confiance en moi et me permettre d'essayer. Pourquoi me ranges-tu tout de suite du côté des sorcières qui ne peuvent pas maîtriser ces sorts ?

Logan se lève. Je n'ai pas le souvenir de l'avoir déjà vu autant en colère. J'ai le sentiment qu'il va me crier dessus. Il n'en fait rien. Balançant le livre qu'il tenait d'un geste rageur, il sort de la pièce et claque la porte. J'en reste aussi muette qu'une carpe.

Félicitations Cassie, tu viens de faire partir l'un de tes seuls alliés !

Chapitre 25

Nous ne nous sommes pratiquement pas adressé la parole durant le trajet du retour. Logan était si fâché que je n'ai pas osé emporter le grimoire de sorts pour le lire chez moi. Je n'ai pas arrêté d'avoir des doutes. Est-ce lui qui a tort ? Ou est-ce moi ?

Maintenant que je suis dans ma chambre, seule dans mon lit et plongée dans l'obscurité, tout ce qu'il m'a dit chez ma grand-mère me paraît sensé. Les risques sont gros, il a raison. Dans mon empressement d'avoir trouvé une piste, j'en ai oublié ma prudence. Je me suis emballée, je le reconnais.

Mais… si j'avais malgré tout vu juste ? Et si l'utilisation d'un sort sombre était bel et bien la solution pour défaire Jons de la malédiction qui le force à revivre sa mort ? Que ferions-nous – s'il est toujours question de « nous » – dans ce cas ? Est-ce que j'arriverais à maîtriser un sortilège aussi complexe sans me laisser corrompre ? Réussirais-je seulement à le lancer ?

Plus j'y réfléchis, plus je comprends les craintes de mon ami. Je m'en veux de m'être emportée, d'avoir insinué que son unique source d'inquiétude vient du fait qu'il est mon Protecteur alors que je sais – je sens – que c'est faux.

Malgré ça, qu'il doute de moi parvient encore à me blesser…

Jons s'avance vers les rails, déterminé. Son regard est triste, mais aussi empreint d'une certaine folie. « Il ne souhaite pas mourir, réalise-t-elle, c'est l'ultime choix qu'il lui reste. » Paniquée, elle n'a qu'une seule envie : l'aider. Elle *doit* lui éviter de commettre l'irréparable.

Sauve-le, retentit une voix dans sa tête.

Elle aurait dû sursauter, être effrayée par cette intrusion. Il n'en est rien. Cette voix fait partie d'elle, elle en a l'intuition. Elle devine qu'elle doit l'écouter, se laisser guider par elle.

— Comment ? lui demande-t-elle à voix haute, sans se soucier du monde qui l'entoure.

Empêche-le ! vient la réponse, comme un ordre.

Ordre donné sur le ton le plus affligé que l'adolescente n'ait jamais perçu. Ordre qui la décide à agir.

D'un bond, elle s'élance sur le quai pour rattraper cet homme. Si elle bouscule quelques personnes au passage, elle ne s'en rend pas compte.

Tu dois le sauver, l'encourage la voix.

La jeune fille sait qu'elle a raison : c'est sa mission. Elle court encore plus rapidement et finit par être proche de Jons.

— Jons ! Attendez ! le supplie-t-elle.

L'homme tourne la tête dans sa direction, mais continue à avancer, imperturbable. Elle entend la locomotive siffler. Il ne tardera pas à entrer en gare.

Empêche-le ! Vite !

— J'essaie, souffle-t-elle.

D'une dernière pression sur ses baskets, elle se retrouve à côté de lui. Elle lui agrippe le bras.

— Ne faites pas ça !

Le train se rapproche. Une certaine euphorie s'empare d'elle lorsqu'elle comprend qu'elle vient d'éviter un drame, qu'elle est arrivée à temps. L'homme la dévisage. Rien ne se lit sur son visage. L'adolescente ne se décourage pas pour autant et lui sourit.

— Je peux vous aider, assure-t-elle.

L'individu réagit enfin. Pas comme elle s'y attendait, toutefois : il secoue la tête de droite à gauche. Il est affligé. Elle n'a pas le loisir de dire quoi que ce soit. Avec force, il la repousse. La locomotive surgit. Tombant sur le sol, elle le regarde se jeter en arrière et mourir, impuissante.

Paniquée, je m'éveille en inspirant profondément. Une fois que je comprends qu'il s'agit encore d'un cauchemar, je me redresse et allume ma lampe. Peu à peu, ma respiration reprend un rythme normal. Il est presque huit heures du matin.

Peut-être à cause de mes récents rêves sur Ariane, je suis surprise par les sensations que je viens d'éprouver. J'avais oublié à quel point ce cauchemar paraît réel : la gare, le bruit, cet homme et cette voix.

Cette voix !

Je sursaute. Comment ai-je pu ne pas m'en rendre

compte plus tôt !? Elle et celle d'Ariane sont identiques ! Voilà pourquoi je l'ai trouvée si familière dans mes rêves… Bon sang ! Je me sens idiote de ne pas l'avoir remarqué avant. Maintenant que je suis plus calme, d'autres détails me turlupinent. Ce rêve n'est pas semblable à celui qui me hante d'habitude.

Chose la plus évidente : jamais encore je n'avais réussi à atteindre cet homme. Cela signifie-t-il que je touche au but ? Je n'arrive pas à y croire. D'autant plus que, dans ce songe, Jons a refusé mon aide. À la fin, il s'est quand même jeté sous ce train… Dois-je y voir un avertissement ? Un message me poussant à ne pas perdre espoir, mais à me diriger vers une voie différente de celle des sorts sombres ?

Je réfléchis probablement trop…

D'autres détails me taraudent. Quand je l'ai interpellé, Jons s'est retourné vers moi. Dans tous mes rêves – comme dans la réalité –, il n'a à aucun moment réagi à l'un de mes appels. Est-ce parce que j'ai prononcé son nom ?

Et puis cette voix.

Ariane.

Dans ce rêve, je me suis sentie plus proche d'elle que jamais. Est-ce dû au hasard ou au fait que je connaisse désormais la vérité ? Je suis incapable de le dire.

Toute à mes interrogations, je me rue sur mon portable pour prévenir Logan. J'ai autant besoin qu'envie de lui parler de ce « nouveau » cauchemar. Ce n'est qu'une fois le téléphone en main que je freine mon élan. Je ne lui ai plus adressé la parole depuis notre dispute de la veille… Dispute où je suis en tort. J'hésite plusieurs secondes avant de déverrouiller mon écran. Au diable ma fierté, j'ai besoin de lui. Je déteste l'imaginer en colère contre moi, mais je ne l'avouerais pas à voix haute pour tout l'or du monde.

Surprise ! Lorsqu'il s'allume, un texto s'y affiche. Il vient de lui. Je l'ouvre : « Alors, Deschamps, toujours décidée à commettre une erreur ? » Je souris. Même sans le voir, je devine qu'il est plus moqueur que fâché, comme s'il savait déjà qu'il m'avait fait changer d'avis ou qu'il ne doutait pas d'y arriver.

Ma première idée était de lui envoyer un message. Je préfère maintenant l'appeler. Il décroche au bout de deux sonneries.

— Allô ? marmonne-t-il d'une voix pâteuse.

— Je te réveille ?

— Non, non.

Je n'en crois rien mais ne réplique pas. Étrangement, alors que j'avais tant de choses à lui dire, je me retrouve muette. Par quoi commencer ? Parler de son message, de mon rêve ? Ou m'excuser ?

— Toujours là, Deschamps ? souffle-t-il dans un bâillement au bout de quelques secondes.

— Oui.

— Tu ne m'as quand même pas appelé pour rester silencieuse ? se moque-t-il.

Je prends mon courage à deux mains :

— Je suis désolée… pour hier. C'est toi qui as raison. Les sorts sombres, c'est trop risqué.

— Évidemment que j'ai raison, me charrie-t-il. Au cas où tu aurais encore des doutes : ce n'est ni à cause du sortilège qui fait de moi un Protecteur ni parce que je n'ai pas confiance en toi que j'ai refusé ton super plan. C'est juste une question de bon sens.

Bien qu'il ne puisse pas le voir, je souris. Le mois dernier, cette remarque m'aurait agacée. « Logan et son côté moqueur insupportable », voilà ce que j'aurais sans doute songé. Aujourd'hui, ça me touche. Je crois que c'est parce que je sais que c'est sa façon à lui de me montrer qu'il tient à moi, de me dire que notre dispute, c'est déjà de l'histoire ancienne.

— J'ai fait un nouveau rêve, lui annoncé-je. Enfin, pas vraiment. C'est le cauchemar de ma famille avec un ou deux changements.

Sans surprise, il me demande de lui en apprendre plus et je m'exécute. Lui aussi ignore ce que ça signifie exactement. Il se plaît à penser que nous sommes sur la bonne voie et que la sensation provoquée en moi par la voix d'Ariane vient de ma décision d'aider Jons. Comme si des siècles après sa malédiction, elle savait malgré tout ce que je veux faire. C'est une hypothèse assez surréaliste, même pour nous. Et pourtant, j'aime croire qu'il s'agit de ça.

— À quelle heure est-ce que je passe te prendre pour aller à la gare ? m'interroge-t-il. Qui sait, aujourd'hui est peut-être le jour où on trouvera une solution.

Je réfléchis un instant avant de lui donner ma réponse :

— En vérité, je désirerais qu'on oublie nos recherches. Au moins pour un jour.

S'il n'a pas conscience de ce que nous faisons vraiment, Miguel n'a cependant pas tort sur un point : nous avons le droit de « profiter » un peu de nos vacances. Jons a bien attendu jusqu'ici, je me dis qu'il ne doit pas être à un jour près. Il n'a sans doute plus la même notion du temps que nous.

— Tu es sûre ? me questionne Logan.

— Je crois que ce qui est arrivé hier, même si ce n'est rien de grave en fin de compte, est la preuve qu'on a besoin d'un jour de repos.

— Peut-être, oui. Je t'avoue que la bibliothèque de ta grand-mère ne me manquera pas !

Je ris. Autant lui que moi en avons marre de passer nos journées enfermés là-bas.

— On se voit demain ?

Je confirme.

Un « bip » et un message accaparant mon écran m'obligent à sortir de ma lecture. Batterie faible. Je soupire et mets mon portable à charger. Tant pis, je poursuivrai mon e-book plus tard.

Alors que je cherche quelque chose d'autre à faire, j'entends Miguel m'appeler depuis le rez-de-chaussée.

J'ouvre la porte de ma chambre :

— Oui ?

— Tu as de la visite.

Logan ? Je croyais qu'on ne devait pas se voir avant demain. Même si je suis étonnée, je descends bien vite. Quelle n'est pas ma surprise lorsqu'au pied de l'escalier, dans notre hall d'entrée, j'aperçois Laura !

— Salut, articule-t-elle d'une voix timide.

N'étant pas au courant de notre dispute, Miguel nous a laissées seules. Je ne sais pas quoi dire, mais je finis par me racler la gorge :

— On monte ?

Laura acquiesce. On sera plus à l'aise dans ma chambre qu'au salon avec Miguel et grand-mère.

Une fois à l'étage, nous nous asseyons sur mon lit, silencieuses. Aucune de nous deux n'a l'air décidée à prendre la parole. Laura semble chercher ses mots autant que moi. C'est la première fois que ça nous arrive.

Je fais le premier pas :

— Tu vas bien ?

Avec un sourire – aussi timide que son salut de tout à l'heure –, elle hoche la tête.

— Et toi ? m'interroge-t-elle. Je veux dire… comment ça va, réellement ?

Elle se pince les lèvres. Je crois qu'elle a peur que je l'envoie promener.

J'en suis incapable.

— Mieux.

Elle sourit plus sincèrement. Me voir reconnaître que je n'étais pas dans mon assiette doit lui faire du bien.

— Pour ce que je t'ai dit avant les vacances, je…

Je ne la laisse pas finir sa phrase :

— Je sais. Je ne t'en veux pas.

Je me rends compte à quel point c'est vrai. Ce n'est pas ma fureur qui m'a empêchée d'aller vers elle pour arranger les choses. C'est cette histoire de malédiction, le fait que je ne désire pas qu'elle soit impliquée. Et sans doute une part de peur également : et si ma meilleure amie ne me croyait pas ? Quoi qu'il en soit, moins d'une heure après notre altercation sur le parking, je n'éprouvais plus la moindre once de colère à son égard.

— Si tu ne m'en veux pas, pourquoi tu ne me parles plus ? me demande-t-elle, à juste titre.

Je cherche mes mots. Dois-je lui avouer la vérité ? L'écarter une fois de plus ? Je n'ai pas envie de la blesser, de perdre son amitié. Pour autant, je m'imagine mal lui dire de but en blanc que je suis une sorcière et qu'en ce moment, je m'efforce de trouver un moyen pour rompre une malédiction…

— Tu sais, me confesse-t-elle devant mon silence, j'ai bien failli ne pas être là aujourd'hui.

— Ah oui ?

— C'est Jared qui m'a convaincue.

Étonnée, j'attends qu'elle m'en dise plus.

— Je voulais venir, ne te méprends pas. C'est juste que je n'osais pas. Vu la façon dont tu avais été blessée par ma remarque – encore désolée pour ça – et vu comme tu t'appliquais à me fuir, à éviter toute discussion, je craignais que tu ne m'ouvres même pas la porte…

— Non ! Je…

Je m'interromps, désappointée. Je réalise que je ne sais pas ce que j'aurais fait si c'était moi qui étais allée voir qui avait sonné. Aurais-je été tentée de ne pas répondre pour la laisser en dehors de cette histoire ? Une petite voix me souffle que oui, tandis que mon empressement à démentir ses paroles m'autorise à croire le contraire.

— Jared et moi, poursuit Laura, on s'est pas mal rapprochés ces derniers jours. Je l'apprécie beaucoup. Il…

La légère rougeur sur ses joues en dit plus long que

ses propos. J'esquisse un sourire, contente pour eux.

— Je lui ai parlé de notre dispute et il m'a réconfortée. Malgré ton attitude, il n'a pas cessé de me répéter que ça allait s'arranger, qu'il se doutait que tu me considérais encore comme ta meilleure amie. Qu'il le voyait. Alors quand je lui ai appris que j'aimerais te rendre visite pour qu'on en discute... Enfin, surtout lorsque je lui ai confié que je n'osais pas, il m'a encouragée à le faire.

— Jared a toujours été trop gentil à mon égard, soufflé-je.

— Tu sais ce qu'il m'a dit ? Que tu souffrais. Que quelque chose n'allait pas et que c'était probablement très dur à vivre pour toi si tu n'en parlais pas, même à moi. Si quelqu'un que tu ne fréquentais pas récemment – comme Logan – arrivait à t'aider, c'est qu'il avait dû un peu te forcer la main. Il a ajouté que c'était en quelque sorte mon rôle en tant qu'amie, et que je ne devais pas baisser les bras pour une petite dispute de rien du tout.

Je souris. Je suis bien placée pour savoir à quel point Jared peut être têtu sur le fait de ne pas abandonner. Après tout, malgré mon attitude pour le moins décourageante, il n'a jamais renoncé à vouloir gagner mon amitié.

— Il m'a dit qu'il me connaissait assez pour être certain que je tenais à toi et que l'inverse était tout aussi vrai. Qu'il fallait qu'on se décide sur un point : qui était la moins obstinée de nous deux ? Ainsi, on déterminerait qui devrait tenter un premier pas. Après réflexion, ajoute-t-elle le sourire aux lèvres, j'ai jugé que c'était moi la moins bornée de nous deux.

— Touché. Je peux l'être beaucoup quand je veux…

Nous nous sourions, sincères. Que ça fait du bien ! J'ai l'impression d'être revenue des semaines en arrière, à une époque où mon seul souci était de faire en sorte que Miguel n'apprenne pas mes piètres résultats en cours.

— Cassie, m'interpelle Laura, redevenue plus grave.

— Oui ?

Moi aussi, je suis à nouveau sérieuse. Sans saisir d'où vient ce sentiment, j'appréhende ce qu'elle va me dire.

— Tu avais raison. Je n'aurais pas dû te harceler autant. Je voyais que ça te mettait mal à l'aise, que tu ne voulais pas en discuter, mais je ne pouvais pas m'en empêcher. J'ai eu… peur qu'on ait fait marche arrière, je suppose. Tu sais, quand on s'est connues, tu ne répondais pas à mes questions non plus. Il faut croire que je m'abrutis en vieillissant. Insister n'a jamais fonctionné avec toi. Te laisser du temps jusqu'à ce que tu te confies, oui. Alors, même si j'ai très envie de comprendre ce qui ne va pas, je tiens à te dire que je ne m'acharnerai plus.

Je ne desserre pas les lèvres. À la place, je la prends dans mes bras. C'est fou ce qu'elle m'a manqué ! Laura m'étreint à son tour. Je devine qu'elle est soulagée.

— Fais-moi penser à remercier Jared !

Elle rit. Ça aussi, ça m'avait manqué.

— D'ailleurs, je suis contente pour vous deux.

— Mais comment sais-tu que… Je ne t'ai encore rien appris !

Cette fois, c'est moi qui m'esclaffe :

— La couleur tomate de tes joues m'a suffi.

— Oh…

Je pressens qu'elle va changer de sujet, et je ne me trompe pas.

— Et toi ?

— Moi ?

— Avec monsieur imperturbable ?

— On… on est juste amis. Logan est vraiment quelqu'un de super, il m'aide beaucoup en ce moment.

Son expression s'assombrit. Je me rends compte trop tard de ma bévue. Parler du soutien que Logan m'apporte alors que je refuse le sien n'est pas la meilleure chose à faire, surtout qu'on vient à peine de se réconcilier. Je me maudis intérieurement – un peu plus ou un peu moins.

Plus je vois son regard triste, plus je suis tentée de tout lui dire. Je sais qu'elle ne révélera jamais rien à qui que ce soit, que je peux lui accorder ma confiance. J'ai toutefois peur qu'elle ne parvienne pas à y croire ou, à l'inverse, qu'elle me croie aveuglément et se mêle d'une histoire qui ne la concerne en aucune façon. Bien que je connaisse mes origines, il y a encore des moments où moi-même, je doute. Qu'en serait-il pour une non-sorcière ?

Comment dois-je agir ? Je n'arrive pas à prendre une décision.

— Pas besoin de te creuser la tête, sourit Laura. Je t'ai dit que j'attendrai.

Peut-être est-ce cette phrase qui me persuade. Une fois de plus depuis que nous sommes amies, je choisis de lui faire confiance.

Chapitre 26

Hier, j'ai tout avoué à Laura : mon cauchemar, cet homme, mes autres rêves, l'aide de Logan, les révélations de ma grand-mère, ma véritable nature, et ce que je fais de mes vacances.

J'ignore si elle m'a crue. J'ai aperçu l'hésitation dans son regard. Elle m'a dit avoir besoin de temps pour tout assimiler. Ça fait beaucoup d'un coup, même pour elle. Elle a décidé de rentrer chez elle – je suppose qu'elle m'a accordé le bénéfice du doute, qu'elle désirait être au calme pour se pencher sur ce que je lui ai confié. Lorsqu'elle m'a interrogée pour savoir si elle pouvait en discuter avec Jared, je lui ai répondu oui sans réfléchir. Sans doute parce qu'il mérite de connaître la vérité, lui aussi. Et puis, ça a l'air de bien marcher entre lui et Laura. Je n'ai pas envie que mon secret les divise.

Le fait qu'elle m'ait demandé la permission pour lui en parler me conforte dans mon choix. Laura est une personne de confiance. Elle ne me trahira pas, même si son verdict lui interdit de me croire. Je devine que ma grand-mère n'approuvera pas, mais tant pis. Au pire, si je fais une erreur, elle est bien placée pour savoir que c'est humain. Elle-même n'a pas toujours pris les bonnes résolutions, elle me l'a avoué. Je lui en toucherai un mot ce soir, quand je serai rentrée.

Par la fenêtre du salon, j'aperçois Logan qui gare son scooter en face de notre maison. Il est temps pour moi de sortir. Nous avons décidé de poursuivre nos investigations aujourd'hui. Je ne suis pas certaine que nous découvrirons quoi que ce soit, mais ce serait bête de baisser les bras. Et si nous ne trouvons rien, nous nous lancerons à la recherche d'autres sorcières à chaque nouvelle période de vacances. Nous nous devons de mettre toutes les chances de notre côté. Je sais que c'est ce que ma mère aurait fait à notre place. Je sais aussi que mon père nous aurait encouragés.

Miguel est déjà à la galerie. En un sens, tant mieux. Il s'inquiète un peu trop pour moi en ce moment. C'est rare qu'il ne m'interroge pas sur mon état. J'essaie de lui faire croire que tout va bien. Depuis la visite de Laura, j'y parviens plus facilement. Notre réconciliation et le fait d'apprendre la vérité sur cette histoire m'ont redonné des forces.

J'attrape mon sac et, après avoir lancé un bref « à tout à l'heure » à ma grand-mère en train de déjeuner, je file rejoindre mon ami. Il m'accueille avec un clin d'œil avant de me tendre ce qui a fini par devenir *mon* casque au fil des jours. Une fois celui-ci enfilé, je m'installe derrière lui et nous fonçons en direction de la gare. Pour une fois, à force de volonté, je garde les yeux ouverts. Peut-être que je m'y habitue enfin ! L'avenir me l'apprendra.

Nous arrivons rapidement à destination. Logan

stationne son scooter dans le parking et nous entrons dans le hall ; afin d'éviter tous risques, il me force à y rester jusqu'à ce que notre train soit annoncé dans les haut-parleurs. Selon lui, ça m'empêche d'avoir à croiser Jons et de tenter une chose insensée. Surtout que tant que nous n'aurons pas trouvé de solution, je ne peux pas aider cet homme. Le voir ne fera qu'accentuer ma peine et me donner plus de cauchemars – si c'est possible. Le pire, c'est qu'il a raison. Alors je ne proteste pas et le laisse m'entraîner dans le bâtiment, comme toutes les autres fois où nous nous sommes rendus chez ma grand-mère.

Quelle n'est pas ma surprise lorsque, près des guichets, j'aperçois Laura et Jared qui semblent patienter – et vu leur empressement à venir dans notre direction, c'était nous qu'ils attendaient.

— Laura ? l'interrogé-je, étonnée.

Elle me serre dans ses bras.

— Tu es complètement dingue. Cette histoire n'a aucun sens. Mais je dois être aussi dingue que toi parce qu'il est hors de question que je te laisse tomber. On va l'aider, ton macchabée. Et on va rompre cette malédiction par la même occasion !

— Je n'aurais pas dit mieux, sourit Jared, juste avant de saluer Logan.

Ce dernier me regarde, perplexe. Je savais que j'avais oublié de lui parler d'un truc ! Émue, il me faut plusieurs secondes pour pouvoir lui donner une explication.

— Laura est venue mettre les choses au clair à la maison, hier. Elle est au courant de tout. Jared aussi.

Va-t-il mal le prendre ? J'aurais peut-être dû lui en

toucher un mot. Je ne suis pas certaine que les Protecteurs acceptent sans difficulté de voir le secret sur la nature des sorcières être révélé. Après tout, pour eux, c'est une raison de plus de s'inquiéter.

Contre toute attente, les lèvres de Logan se rehaussent. Il paraît heureux. Réellement.

— C'est une bonne nouvelle, va-t-il même jusqu'à argumenter. On ne sera pas de trop pour fouiller les livres de ta grand-mère.

Dire que je suis surprise serait un euphémisme.

Alors que nous allons nous asseoir en attendant notre train, je lui glisse quelques mots à l'oreille :

— Tu n'es pas fâché que j'aie divulgué le secret de ma famille ? Je sais que c'est un risque.

L'amusement se peint sur ses traits.

— Tu te souviens de notre discussion l'autre jour ? Celle sur le fait que si je ne voulais pas que tu utilises les sorts sombres, ce n'était pas par manque de foi en toi ?

J'acquiesce.

— C'est un peu pareil. Je me fie à ton jugement. Si tu les penses dignes de confiance, ils le sont pour moi. Je suis content que tout se soit arrangé avec Laura. Tu n'en parlais pas, mais ça avait l'air de beaucoup te chambouler.

Ça y est. Je souris, bêtement heureuse. À croire qu'il possède un don !

— Wow...

Tel est le premier mot de Jared lorsqu'il découvre le repaire de ma grand-mère. Avec amusement, je remarque que ni lui ni Laura n'osent pénétrer dans la pièce. Cela m'évoque un souvenir proche... Je suis de plus en plus persuadée qu'un sort protège les lieux.

Je les incite à entrer. Les premières minutes, ils sont incapables de se concentrer sur quoi que ce soit. Ils observent tout, fascinés. J'oublie que contrairement à Logan ou moi, c'est leur première incursion dans le monde des sorcières. Tout est très récent pour eux.

Une fois la surprise première passée, Laura et Jared nous rejoignent sur les coussins. Mon Protecteur et moi avons déjà un livre en main, prêts à continuer nos explorations littéraires.

— On cherche quoi, exactement ? nous demande Jared.

— N'importe quoi qui permette de rompre un sortilège très puissant, répond Logan. Accordez de l'importance à tout ce qui touche à la mort, au fait de revivre un événement et aux malédictions.

— La pile de bouquins dans le fond, ce sont ceux que vous avez feuilletés les autres jours ? m'interroge Laura.

J'acquiesce.

— Avec le mode opératoire que Logan vient de décrire ?

— Oui. Il y a deux ou trois traités de nécromancie – rien qui ne soit bénéfique, malheureusement –, un grimoire de sorts sombres et quelques ouvrages sur des sortilèges divers et variés.

— J'attaque par là. Ça peut paraître une perte de temps pour toi, mais on ne sait jamais.

— Pourquoi pas. Merci pour votre aide à tous les deux.

Jared et Laura me sourient. L'un comme si nous avions toujours été des amis proches, l'autre comme si nous n'avions pas eu de différend. C'est agréable de se sentir entourée !

D'un accord tacite, nous commençons à nous mettre au travail, fouillant livre après livre, étagère après étagère… Les heures filent sans que nous nous en apercevions. Les secondes s'égrènent à chaque nouvelle page tournée, à chaque soupir poussé par l'un d'entre nous. Le monde se cantonne à cette pièce, savamment dissimulée dans la maison de mon aïeule. Si bien que lorsque Laura m'appelle, il me faut un moment pour reprendre pied dans la réalité.

— Cassie ? m'interpelle-t-elle une fois de plus, sans doute étonnée par mon manque de réaction.

Je lève enfin la tête vers elle. Je ne m'étais pas rendu compte qu'elle n'était plus sur les coussins avec nous, mais assise plus près de la pile de livres déjà lus, sur le sol carrelé.

— Tu devrais venir voir ça.

Je me relève. Mes genoux craquent, mes jambes sont engourdies. Je suis restée trop longtemps dans la même position. Tandis que je m'avance vers elle, j'ai le réflexe de sortir mon téléphone pour regarder l'heure. Plus que quarante minutes avant de devoir repartir en train. Bien que notre activité ne soit pas des plus amusantes, la journée est passée à une vitesse folle. Dire que les cours reprennent bientôt…

— Qu'est-ce qu'il y a ?

Pour toute réponse, Laura me tend le livre qu'elle était en train de feuilleter. Son doigt est posé sur un intitulé.

Rédigé à la main, ce livre est plus un répertoire de sort familial qu'un vrai grimoire. J'ai du mal à déchiffrer l'écriture, très courbée. « Pour apaiser un esprit » est ce que j'arrive à lire après un effort de concentration. Juste en dessous, la formule en question a un tracé encore plus brouillon.

— Qu'est-ce que c'est ?

Je ne suis pas sûre de comprendre où elle veut en venir.

— Ce fameux Jons… C'est un esprit, non ? Une sorte d'âme tourmentée qu'il faudrait apaiser ?

Sur le coup, je dois ressembler à un poisson. Un poisson très surpris. Je n'avais pas du tout considéré les choses sous cet angle. Pour moi, ce sort concernait une personne bien vivante. Quelqu'un avec un esprit torturé. Je n'y voyais là que le moyen de lui accorder de bonnes nuits de sommeil. Son raisonnement n'est pas bête. Pas bête du tout.

J'appelle les autres :

— Logan. Jared.

Plus prompts à réagir que moi, ils sont à nos côtés en un instant. Je leur montre la trouvaille de Laura, qui leur réexplique son point de vue.

— Ça se tient, murmure Logan.

— Je pense aussi, ajoute Jared.

Laura relève le menton, fière d'elle.

— Il faudrait demander conseil à ta grand-mère, Deschamps. Ton hypothèse tient également la route. Rien ne nous dit que c'est une solution.

Je hoche la tête.

— Celle-ci est sans risque, au moins.

Mon ami me sourit ; il sait que j'ai raison. Un poids s'enlève de ma conscience. Pour la première fois de la semaine, j'ai le sentiment que nous touchons au but.

Chapitre 27

Nous nous retrouvons tous devant la gare. Deux jours ont passé, où je n'ai pas cessé de m'interroger sur le bien-fondé de notre plan – tout comme mes amis, je n'en doute pas. Il faut avouer que, malgré toute sa volonté, ma grand-mère ne nous a pas beaucoup aidés. La formule dénichée par Laura vient d'un livre écrit par une lointaine parente dont elle ne se souvient même plus du nom. Elle n'a pas su nous expliquer le sens exact des mots « pour apaiser un esprit ». Pire : selon elle, plusieurs options sont envisageables et cumulables. Autant dire que nous n'étions pas très avancés.

Cependant, après une nuit de repos et une longue discussion sur Skype, mes amis et moi avons décidé que ça valait le coup d'essayer. Qui ne tente rien n'a rien, et cette formule ne peut pas faire de mal, nous nous sommes tous mis d'accord là-dessus. Ma grand-mère et moi avons déchiffré ce sort à chaque fois que Miguel avait le dos tourné. Je crois qu'il suspecte quelque chose, mais il ne m'en a pas fait part. J'espère qu'il pense seulement que nos relations s'arrangent.

Nous sommes convaincues d'avoir réussi à traduire

les quelques mots. Hier soir, je me suis sentie prête. J'ai même imaginé que ça allait fonctionner, que nous avions découvert La solution.

Maintenant que je fais face à la gare, je suis moins sûre de moi. Revoir Jons m'effraie. J'ai peur de ne pas pouvoir agir à temps, de me dégonfler. Peur de m'être trompée, de réaliser que ce sort ne marche pas. Peur de devoir encore affronter ce rêve jusqu'à ce qu'on trouve un nouveau plan. Peur, tout simplement. Sans Logan et sa main dans mon dos – le tout sous les regards mi-moqueurs mi-attendris de Laura et de son petit-ami –, jamais je n'aurais réussi à puiser en moi le courage de continuer.

À nous quatre, nous rejoignons les quais par l'escalier extérieur. Même si je suis contente qu'ils m'aient accompagnée, c'est maintenant à moi de jouer. Tout repose sur mes épaules.

Courage, Cassie.

Première étape : repérer Jons. Ça ne devrait pas être difficile. Nous sommes à une heure creuse, il n'y a presque pas de monde au bord des rails. Seuls deux ou trois personnes âgées et un ou deux adolescents prennent racine. Tous patientent près de la même voie. Un train va probablement bientôt arriver ; mon intuition me dit que c'est ici que notre homme va apparaître. Je guide les autres.

— Tu l'as vu ? me demande Logan.

Je secoue la tête :

— Je pense juste qu'il se rendra là, vu que les gens ont l'air de guetter leur train.

Il acquiesce, me talonnant toujours.

Une fois la passerelle traversée et le bon quai atteint, je tourne les yeux à droite, puis à gauche, attentive au moindre signe qui me prouverait sa présence. Je sais qu'il va venir. Je le sens. Laura m'imite et bien que j'aie conscience qu'elle ne peut pas voir cet homme, son attitude m'amuse. Jared est plus posé, il attend la suite en tant que simple spectateur.

Je n'aperçois Jons nulle part. Je me focalise sur l'escalier par lequel nous sommes arrivés, prête à patienter jusqu'à ce qu'il fasse son apparition. La formule passe en boucle dans mes pensées. Je l'ai apprise par cœur afin de ne pas avoir à fouiller dans le grimoire dont elle est issue ni buter sur un mot. La moindre seconde est précieuse. J'espère juste ne pas avoir un trou de mémoire au moment fatidique.

J'ignore ce qui me fait tourner la tête – mon instinct de sorcière, peut-être ? Toujours est-il que Jons se tient sur ma gauche, à peine quelques mètres plus loin. On pourrait supposer qu'il est à cet endroit depuis un bon bout de temps, qu'il n'est pas apparu soudainement comme tout semble l'indiquer.

— Il est là, murmuré-je à l'intention des autres.

Il faut que je m'approche de lui, et le plus tôt sera le mieux vu qu'il disparaîtra sitôt que le train surgira. Mais je suis incapable de bouger, paralysée. Et si ça ne marchait pas ? Et si je frôlais une fois de plus la catastrophe ? Jons va-t-il tenter de me blesser, ou pire ? Cette question m'effraie. J'en viens presque à regretter d'être revenue ici.

— Tu vas y arriver, me souffle Logan.

Ces simples mots suffisent à me redonner le courage

qui me manquait jusque-là. J'avance enfin. Mes jambes sont molles comme du coton. Je tremble un peu. Plus je m'approche de cet homme – mon ancêtre ? –, plus je ressasse la formule. Encore deux ou trois mètres et je serai à sa hauteur. Je m'arrête et me tourne vers mes amis :

— Je pense qu'il vaut mieux que j'y aille sans vous.

— On ne va pas te laisser tomber maintenant ! proteste Laura.

Je souris :

— Je sais. Il ne s'agit pas de ça, rassure-toi. C'est juste que… j'ai besoin de le faire seule.

Contre toute attente, Logan acquiesce le premier. Je crois qu'il a compris ce que je ressens. Intérieurement, je l'en remercie.

— Fais attention, me recommande-t-il.

— Promis.

Voyant que Laura n'est pas convaincue, Jared entoure sa taille de ses bras :

— C'est bon, Cassie, va. Je m'occupe d'elle.

Je dois refréner un nouveau sourire et me retourne. Jons est encore là. Il n'a pas bougé d'un iota. Même si cela m'arrange, cela me surprend aussi. Toutes les autres fois, il n'a pas cessé de me fuir, m'empêchant de l'atteindre. Pourquoi cette fois est-elle différente ? Sait-il que je veux lui apporter mon aide ? Le sent-il ?

Un grésillement survient depuis l'un des haut-parleurs, vite remplacé par une voix féminine qui annonce l'arrivée du train. Merde ! Il faut que je me dépêche. En deux enjambées, je rejoins l'éternel suicidé.

— Jons ?

Mon appel est timide, je ne suis pas sûre qu'il me fera un bon accueil. Il ne paraît pas faire attention à moi. Je me risque à lui toucher l'épaule. Toujours pas de réaction. Je doute un instant quant à la marche à suivre. S'il ne m'entend pas, entendra-t-il la formule du sort ?

Je me place devant lui. Ses yeux me fixent. J'ai pourtant conscience qu'il ne me remarque pas. Son regard est empli de tristesse, de peur et de mélancolie. Je le sens perdu dans son esprit, cherchant le repos auquel il n'a pas droit.

— Jons ? répété-je un peu plus fort.

Plusieurs mètres en amont, une femme me dévisage. Je suppose qu'elle me voit en train de parler seule. J'essaie de ne pas me focaliser là-dessus. Jons reste silencieux.

Je sursaute lorsque le sifflet du train retentit au loin. Ce n'est plus qu'une question de minutes avant qu'il n'entre en gare. Je n'hésite plus : j'agrippe les épaules du maudit, le fixe droit dans les yeux et prononce les mots que j'ai tant rabâchés depuis hier.

Un frisson me parcourt. Est-ce cela que ressentent les sorcières quand elles usent de leur magie ? Je ne peux qu'imaginer que oui. Jamais je n'aurais cru être capable d'énoncer cette formule avec tant de fluidité, sans douter une seule fois. Je ne quitte pas Jons des yeux, espérant voir ses prunelles s'animer, priant pour qu'il puisse s'en aller trouver le repos. Pour qu'il puisse rejoindre sa douce Ariane. Même après avoir fini de lancer le sort, je ne bouge pas d'un pouce. Je n'ose briser le moment. J'ai peur de ce qui va suivre. Et Jons qui ne réagit toujours pas ! Bon ou mauvais signe ? Je n'en ai aucune idée. Les secondes s'écoulent comme des heures. J'entends à nouveau le sifflet du train. Je n'ai plus beaucoup de temps.

Enfin, j'observe un changement. Jons me regarde. Il me voit vraiment, me perçoit devant lui. Il semble étonné. Est-ce la première fois qu'il remarque ce qui l'entoure ? Ou bien est-ce ma ressemblance avec Ariane qui le perturbe ? Je suis incapable de dire pourquoi, mais je me sens mal à l'aise en sa présence. Je me risque à l'appeler :

— Jons ?

Là aussi, il a l'air surpris. Au moins, j'ai la certitude qu'il m'entend. Je ne sais pas comment agir. Mon plan consistait à lancer la formule ; j'avoue ne pas avoir prévu la suite. Peut-être aurais-je dû…

Sans être sûre que ça soit une bonne idée, je lui explique qu'il était victime d'un sort, que lui et Ariane ont été trompés par la famille de cette dernière, et que je pense l'avoir délivré – même si à ce stade, je ne suis certaine de rien. Du coin de l'œil, j'aperçois mes amis qui m'observent. Leur mine est inquiète. Je leur offre un mince sourire. D'une oreille distraite, j'entends le train se rapprocher.

Le fantôme lève sa main vers moi. Malgré mon souffle qui se coupe un instant, je ne bouge pas et le laisse faire. Il m'attrape le bras, comme s'il cherchait à se convaincre que je suis bel et bien réelle. Sans que je l'aie vu venir, Jons m'enlace. Je devine qu'il pleure. Je n'ose esquisser le moindre geste. Est-ce sa façon de me dire merci ? Ou a-t-il besoin de pleurer à cause de toutes ces années d'errance ? Peut-être est-ce un peu des deux.

D'un mouvement maladroit, je réponds à son étreinte tout en espérant qu'il me lâche vite. Son affection subite m'embarrasse.

Soudain, Jons me pousse légèrement et je comprends d'où provient cette impression, ce malaise.

Ses intentions à mon égard n'ont pas changé. Il m'entraîne vers les rails !

— Jons ! Jons, non !

Mon cri est faible, les mots s'étranglent dans ma gorge.

— Viens… avec… moi, murmure le fantôme d'une voix rauque et saccadée, m'effrayant encore plus.

— Non ! ordonné-je en me débattant.

Je me sens doucement glisser en arrière. Du coin de l'œil, j'aperçois le train qui entre en gare. Ce n'est plus qu'une question de secondes.

Mes amis me rejoignent d'un bond. Logan m'agrippe par le bras. Je cesse de reculer, mais Jons ne me lâche pas pour autant. Il me rabâche sa phrase morbide. De plus en plus fort, de plus en plus vite.

— Que se passe-t-il !? me demandent Logan et Jared en chœur.

— Il m'entraîne vers les rails !

J'ai à peine conscience que certaines personnes s'éloignent de nous et nous jettent des regards apeurés. J'imagine que ce qu'ils voient doit en effrayer plus d'un. Ai-je l'air d'avancer toute seule, comme attirée par une force mystérieuse vers la voie ferrée, tandis que mes amis tentent de me retenir ? J'essaie de ne pas y penser.

Tout se déroule à une vitesse folle. Logan tâche de me tirer vers lui ; il lutte contre la poigne de Jons. Jared s'efforce de se placer face à moi, mais bute contre quelque chose qu'il ne discerne pas ; le fantôme campe sur sa position et ne lui laisse aucune chance. À court d'idées, il frappe dans le vide, cherche un passage en se glissant près de moi. Laura est figée, incapable de bouger. Seul son regard est alerte. Elle semble retranchée à l'intérieur d'elle-même, en train de réfléchir à une solution. Malgré l'aide de mes amis, je me sens poussée en arrière. Je vais mourir…

Je ne veux pas ! J'ai peur !

Une sorte de signal s'enclenche dans mon cerveau. Je lutte de plus belle, entreprends de me défaire de la prise de Jons. La pression sur mon poignet gauche se fait moins forte l'espace d'un instant. Je ne perds pas une seconde : j'en profite. J'arrache mon bras de l'emprise du mort, puis je glisse plus que je ne fuis vers Logan et me réfugie contre lui.

Je ne comprends que trop tard ce qui est arrivé…

Jared a réussi à trouver une ouverture. Sans le savoir, il est passé sous le coude du fantôme, me permettant de me sauver.

De là où je suis, je n'ai même pas le temps de crier avant de voir Jons sauter sur les rails et emporter Jared dans sa chute.

Chapitre 28

Deux mois se sont écoulés depuis le décès de Jared. Deux mois à me débattre contre mes souvenirs, à tenter de me débarrasser de ces images. Deux mois durant lesquels je n'ai plus eu aucune nouvelle de Laura. Deux mois à attendre désespérément qu'elle accepte de me parler, en sachant que ça n'arrivera pas.

Jared est mort par ma faute, nous en sommes toutes les deux conscientes. Comment pourrait-elle me pardonner ? Comment le pourrait-elle après avoir vu son petit-ami se faire entraîner sous un train ? Après être restée quatre heures dans un commissariat en tant que témoin de la scène ? Après avoir passé ce temps à mentir pour protéger mon stupide secret ?

Les journaux ont mentionné une dispute entre jeunes qui a mal tourné. Le décès de l'un d'entre eux n'était pas prévu, ce n'était qu'un accident malheureux. Qu'ils sont loin de la vérité ! C'était un meurtre dont Jared n'était pas censé être la victime. Ça aurait dû être moi, ce jour-là ! Et Laura ne l'ignore pas, comme elle me l'a si bien crié quand nous avons quitté le commissariat. Je ne l'ai plus revue depuis.

J'ai officiellement seize ans. Je suis désormais une sorcière à part entière. Sauf que je m'en moque comme d'une guigne. Je ne veux plus entendre parler de magie. Je ne suis pas certaine d'y retoucher un jour. Ma grand-mère a cherché à m'aider, toutefois j'ai refusé d'en discuter avec elle. Même si ma raison me hurle qu'elle n'est pas responsable, une petite voix me susurre que rien ne serait arrivé si elle était restée loin de moi. Elle a tout mis en œuvre pour que j'aille accomplir mon apprentissage chez elle, mais elle est rentrée seule au bercail. Je me sens incapable de retourner dans son repaire. Ce lieu où Logan, Jared, Laura et moi avons découvert cette stupide formule. Cet endroit où nous avons décidé de tenter notre chance.

J'ai été idiote de croire que je réussirais !

Logan est le seul qui s'efforce encore de me faire accepter mon innocence vis-à-vis de la mort de Jared. La bonne blague. Je suis sûre que même lui ne parvient pas à s'en convaincre.

Quoi qu'il en soit, il vient me voir tous les jours depuis « l'incident ». Il arrive, Miguel lui ouvre – je devine qu'il lui offre en prime son sourire le plus triste, celui qui dit « bonne chance » – et Logan me rejoint au dernier étage. Il sait que je passe mes journées au grenier, à relire mes livres pour ne pas trop me perdre dans mes pensées. Tous les jours, il tente de me réconforter et me répète que ce n'est pas de ma faute, que j'ai essayé. Au bout d'un moment, il perd espoir et se contente de rester à mes côtés. Parfois, il me prend dans ses bras. Et parfois, je m'autorise à pleurer. Quand il commence à se faire tard, il part sans oublier de me promettre qu'il reviendra le lendemain et qu'avec le temps, ça ira. J'ai conscience qu'il se sent impuissant. Il aimerait m'aider plus, mais ne trouve pas comment y arriver. Je me doute aussi qu'il s'en veut pour mon ami. Il m'a protégée, mais ne l'a pas sauvé lui. Cette idée le hante.

Aujourd'hui encore, bien que je retourne de plus en plus dans le salon, je suis au grenier. Cette pièce m'apaise. Peut-être parce que maman y avait installé son atelier de peinture.

J'entends des pas dans l'escalier. Ceux de Miguel. Depuis la mort de Jared, il se fait un sang d'encre pour moi. Il s'est abstenu de toute remarque sur mon refus de me rendre en cours. Je crois qu'il comprend que j'en suis incapable. Incapable d'affronter Laura et le regard des autres, leurs questions. Un soir, alors qu'il était au téléphone avec grand-mère, je l'ai surpris en train de lui dire qu'il préférait que je rate mon année et la recommence si ça me permettait d'aller mieux, de faire mon deuil. Jamais je n'aurais imaginé que mon frère enverrait balader l'école. J'aurais aimé que ce soit dans des circonstances différentes.

La porte s'entrebâille. Il entre :

— Ça va ?

— Oui. Et toi ?

Je lui réponds toujours la même chose ; il doit s'en lasser.

Sans un mot de plus, il vient s'asseoir à mes côtés et me tend un sac. Je l'ouvre distraitement. Des livres.

— J'ai pensé que tu en avais marre de relire tes bouquins.

Ça fait un mois qu'il est au courant pour les romans de papa. Il ne m'en a pas voulu. Il a plutôt eu l'air content de les voir. Il sait que je me sens mieux quand je m'évade au sein de leurs pages, que j'oublie ce qui s'est passé. La lecture m'aide plus que de simples mots, alors bien qu'il souhaite en discuter, me consoler, il prend sur lui et attend le bon moment : il me laisse me soigner à ma façon. Miguel est prêt à tout pour que je retrouve le sourire. Je ne suis même pas capable de l'en remercier, de lui dire à quel point je l'aime, à quel point le fait qu'il me donne le temps de guérir par moi-même – lui qui gère toujours tout sans assistance – me touche.

— Merci.

— Logan a appelé, m'apprend-il.

Je redresse la tête et le regarde, inquiète. Et s'il ne venait pas, aujourd'hui ?

Le soutien de mon frère et les visites de Logan sont mes deux seuls rayons de soleil, pour l'instant. C'est égoïste, mais je n'ai pas envie d'en perdre un, même pour une journée. C'est étrange de l'avouer, mais Logan m'apaise encore plus que la lecture. Je me sens bien en sa compagnie.

— Il passera un petit peu plus tard. Il m'a demandé de te prévenir, vu que tu n'as pas souvent ton portable sur toi, ces jours-ci.

J'ai de plus en plus de mal à le prendre. J'ai peur de recevoir un message de Laura. Je suis incapable de regarder son numéro dans mes contacts sans pleurer.

— C'est gentil de sa part.

— Il tient beaucoup à toi, déclare Miguel. Il a aussi précisé qu'une surprise t'attendait.

J'en reste muette. Une surprise ? Logan n'est pourtant pas le genre de personne à en faire ou à les aimer. Je m'interroge une minute ; j'ignore si je dois être inquiète.

Plusieurs coups frappés contre la porte du grenier me tirent de mon occupation. Je sursaute. Je n'ai pas vu les heures défiler – comme toujours lorsque je lis –, et souris tandis que Logan entre. Mon visage se décompose toutefois quand j'aperçois Laura derrière lui. Une peur sourde gronde en moi. Est-ce ça, la surprise que Miguel m'a annoncée ? Que va-t-il se passer, maintenant ? Va-t-elle une fois de plus me blâmer pour la mort de son petit-ami ? Je suis incapable d'esquisser le moindre mouvement. Je sais que j'accepterai tous ses reproches, qu'elle est dans ses droits.

Logan vient à mes côtés en deux enjambées. Son sourire me rassure un peu, ainsi que les mots qu'il me glisse discrètement : tout va bien. Laura reste près de la porte. Elle paraît aussi mal à l'aise que moi. Nous nous dévisageons quelques instants. Le temps semble s'arrêter. Puis, sans que je m'y attende, elle me saute au cou et me prend dans ses bras.

— Pardon. Pardon. Pardon, ne cesse-t-elle de répéter.

Prise de court, il me faut un moment pour réagir. Pour l'enlacer également. Implorer son pardon avec la même émotion. Je me mets à pleurer.

— C'était pas de ta faute, sanglote Laura.

— Je vais peut-être vous laisser, nous annonce Logan en se tournant vers la porte.

Avant qu'il n'atteigne celle-ci, je pivote vers lui et

croise son regard.

— Merci, murmuré-je en lui offrant mon sourire le plus sincère depuis deux mois.

Il me sourit à son tour et quitte la pièce. Je devine qu'il va aller rejoindre mon frère au rez-de-chaussée. Ces deux-là s'entendent à merveille.

— Je suis désolée, me déclare Laura une fois que nous sommes seules.

Cet air si malheureux ne lui ressemble pas. Il me fait mal au cœur.

— Tu n'as pas à l'être. J'aurais réagi comme toi si…

Je m'interromps à temps. J'ai bien failli dire : « si c'était arrivé à Logan. »

— Ce jour-là, j'ai vu disparaître mon copain. Toi, tu as vu disparaître un ami à cause d'une malédiction qui te hante. Je n'avais pas le droit de te reprocher sa mort. En vouloir à tes ancêtres, à cette malédiction, oui. Mais pas à toi…

— C'est quand même moi qui ai souhaité la rompre. Moi qui n'ai pas réussi à me défaire de l'emprise de Jons. Ça aurait dû être moi, sous ce train…

Je retiens difficilement mes sanglots.

— Personne n'aurait dû y finir, proteste-t-elle.

Une lueur de colère flambe dans ses yeux humides. Je ne dis rien, la gorge serrée. Dans un état similaire au mien, Laura poursuit avec courage :

— J'avais besoin de retourner ma rage contre quelqu'un, de désigner un responsable à sa mort, avoue-t-elle. Je crois… je crois que j'ai choisi la solution de facilité, mais plus les jours passaient, plus je me suis aperçue que c'était à moi que j'en voulais le plus. C'est moi qui ai déniché cette formule, moi qui ai pensé la première que ça pouvait marcher, moi qui t'ai poussée à essayer. Et c'est moi qui suis restée figée sur place, pas fichue de faire quoi que ce soit pendant que cet homme tentait de te tuer... qu'il entraînait Jared avec lui...

— Non. Non, Laura. Tu n'y es pour rien !

— Je me suis rendu compte d'une chose, me confie-t-elle sans se soucier de mon interruption. J'ai déjà perdu mon copain, je n'ai pas envie de perdre aussi ma meilleure amie.

Malgré moi, je suis incapable de retenir mes nouvelles larmes. J'échoue à lui répondre ; je la serre dans mes bras, émue et heureuse de la retrouver. Notre réconciliation n'efface pas mes remords, ne diminue pas le chagrin, mais elle apaise la tempête qui règne en mon sein. Elle me donne la force de surmonter les événements.

— Ce n'était pas de ta faute non plus, Laura, répété-je.

Elle a besoin d'entendre ces mots. Peut-être encore plus que moi. Elle acquiesce. Je devine qu'elle non plus ne se défera jamais entièrement de son sentiment de culpabilité.

— Tu sais, reprend-elle, Jared est... était gentil. Un peu trop parfois. Il... il ne voyait le mal en personne. Ou plutôt, il s'obstinait à chercher et à ne percevoir que le bon qu'il pouvait y avoir en chaque individu. C'est un des trucs que j'aimais le plus chez lui et... enfin, tout ça pour dire que... je crois qu'il aurait souhaité que ça se passe de cette façon. Lui et pas quelqu'un d'autre.

Je ne parviens pas à savoir si c'est elle ou moi qu'elle

veut convaincre. Je me contente de la serrer plus fort contre moi ; elle pleure. Nous restons ainsi un moment, jusqu'à ce qu'elle se dégage et me prenne par les épaules.

— Cassie, il faut que tu réessaies. Que tu rompes cette malédiction !

— Quoi !?

— Ce qui est arrivé à Jared ne doit plus jamais arriver à personne. Personne !

Chapitre 29

Je ne sais pas ce qu'il m'a pris d'accepter. Comment Laura et Logan ont-ils réussi, en trois jours à peine, à me persuader de retourner *là-bas* ? Rien que d'y penser, j'en frissonne. Comment puis-je encore me convaincre que rompre cette malédiction est possible ? Je dois avoir un grain.

Il y a deux jours, quand nous en avons discuté, Logan a émis l'hypothèse suivante : la formule pour apaiser l'esprit a fonctionné, raison pour laquelle Jons m'a vue et m'a parlé. Il croit que le sortilège n'est pas assez puissant pour lui, qu'il faut que je le lance une seconde fois pour espérer vaincre celui jeté par Ariane. Je ne comprends toujours pas pourquoi je me suis laissé persuader.

Laura est la plus motivée d'entre nous. Sa détermination ne souffre d'aucune faille. Rompre la malédiction revient à venger la mort de Jared à ses yeux. Elle est prête à aller jusqu'au bout. Cette fois, je devine qu'elle ne restera pas paralysée si d'aventure les choses tournent mal.

Miguel ne se doute de rien, évidemment. Avant de

partir lui-même, il m'a regardée sortir de la maison avec le sourire aux lèvres. Il était heureux.

Un affreux pressentiment me fait croire qu'aujourd'hui, nous nous sommes vus pour la dernière fois. Je lutte pour le réduire au silence, mais il s'intensifie à mesure que nous approchons de la gare. À deux rues de celle-ci, je m'arrête net. Logan se cogne contre mon dos.

— Un problème ? me demande-t-il.

L'affection dans sa voix m'aurait donné le sourire si la situation n'était pas aussi délicate.

— Ma grand-mère !

— Quoi ? m'interroge Laura, perplexe.

— Je dois la mettre au courant.

— Je ne suis pas certaine que ça soit utile. Elle est loin, maintenant, argumente-t-elle.

Je me mords la lèvre. Comment leur avouer ce qui me hante ? Je choisis d'être honnête :

— S'il m'arrivait quelque chose... je n'aimerais pas... enfin, je ne voudrais pas qu'elle pense que je lui ai caché ceci parce que je n'avais pas confiance. Si elle s'imagine que je la déteste et que je...

— Il ne t'arrivera rien ! jure Logan.

Cependant, je vois à son regard qu'il a compris mon point de vue et l'accepte. Avant de me rassurer, c'est lui qu'il rassure.

— Je suis du même avis que Logan, mais si tu souhaites la joindre, vas-y, sourit Laura, moins sceptique à propos de notre réussite. Tu as son numéro ?

Je grimace. Je ne le connais pas par cœur et il n'est pas enregistré dans mon portable. Je refuse de ne pas la prévenir pour autant.

— Je vais appeler Miguel pour qu'il lui transmette un message.

— Tu es sûre que c'est une bonne idée ? intervient Logan. Il n'est pas au courant pour… tout ça.

— Ça devrait aller.

J'attrape mon téléphone et cherche le nom de mon frère dans mon répertoire. Il décroche au bout de la première sonnerie :

— Cassie ?

Je discerne son inquiétude. Je suppose qu'il craint que ma première sortie depuis la tragédie se soit mal passée.

— Désolée de t'appeler au travail, dis-je en entendant de l'agitation derrière lui. J'aurais besoin que tu me rendes un service, si ça ne t'ennuie pas. J'ai oublié de faire quelque chose avant de partir.

— Je t'écoute.

Le soulagement dans sa voix est perceptible.

— Peux-tu téléphoner à grand-mère et lui dire qu'on y retourne ?

— Y retourner ? Mais où ?

— Elle le saura.

Je me mords la lèvre. Miguel est têtu. Va-t-il abandonner ou me poser de nouvelles questions ? Son silence commence à être long.

— Tu es sûre que tout va bien ?

— Oui, oui. J'ai juste oublié de prévenir grand-mère. Un truc qu'elle m'avait demandé.

— Je n'aime pas ça, Cassie…

A-t-il deviné que je lui mens ?

— Où es-tu ? Je peux venir te chercher s'il le faut.

— Non. Non, je t'assure que c'est O.K. Restes où tu es, je suis avec Logan et Laura.

Je l'entends soupirer. Je m'en veux de lui causer autant de soucis. Je réalise que ça aussi, il faut que ça cesse.

— Tu me promets qu'il n'y a vraiment rien ?

Ma gorge se serre. Je parviens à articuler un faible oui.

— Très bien, je vais l'appeler, souffle-t-il.

— Merci.

— Cassie ?

— Oui.

— Téléphone-moi si ça ne va pas.

— Merci.

Je raccroche. Peut-être à cause de mon appréhension, je me rends compte avec effarement que ce « merci » signifie bien plus. Merci de ne pas poser plus de questions. Merci de contacter grand-mère. Merci d'avoir toujours été là pour moi. Merci d'être mon frère. Je t'aime. J'ai peur. Très peur. Et si on ne se revoyait plus jamais après aujourd'hui ?

Je suis sur le point de pleurer. Il faut que je me reprenne : ce sont mes craintes qui s'expriment, pas moi.

Je regarde mes amis et esquisse un mince sourire. Ils me le rendent ; aucun ne parle des larmes qui perlent au coin de mes yeux. Nous nous remettons en route.

Chapitre 30

La gare paraît plus imposante qu'à l'ordinaire. J'ai du mal à respirer, les battements de mon cœur s'affolent. Mes jambes tremblent tellement que j'ignore comment je peux encore tenir debout. Cette fois, même la présence de Logan à mes côtés ne suffit pas à m'apaiser. Je ne veux pas y aller.

Laura pose une main sur mon épaule :

— On est avec toi, Cassouille. Tout va se passer comme il faut.

Elle semble bien la seule à le croire…

J'inspire un grand coup. J'ai quelque chose à leur dire avant d'entrer et de me diriger vers les quais.

— J'aimerais que vous me rendiez un service.

— Lequel ? m'interroge Logan.

Son expression confiante ne trompe personne : il appréhende ce que je vais leur annoncer. Peut-être craint-il que je me sois à nouveau mise en tête d'utiliser un sort sombre ? Après tout, j'ai seize ans maintenant.

Je me lance :

— Ne m'accompagnez pas. S'il vous plaît.

Comme je m'y attendais, ils protestent. « C'est de la

folie d'y aller seule », m'adjurent-ils. Je les arrête :

— Je ne changerai pas d'avis.

Mes mots sont plus durs que je ne le souhaite. Ma gorge se serre :

— Je ne supporterai pas de vous perdre, vous aussi…

— Parce que tu penses que l'inverse n'est pas vrai ? me demande Logan.

Ses yeux sont ancrés dans les miens. Ils me défient de dire le contraire.

— Je n'y parviendrai pas si je sais que vous risquez quoi que ce soit…

— Toi, un jour, il faudra que tu te rentres dans le crâne qu'il y a des personnes prêtes à te soutenir, soupire Laura. Ouvre grand tes oreilles, Trésor : tu n'as pas à affronter cette situation sans aide.

— On vient, acquiesce Logan. Que ça te plaise ou non. Il n'est pas question qu'on te laisse accomplir cette tâche sans nous. Tu tiens à peine debout, tu as peur. Moi aussi, pour être franc. Mais on peut s'en sortir. On sera là pour t'épauler. On ne t'abandonnera pas, Deschamps.

C'est un combat que j'ai perdu d'avance. Insister ne servirait à rien, ces deux-là sont déterminés. Quelque part, j'en suis touchée. Moi non plus, je ne suis pas certaine d'être capable de faire ça seule…

Je hoche la tête, émue, et nous entrons dans le bâtiment. Il a gelé la nuit passée. L'escalier menant au quai n'est jamais recommandé dans ces cas-là. Et puis… c'est par là que nous sommes venus avec Jared. Bien que cette précaution soit inutile, je préfère l'éviter. Je ne veux pas me dire que c'est « comme la dernière fois. » Je ne désire même pas y songer.

À l'intérieur, il n'y a qu'un guichet ouvert. Deux ou trois personnes attendent assises. Ce n'est de nouveau pas un jour de grande affluence. Tant mieux. Je commence à craindre qu'on nous reconnaisse, qu'on nous forge une réputation. Les fous de la gare, ou un truc dans le genre. Il ne manquerait plus que ça…

Presque mécaniquement, je lève les yeux vers le tableau central, là où les prochains départs sont annoncés. Un train arrivera dans un peu plus de dix minutes, voie n° 2. Je sens que Jons y sera. Penser que c'est mon instinct de sorcière qui me le certifie ne me donne plus le sourire. J'indique le tableau du doigt et vois mes amis hocher la tête.

Silencieux, nous nous rendons sur les quais. Je n'entends plus rien autour de moi si ce n'est les battements effrénés de mon cœur. Danger. Danger. Danger, semble-t-il tambouriner contre ma poitrine, comme un funeste avertissement de ce qui m'attend. Je suis tentée de faire demi-tour, de courir et de m'éloigner le plus vite possible. Je lutte et attrape la main de Logan pour trouver un minimum de force. Je sais que je dois rester, que je dois essayer une dernière fois. Pour Jared et Laura. Pour mes parents. Pour Jons. Pour Ariane.

Quand Logan serre ma main en retour, j'arrive à calmer un tant soit peu ma respiration. Je n'ai plus de courage et puise dans le sien, voilà l'impression que j'ai en cet instant.

Près de la voie, deux femmes attendent déjà. J'aurais préféré qu'il n'y ait personne, mais c'était couru d'avance. Nous les rejoignons et faisons mine de patienter, nous aussi. Jons n'est pas encore là. Ça ne saurait tarder. J'ai les paumes moites.

Les secondes durent une éternité ; le temps me nargue, se joue de moi et de mes nerfs. Logan ne me lâche pas. J'ai envie de me blottir contre lui, de cacher mon visage dans son cou, mais je n'ose pas. Laura m'encourage du regard pour la suite. Elle évite à tout prix d'interrompre notre échange visuel. Elle a conscience que j'irai me perdre dans mes pensées noires sans cela. Elle me connaît assez pour en être certaine.

Je suis incapable de rester en place. Je me balance d'un pied sur l'autre, enroule une mèche échappée de ma queue de cheval autour de mon doigt, tourne la tête de tous les côtés. Cette attente me rend nerveuse. Je déteste pouvoir inventer un grand nombre de scénarios catastrophes. Pire : me dire que Jons n'apparaîtra pas. Que nous sommes revenus ici pour rien, hormis réveiller des souvenirs douloureux. Nous songeons tous à Jared, ça se voit dans nos yeux, dans notre refus obstiné d'observer l'endroit où ça s'est produit. Même en imaginant que nous réussissions à rompre la malédiction, la gare ne sera plus jamais un lieu accueillant pour nous. Toute notre vie, nous l'éviterons autant que nous le pourrons.

La sensation d'être fixée finit par me faire pivoter. Je sais que c'est lui.

Bien loin sur le quai, presque là où il s'arrête pour laisser place à la voie ferrée, Jons m'attend. Malgré la distance, je vois qu'il n'a pas le regard braqué sur les rails. Il est dirigé vers nous. Vers moi. Je sens qu'il me dévisage, qu'il ne souhaite qu'une seule chose : que je m'approche.

La dernière fois, j'ai sous-estimé son envie de me tuer. C'est une erreur que je ne reproduirai pas aujourd'hui. Ce n'est plus le Jons qui a promis une vie meilleure à Ariane. C'est un esprit damné, dangereux. Un esprit plein de colère, débordant de vengeance.

Un frisson remonte le long de mon échine. J'ai un très mauvais pressentiment…

— Il est là ? me demande Logan.

La pression sur ma main devient plus lourde. J'acquiesce.

— Tout au bout du quai.

Sans aucune hésitation, Laura avance, plus déterminée que jamais. Elle fait de cette malédiction une histoire personnelle. Je sais que pour elle, l'échec n'est pas possible. Elle veut rendre justice à Jared.

Nous la rattrapons. Ma peur s'accentue à chaque nouveau pas. Je ne vois plus que les yeux de Jons. Deux pupilles qui me sondent comme si elles étaient capables de lire en moi. Rester forte, il faut que je reste forte.

Quand l'écart entre cet homme et nous n'est plus que de quelques mètres, je m'arrête et force mes amis à m'imiter :

— N'allez pas plus loin. Je continue sans vous à partir d'ici.

— On en a déjà discuté tout à l'heure, Deschamps.

Laura acquiesce à ces propos et me lance un regard noir. « Efforce-toi encore de t'y opposer », semble-t-elle me dire.

— Je suis désolée, ce n'est pas négociable. Je vais le rejoindre seule ou je n'y vais pas.

Moi aussi, je suis déterminée. Je ne permettrai à

aucun de mes proches de côtoyer ce fantôme !

J'attends leurs protestations. Je me doute qu'il y en aura. Logan a peur pour moi, sa main ne lâche pas la mienne. Ses yeux sont glacés d'effroi par mes paroles. Il ne *peut* pas me laisser m'y rendre. Quant à Laura, à l'instar de Miguel, elle pourrait être mon deuxième Protecteur pour ce que j'en sais. Contre toute attente, Logan m'attire contre lui et m'entoure de ses bras. C'en est presque cruel. Comment réussirai-je à trouver le courage d'affronter Jons alors que je suis si bien ici, que je me sens en sécurité ? J'ai l'impression que je suis à ma place. Sans réfléchir, je l'enlace à mon tour. Sa présence m'est aussi nécessaire que sa force.

— Putain, qu'est-ce que t'es têtue, Deschamps ! Trop à mon goût.

Je souris contre son torse. Je devine que ce n'est pas vraiment un reproche. À côté de nous, Laura est silencieuse, comme si elle craignait de briser ce moment.

Logan pose ses lèvres sur mon front. Je ferme les yeux et savoure l'instant. Une petite voix perfide essaie de me convaincre que c'est la première et dernière fois qu'il a l'occasion de faire ça. Je lui intime de se taire. Je ne veux pas l'écouter.

— Tu ne lui permets pas de te toucher. Tu te tiens à une distance raisonnable de lui. Tu nous avertis au moindre geste qu'il tente envers toi, même si ce n'est que remuer le pouce. Tu fais attention, surtout.

Je hoche la tête.

— Tu vas réussir, Cassie, murmure-t-il. Je sais que tu en es capable.

Il me lâche et le froid s'empare de moi. Je lutte pour

ne pas frissonner. J'ai besoin d'être forte pour ce qu'il me reste à accomplir. Malgré ma peur, je ne laisserai rien arriver à mes amis !

J'avance enfin. Le fantôme ne me quitte pas des yeux. Son regard possède une certaine lucidité. Est-ce à cause du sort que j'ai lancé ? Agit-il toujours sur lui ? J'ai envie de croire que oui. Ça voudrait dire que Logan a raison : il suffit de le lui jeter une nouvelle fois. Plus encore, s'il le faut. Aujourd'hui, je ne baisserai pas les bras. Personne ne sera blessé – ou pire – par ma faute.

Je parviens à sa hauteur. Mon cœur bat à cent à l'heure tant j'appréhende cette rencontre. Les coins de sa bouche se rehaussent. Jamais un sourire ne m'a autant effrayée. Je tâche de garder un visage impassible.

— Jons, le salué-je.

Il ne répond pas, mais je vois qu'il a compris. Prenant mon courage à deux mains, je prononce la formule. Ma voix est moins assurée que la première fois. Elle tremble un peu. Mes mains sont moites. Je ne peux m'empêcher de penser « et si ça ne fonctionnait pas ? ».

Jons, lui, ne fait pas le moindre mouvement. Son horrible sourire lui reste collé aux lèvres, on dirait que c'est la seule expression qu'il est capable d'arborer.

Le sort lancé, je ne bouge plus, fébrile. Que va-t-il se passer, maintenant ? J'ai à peine conscience que le prochain train vient d'être annoncé. Je ne veux pas me focaliser sur le temps. Je n'ai pas besoin d'une raison supplémentaire pour paniquer.

Je ne vois aucun changement opérer. Le silence de Jons devient oppressant. Je ne sais quoi faire. Afin de rassurer mes amis, je tourne la tête vers eux et leur offre un regard réconfortant. S'ils s'inquiètent trop, ils approcheront, j'en suis convaincue.

Mes yeux se fixent à nouveau sur Jons. Il ne sourit plus. Je le dévisage, angoissée. Va-t-il tenter quelque chose ? Je n'aime pas la façon dont il m'observe. On pourrait penser qu'il me sonde, cherche à lire en moi, qu'il traque la moindre faille.

— Ariane… souffle-t-il.

Ses iris ne quittent pas les miens.

— Elle… Ariane n'est plus là. Depuis longtemps. Je suis sa descendante : Cassie.

Je déglutis, mise à mal par son expression scrutatrice. Saisit-il ce que je viens de lui dire ? Je n'ai pas le sentiment que oui. Ou plutôt, je n'ai pas le sentiment qu'il le veut. Il est focalisé sur ma ressemblance avec la femme qu'il a aimée. J'espère qu'il trouvera vite la différence qu'il semble chercher en me fixant.

Il se rapproche de moi. Je souhaite de tout cœur partir, crier pour avertir mes amis. Je me retiens. Je me suis juré qu'il ne leur arriverait rien et je compte bien tenir ma promesse. Je reste impassible pour qu'ils ne remarquent pas ce qui se passe. J'ai l'impression que tout mon corps tremble. Pourvu qu'ils ne le voient pas.

Jons lève sa main à hauteur de mon visage. Je grimace à peine. « Je peux le faire », me répété-je.

Un hoquet m'échappe lorsqu'il me frôle enfin. Je m'empêche de battre en retraite. Je ne dois ni l'effrayer ni alerter Logan et Laura. J'en suis capable.

— Ariane, répète-t-il, comme ahuri de la revoir après tant d'années.

Il faut à tout prix le démentir !

— Non. Cassie. Je m'appelle Cassie. Ariane n'est plus là.

— Ariane…

Mon cœur s'affole. J'ai l'impression que cette situation ne prendra jamais fin.

— N'est plus là. Elle est morte.

Le fantôme me caresse la joue. Il n'a rien compris à mes propos.

C'est plus fort que moi, je recule d'un pas. J'entends le sifflet du train, mais l'ignore. Je ne dois pas me focaliser là-dessus. Je regarde mes amis et me force à leur sourire. Ce mouvement ne suffit pas à me débarrasser de la main de Jons.

— Jons, je ne suis pas Ariane, craché-je entre mes dents.

Mon ton de voix ressemble à une supplication : « Ne me touchez pas. »

— Ariane, répète-t-il.

La panique m'envahit lorsqu'il m'agrippe l'épaule ! Je lutte contre l'envie de le repousser.

Jons a l'air étonné de pouvoir m'atteindre. Son expression est étrange, je suis bien incapable de la définir. Au bout de quelques secondes, il accentue sa poigne. Il veut m'attirer vers lui, je le devine sans peine. Hors de question que je le laisse faire, mes amis sauraient de suite qu'il me tient et interviendraient. Frustré que je ne coopère pas, il empoigne ma deuxième épaule.

Ne t'affole pas, Cassie !

— Ariane…

Tout en essayant de me dégager, je le corrige :

— Cassie.

Je me sens entraînée en arrière. La terreur me gagne ! Seule la pensée que Logan et Laura ne doivent pas s'en mêler m'empêche de crier et d'appeler à l'aide.

— Jons, dis-je sèchement, paniquée. Jons !

Il me fixe. J'ai son attention.

Je récite une fois de plus la formule, le plus rapidement possible, puis je poursuis :

— Ariane est décédée. Vous entendez ? Elle est décédée depuis longtemps !

Il me pousse à nouveau. « Tu vas mourir si tu ne fais rien ! », m'avertit une petite voix intérieure.

Je me mets à parler plus vite, lutte pour ne pas hurler.

— Ariane ne reviendra pas ! Elle vous a jeté un sort qui vous condamne à revivre votre suicide. Elle pensait que vous l'aviez abandonnée ! C'est ce que vous avez cru aussi avant de vous donner la mort. Sa famille s'est jouée de vous autant qu'elle s'est jouée d'elle ! Vous comprenez !? … Jons !

Il stoppe tout mouvement. J'en perds presque mon équilibre. Le fantôme me fixe, ne prononce plus aucun mot.

— Jons ?

— Ariane…

— Morte, assuré-je d'une voix faible et pleine d'angoisses.

Va-t-il enfin saisir ?

— Viens avec moi… Rejoins-moi, m'implore-t-il en me bousculant derechef.

Et merde !

Je le repousse plus fermement, apeurée. Cela a dû se

remarquer de loin. Pas le temps de vérifier, il faut que je reste concentrée.

— Lâchez-moi ! Je ne suis pas Ariane !

Sa prise sur mes épaules se resserre :

— Viens avec moi.

Ce n'est plus une supplication, c'est un ordre ! Son regard est celui d'un dément. D'un dément prêt à entraîner dans sa chute celle qu'il croit être responsable de son malheur. Ma respiration s'accélère. Je dois l'en empêcher !

— Jons. Jons ! Ne faites pas ça. Personne ne vous y oblige ! Jons !

Ne pas reculer ou ne pas se laisser emporter devient de plus en plus difficile. Il a une sacrée force ! Cette fois, je ne peux ignorer le bruit du train, tout proche.

— Trépasse aussi.

Je suis incapable de dire s'il l'exige ou l'implore, mais cette phrase déclenche quelque chose en moi. Un éclair de compréhension.

Ma mort est la seule issue possible…

Ma mort a toujours été le but de Jons, avant et après que je lance cette formule. Mes efforts n'ont servi à rien. Ce qui l'entrave est trop fort pour être défait par un simple sortilège. Il en faut un du même niveau…

Ou un acte de puissance égale.

La solution me frappe comme la foudre. Elle est si évidente ! C'est ce qu'on veut de moi depuis le début… Ariane a maudit toute sa famille pour aider celui qu'elle aimait. Il n'y a qu'un second sacrifice, aussi intense que le sien, aussi fort que son désir de sauver Jons, qui pourra conjurer le sort. Voilà pourquoi je ne l'atteignais jamais dans mes rêves. Je ne devais pas l'arrêter… Ariane attendait que je me substitue à lui !

À cette pensée, j'ai envie de prendre la fuite. De retrouver mes amis et Miguel, de ne plus revenir ici. De partir dans une autre ville, d'oublier tout ce que je sais des sorcières et d'avaler des somnifères pour perdre jusqu'au souvenir de ce satané rêve.

Je n'en fais rien.

Si je m'en vais, combien de personnes subiront encore ce cauchemar ? Combien de personnes mourront à cause de cette stupide malédiction ? Je n'ai pas souvent pris les bonnes décisions dans ma vie.

Mais ça… je peux y arriver. Il me suffit de ne pas songer aux conséquences. Car j'ai conscience qu'il y en aura. Il y en a toujours. Voilà bien une chose qu'Ariane m'a apprise. Je dois tout oublier l'espace d'un instant. Après, tout sera fini. Pour moi. Pour Jons. Pour les autres. Comme me l'a affirmé Logan – surtout, ne pas trop penser à lui –, je suis capable de mettre un terme à cette malédiction. Ce dont je ne suis pas capable, c'est de ne pas dire au revoir à mes amis. Il faut qu'ils sachent que Jons ne m'a pas tuée. Que la décision vient de moi.

Dans un dernier effort, je tourne la tête vers eux. Les larmes ruissellent sur mes joues.

— Je suis désolée.

Je cesse de résister et le laisse me pousser. Mes pieds quittent le quai.

Je tombe.

Chapitre 31

Mon corps ne me répond plus. Je ne distingue rien autour de moi – en réalité, je ne suis pas certaine d'avoir les yeux ouverts. Je ne devine aucun son, ne ressens plus que le vide. Je suis engloutie par le brouillard. Je ne vois pas d'autre façon de le définir.

Ma première pensée est pour Miguel : comment va-t-il réagir ? Même si ça ne sera pas plus facile pour eux, aussi bien ma grand-mère que Laura et Logan sauront que je ne suis pas morte en vain. Mon frère, lui, n'est au courant de rien ! J'ai refusé qu'il le soit… La culpabilité m'envahit autant que les regrets. Il y a tant de choses que je ne lui ai pas dites !

Il est désormais trop tard pour y songer. Comme il ne faut pas que je pense à Logan, à la manière dont il me manque déjà. Je ne lui ai jamais avoué à quel point il comptait pour moi…

L'angoisse me gagne. Est-ce donc cela, la mort ? Une éternité en tête à tête avec sa conscience ? Je frissonne et réalise que mon corps est toujours là. Je ne parviens pas à remuer pour autant. Le pourrai-je à nouveau ? Je veux y croire.

Je perçois une légère pression sur ma tête : on me caresse les cheveux. Je n'ai pas le courage de me demander qui. Je ne souhaite pas y réfléchir.

Les sensations me reviennent au fur et à mesure que les secondes s'écoulent. Je me rends compte que je suis allongée. Je sens de l'herbe sous mes doigts. Où suis-je ? Mes paupières refusent de se soulever. Mon crâne est surélevé par rapport à mon buste. Je ne peux pas l'affirmer, cependant je me doute qu'il est appuyé sur des jambes. Probablement celles de la personne qui continue ces cajoleries.

Je devrais avoir peur, mais je n'y arrive pas. Cette étreinte est douce et rassurante. Familière même. Une pensée folle m'envahit : et si c'était maman ? J'ai envie de le vérifier ; j'ai beau tout tenter, mon corps ne bouge pas d'un poil et mes yeux demeurent obstinément clos. Je prends mon mal en patience. Pour rester calme, j'imagine qu'il s'agit bien de maman. Petite, elle me caressait souvent les cheveux pour m'aider à trouver le sommeil.

Le temps s'égrène sans que j'entende autre chose que ma propre respiration. Je me sens prisonnière de ma chair.

Enfin, j'entraperçois une lueur. Il me faut plusieurs secondes pour comprendre qu'il s'agit de la luminosité ambiante. Mes paupières s'ouvrent !

Éblouie, je ne vois d'abord rien. Puis je remarque un visage penché sur moi. Ses traits ne me sont pas inconnus. Ils sont toutefois trop flous pour que j'affirme quoi que ce soit. Je dois attendre que ma vision devienne nette.

Ce n'est pas ma mère qui me soutient. Je suis en compagnie d'Ariane ! Une bouffée de panique me submerge. Que va-t-il se passer maintenant ? Ma respiration s'affole. Et si tout n'était pas terminé !?

— Chut. Du calme, me murmure-t-elle d'un ton maternel. C'est fini, Cassie. Tu n'as plus rien à craindre.

Ces paroles me rassérènent. Je sens qu'Ariane ne me ment pas, que je peux lui accorder ma confiance. Je sais qu'elle ne me fera aucun mal ; sa voix n'a pas les mêmes intonations que dans mon cauchemar. Elle est plus douce, plus tendre. Comme lorsque Jons et elle se sont promis de s'enfuir ensemble. C'est la voix d'une âme apaisée, sereine. Je me détends et relâche toute la pression que j'ai accumulée ces derniers temps.

— D'ici quelques minutes, ton corps récupérera toutes ses facultés, m'assure Ariane. Tu pourras bouger et t'asseoir, si tu le désires.

Je lui souris. Rester allongée pour l'éternité ne m'attirait pas trop.

— Tu t'es montrée très courageuse, aujourd'hui.

Je patiente, silencieuse, tandis qu'elle continue ses attentions. Je ne souhaite ni parler ni rompre cette quiétude. Je me sens bien. Juste bien. Ça ne m'était pas arrivé depuis longtemps. J'en oublierais presque ce qui vient de se passer, la raison de ma présence ici. Par moments, Ariane me berce. J'ai l'impression que c'est un geste mécanique. Est ce la première fois qu'elle n'est plus seule ?

— Tu peux bouger ? m'interroge-t-elle au bout d'un instant.

Je tente de me relever et y parviens sans problème. Le

plus dur semble derrière moi. Je laisse mon regard dériver sur l'horizon. J'y aperçois de l'herbe. De la verdure à perte de vue, mais pas un arbre. Je me trouve dans une sorte d'immense prairie avec mon ancêtre pour unique compagnie.

Je me tortille pour voir ce qu'il y a dans mon dos, pour repérer un élément qui rendrait ce décor moins monotone. Je sursaute en découvrant Jons, allongé à deux mètres de nous. Ma première envie est de fuir loin de lui et des ennuis qu'il m'a apportés, mais Ariane me retient :

— Tu ne crains rien, je te le promets.

Quelque chose m'incite à la croire. Je me détends un peu, sans arrêter de fixer Jons du regard. Est-il… mort ? Pour de bon ? Le suis-je aussi ?

— Il est… inconscient, dira-t-on, me rassure Ariane comme si elle pouvait lire en moi.

— Il va revenir à lui ?

— Bien sûr. Mais cela nécessitera du temps. Il y a trop d'années qu'il erre sur terre. Son esprit a besoin de repos. Beaucoup plus que le tien.

J'acquiesce. Je comprends ce qu'elle sous-entend.

— Quand il s'éveillera… il sera redevenu lui-même ?

L'expression de mon ancêtre s'assombrit :

— Je ne peux l'affirmer.

— Va-t-il vous en vouloir, s'en prendre à vous ? Ou à moi ?

Ces deux hypothèses m'inquiètent. Affronter Jons de mon vivant m'a suffi.

— Tu n'as pas à t'en faire à ce sujet. Ta tâche est terminée, Cassie. C'est dorénavant à moi de réparer ce qui peut encore l'être. C'est à moi d'emmener Jons.

— De l'emmener ? Il est possible de sortir de cet endroit ?

Ariane me sourit :

— Je suis là depuis si longtemps que j'en oublie que tout est nouveau pour toi.

— Où sommes-nous ?

— Dans l'entre-mondes. C'est ici que nos âmes se réveillent après notre décès. C'est plutôt paisible, tu ne trouves pas ?

J'acquiesce, surprise de n'apercevoir personne à part nous.

— Pourquoi sommes-nous seuls ? N'y a-t-il pas d'autres morts en ce moment ?

— J'y arrive. J'aimerais d'abord t'expliquer autre chose, si tu le permets.

Je hoche à nouveau la tête. J'ai l'impression d'avoir laissé mon impatience derrière moi. C'est une sensation étrange.

— Ce jardin n'est qu'un lieu de passage. Une fois éveillées, une fois qu'elles prennent conscience de leur état, les âmes s'en vont dans l'au-delà.

Je regarde autour de moi, mais ne vois pas la moindre sortie.

— Ce n'est pas la peine de chercher, tu ne dénicheras aucune porte, aucun chemin. Rien de ce genre.

— Comment les âmes s'éclipsent-elles, dans ce cas ?

— Elles partent, c'est tout. Vu d'ici, on pourrait penser qu'elles s'évaporent. Je regrette que tu ne puisses pas observer cela aujourd'hui. C'est un spectacle plutôt beau. Je l'ai contemplé maintes fois. J'ai assisté au départ de mes sœurs, de ma mère et de beaucoup de mes descendants.

— Vous attendiez Jons pour quitter cet endroit à votre tour, affirmé-je.

— Il ne pouvait en être autrement. Rencontrer Jons est ce qu'il m'est arrivé de mieux dans ma vie. Et je l'ai condamné. Il fallait que je répare cette erreur, que je m'assure qu'il trouve le repos. Plus égoïstement, j'ai besoin de voir s'il me pardonnera…

— Ce n'était pas de votre faute, vous avez été manipulée. Lui aussi.

— Cela n'efface en aucun cas mes faux pas, j'en ai bien peur. Je suis et resterai à jamais la responsable de toutes les années d'errance que mon Jons a endurées. Comme je suis responsable du malheur de ma famille. Tu dois m'en vouloir pour ça. Pour tout ce qui t'est arrivé.

Je devrais, oui. Mais ce n'est pas le cas. Ariane n'a pas jeté cette malédiction de gaieté de cœur. Elle n'a pas eu plus de choix que mon père, ma grand-mère, nos ancêtres ou moi. Attendre seule ici toutes ses années en voyant sa descendance être hantée et en observant celui qu'elle aime être damné n'a pas été une partie de plaisir. Il faudrait être idiot ou insensible pour conclure qu'elle n'en a pas souffert.

— Je ne vous en veux pas. Vous n'avez pas eu d'autre possibilité. Et vous avez eu raison. Regardez, Jons est à vos côtés, désormais.

Elle me prend dans ses bras. Je devine qu'elle pleure.

— Merci, Cassie. Merci infiniment. Sans toi et ton sacrifice, je ne sais combien d'années cela aurait encore duré. Bien trop, j'en suis certaine.

Je ne réponds pas, les mots me font défaut. Ariane finit par me lâcher, gênée.

— Désolée, s'excuse-t-elle. Je ne désirais pas te mettre mal à l'aise.

Je la rassure du mieux que je le peux. Une question me taraude :

— Que… que va-t-il se passer, maintenant ?

— Toi et les tiens retrouverez une existence normale, loin de cette malédiction. Jons ne te hantera plus, crois-moi.

— Moi et les miens ? C'est… c'est impossible ! Je suis morte et dans l'entre-mondes, je n'aurai plus jamais une vie ordinaire.

Celle qui pourrait être ma jumelle esquisse un sourire :

— Te souviens-tu m'avoir demandé pourquoi nous étions seuls tous les trois ? m'interroge-t-elle.

— Oui.

Je n'ai heureusement pas la mémoire aussi courte.

— C'est un peu de ma faute, en réalité.

— Comment ?

Affirmer que je suis perdue serait un euphémisme. Je vais de surprise en surprise depuis mon trépas. Moi qui pensais que tout serait fini, j'étais loin d'imaginer ça.

— J'ai… arrêté le temps…

— Les sorcières peuvent faire ça !?

— Disons que j'ai eu tout le loisir d'apprendre deux ou trois trucs, me glisse-t-elle avec malice. Quoi qu'il en soit, ta place n'est pas ici. C'est pour cette raison que le temps est suspendu. Tu ne dois pas demeurer plus à mes côtés sous peine de ne plus pouvoir faire marche arrière. Je nous offre seulement l'occasion de discuter un peu, toi et moi.

La surprise de ces révélations se mue en curiosité. Est-ce réellement ce que je pense ?

— Je vais… rentrer chez moi ? C'est vrai ?

Je peine à y croire. J'ai peur d'espérer, de ne pas avoir saisi le sens de ses propos. Je suis terrifiée à l'idée de me tromper.

— Et Jared ? la questionné-je aussitôt. Est-il possible de…

— Je suis navrée… Je ne peux rien pour une âme déjà passée dans l'au-delà.

Je hoche la tête, déçue. Cela me semble si injuste ! Toutefois, je comprends. Je sais qu'Ariane n'est pas responsable.

— Mais si tu le souhaites, poursuit-elle, toi, tu peux retourner auprès des tiens.

Mon cœur s'allège à ces propos. Je le sens capable d'exploser de joie. Je n'ai qu'un mot à dire et je pourrai revoir Logan, mon frère, Laura et même ma grand-mère ! Je pourrai reprendre ma vie, la malédiction en moins. Cependant, mon bonheur se fait plus mesuré : je réalise que cela signifie aussi être confrontée de nouveau à la peine d'avoir perdu Jared et apercevoir la tristesse dans les yeux de ma meilleure amie. Cela signifie vivre, tout simplement, avec son lot de souffrances. Je sais également que quoi qu'il advienne, je serai à jamais différente des autres…

Je suis et demeure une sorcière. Mais j'ai conscience à présent que ce n'est pas un fléau, que je peux me rendre utile. Le visage serein d'Ariane me donne la certitude d'avoir pris les bonnes décisions. Je me sens prête à affronter le reste de mon existence. Je n'ai pas de doute quant à la voie à laquelle je me consacrerai.

— Je veux rentrer chez moi.

— Bien.

— Que va-t-il se passer, pour vous ?

Je m'inquiète pour elle. Que va-t-elle faire maintenant que Jons est à ses côtés et que la malédiction qui pesait sur notre famille est rompue ? Que va faire Jons à son réveil ?

— Tu n'as pas à te soucier de moi. Je vais attendre qu'il revienne à lui, et ce autant qu'il le faudra. Puis nous discuterons. Je sais que ça ira. Les âmes dans ce lieu oublient leur colère, leur rancœur. Ne t'es-tu pas sentie apaisée par cet endroit ?

— Si, avoué-je.

— Jons décidera de la suite : est-ce qu'il souhaite entrer dans l'au-delà seul ou avec moi ? Il aura le choix de me pardonner ou non. Quoi qu'il en soit, il aura le repos qu'il devrait connaître depuis bien longtemps.

— Et vous aussi.

Une fois encore, elle m'offre un sourire.

— Es-tu prête à retrouver ta vie ? me demande-t-elle.

J'acquiesce, plus sûre que jamais. Dans un mouvement souple, Ariane pose ses doigts sur mon front et murmure une incantation. Si bas que j'ai l'impression d'écouter une mélodie qui ne possède pas de sens véritable. Je veux l'interroger sur ce sort mais j'en suis incapable. Lentement, soutenue par son bras, je m'écroule sur l'herbe…

Le sol est dur et froid lorsque je reprends connaissance. Il y a de l'agitation ; j'entends des cris autour de moi. Il me faut plusieurs secondes pour réaliser que c'est mon prénom que l'on hurle. J'ouvre les yeux et distingue le visage de Logan, penché sur moi. Laura se tient juste à côté. J'ai du mal à réagir, je me sens comme droguée. Tout évolue trop vite.

Une autre tête apparaît dans mon champ de vision. Une tête qui m'est étrangère. Je comprends en détaillant cette nouvelle personne qu'il s'agit d'un employé de la gare.

Ariane n'a pas menti. Je suis de retour.

— Cassie. Cassie ! m'interpelle Logan, paniqué.

— Logan…

— Dieu merci, tu nous entends, soupire Laura, soulagée.

— Elle a dû être victime d'un malaise, s'exclame l'inconnu. Voulez-vous que j'appelle une ambulance ?

Son ton de voix prouve qu'il n'a pas l'habitude de ce genre de situations. Il est maladroit, ne sait pas quoi faire.

— Ça ira, on l'emmène à l'hôpital, déclare Logan tandis qu'il me soulève dans ses bras.

L'hôpital !? Est-ce vraiment nécessaire ? Les médecins peuvent-ils se rendre compte que j'ai été morte ? Si je l'ai bien été, toutefois. Je ne parviens pas à avoir les idées claires…

Alors que Logan avance vers la passerelle pour que nous nous en allions, je retrouve un semblant de voix :

— Pas à l'hôpital.

— Chut, m'intime-t-il. D'abord on sort d'ici. Ensuite, on décide de la marche à suivre.

— Le contrôleur ne nous lâche pas des yeux, tu crois qu'il se doute de quelque chose ? l'interroge ma meilleure amie.

— Il n'a rien relevé, il est arrivé après.

Après quoi ? Je ne saisis pas le sens de leur propos. Qu'ont-ils vu ? Je n'ai quand même pas disparu des rails pour réapparaître au sol comme par magie !? Comment m'a ramenée Ariane ? La panique m'envahit. Qui a aperçu quoi ?

Je devine plus que je ne remarque que nous entrons dans le bâtiment, puis nous nous dirigeons vers la sortie. Je sais que quand nous serons dans la rue, personne ne pourra nous observer ni vérifier que nous partons bien à l'hôpital. Une fois dehors, Logan m'entraîne trois ou quatre mètres plus loin puis me dépose sur un banc. Moins étourdie, je me redresse pour m'asseoir convenablement.

— Que s'est-il passé ?

Le regard qu'ils échangent ne me rassure pas. Qu'est-il arrivé pendant que je discutais avec Ariane ? Je pensais que le temps s'était arrêté !

— C'est assez bizarre à expliquer, me confie Laura. Nous-mêmes, nous ne sommes pas sûrs de ce que nous avons vu…

— Dis-le-moi. S'il te plaît.

J'ai besoin de savoir.

— Eh bien, tu semblais t'entretenir avec ce suicidé. Tu avais l'air assez calme. Comme tu nous l'as demandé, nous n'avons pas bougé.

Cette partie-là, je m'en souviens.

— Soudain, nous avons cru qu'il y avait un problème, mais tu nous as souri. Logan voulait quand même qu'on vienne à tes côtés, il affirmait qu'un truc clochait, mais je l'ai prié de ne pas réagir. Pas encore. Je sentais que tu ne souhaitais pas qu'on intervienne. Ou plutôt, que la situation n'était pas assez grave pour que tu aies besoin d'aide.

À côté de ma meilleure amie, Logan secoue la tête. L'inquiétude n'a pas quitté son visage, il jette de fréquents coups d'œil dans ma direction. Je sais ce qu'il pense : « Je n'aurais pas dû l'écouter et y aller. » Je suis toujours surprise de la facilité avec laquelle je décrypte maintenant ses émotions. Je n'ai qu'une seule envie : me réfugier dans ses bras, le rassurer à mon tour comme il l'a souvent fait pour moi. Ce n'est toutefois pas le moment. Laura n'a pas fini ses explications.

— Ensuite… eh bien, tout s'est passé très vite, continue-t-elle, la voix saccadée. Nous t'avons vue t'affoler. Le temps d'échanger un regard, tu étais – paraissais – déjà redevenue sereine. Nous avons avancé de quelques pas vers toi. On… On hésitait. On ne savait pas si la situation était gérable ou pas. On aurait dû venir tout de suite ! Je suis désolée…

Je prends seulement conscience de l'état dans lequel elle se trouve. Sa détermination s'est effacée et a cédé le terrain à d'autres émotions. Dans ses yeux embués de larmes, je devine la peur, la tristesse, mais aussi du soulagement. Ses mains tremblent. Ses nerfs ont été mis à rude épreuve. Elle relâche la tension qui l'habite depuis sa décision de revenir en ces lieux. Depuis la mort de Jared, peut-être même.

— Non, interviens-je. Non, vous n'avez rien à vous reprocher. Je ne souhaitais pas que vous m'approchiez et risquiez votre vie. Je vous ai laissé penser que je m'en sortais. C'est moi qui suis désolée de l'inquiétude que je vous ai causée. Je… je voulais éviter une autre catastrophe.

— Tu n'aurais pas dû ! siffle Logan, dont la peur se mue en colère.

C'est plus fort que moi, je me lève et l'enlace.

— Je sais. Je désirais simplement qu'aucun de vous deux ne soit blessé par ma faute. Tu en aurais fait autant pour moi.

Je crois que j'ai dit ce qu'il faut. Sa fureur retombe, il m'enlace à son tour. Je me sens mieux dans ses bras et le lâche à regret pour laisser ma meilleure amie poursuivre.

— Après… C'est là que ça devient flou.

C'est justement cette partie de l'histoire qui m'inquiète. Je vais enfin apprendre ce qu'ils ont vu.

— Tu t'es retournée vers nous. Nous n'avons pas eu besoin de t'entendre pour comprendre. Bon sang, Cassie ! Je n'ai jamais eu aussi peur de ma vie ! Quand j'ai réalisé que tu renonçais, je… Ni Logan ni moi ne nous sommes regardés, on s'est précipité vers toi ! Nous devinions qu'il était trop tard, mais nous devions essayer. Et là… là…

Les mots s'étranglent dans sa gorge. L'émotion la tient trop.

— C'est fini, lui assuré-je. Tout est fini, Laura.

— Tu es tombée en arrière, m'apprend Logan. Je suis presque certain que tu ne touchais plus le sol. Et puis… tu es partie en avant. J'ignore comment t'expliquer ça autrement. C'était comme si quelqu'un ou quelque chose venait de te pousser. J'ai d'abord pensé que j'avais rêvé. Sur le coup, ça m'était égal. Quand je t'ai vue chuter sur le quai et ne pas te relever, mon sang n'a fait qu'un tour. Tu étais inconsciente ! Tu l'es restée pendant de longues minutes…

Ainsi, ils ont assisté à cette scène abracadabrante ? Tout s'est déroulé si vite ! Le temps était-il arrêté pour eux tandis que je discutais avec Ariane ? Étais-je réellement avec elle ? Je me sens perdue mais refuse de croire que ce n'était qu'une sorte de rêve. Mon instinct me l'affirme.

— D'autres témoins à part toi ?

— Laura. Elle me l'a dit juste après. Elle non plus n'en revenait pas.

— Et… ce contrôleur ?

— Il n'est arrivé qu'un peu plus tard, en entendant nos cris.

D'un mouvement de tête, Laura confirme ses propos.

— Je vois.

Je suis soulagée. Aucune bizarrerie n'a été remarquée par les autres personnes présentes. Je n'aurai pas à me justifier, pas de mensonges à inventer.

— Putain, Deschamps. J'ai imaginé que tu te jetais volontairement sur les rails ! explose Logan.

Lui aussi commence à extérioriser tout ce qu'il a emmagasiné jusqu'à présent. Je prends une grande inspiration. Je lui dois la vérité. À lui et à Laura.

— En fait, c'est ce qu'il s'est passé…

— Quoi !?

Il a l'air si choqué et en colère… Il va falloir que je choisisse mes mots avec soin pour lui faire comprendre.

Nerveuse, je leur explique que seul un sacrifice pouvait être aussi puissant que la malédiction. Que ma mort m'est apparue comme étant la solution. J'essaie de trouver les propos qui leur feront le moins de peine. Quoi que je dise, pour eux, ma décision de me laisser emporter par Jons restera un abandon ; ils se sentiront trahis pendant un long moment. Je leur raconte brièvement mon entrevue avec Ariane, les paroles que nous avons échangées. Je leur assure que tout est fini. Moi-même, j'ai du mal à y croire.

Je ne suis plus maudite. Ma famille est libre.

Je relève les yeux vers mes amis. Laura a l'air de bien prendre la chose. Je sais que pour elle, la fin de cette histoire constitue plus qu'une vengeance envers ce qui est arrivé à Jared. Je devine qu'à l'instar d'Ariane, elle est apaisée. Je suis persuadée qu'elle va tout faire pour reprendre le contrôle de sa vie, même si ça ne sera pas évident.

L'expression de Logan est moins déchiffrable. J'ignore s'il est soulagé que tout soit fini, s'il est en colère contre moi ou contre tous les événements qui sont survenus jusqu'ici. Je reste silencieuse, attendant sa réaction.

— Tu t'es sacrifiée… répète-t-il.

J'ai l'impression qu'il n'ose y croire.

— Je n'avais pas le choix. C'était la seule solution. Il n'y avait pas d'autres moyens.

— Sacrifiée… Tu aurais vraiment pu mourir.

L'idée le choque. Il semble perdu dans ses pensées, ne me regarde pas. Je ne sais pas si je dois intervenir.

Plus les secondes défilent, plus je me sens impuissante. Je ne l'ai jamais vu dans un tel état.

— Logan ?

Enfin, il me prête attention et réalise que je ne suis pas décédée, mais devant lui. Son expression s'adoucit, bien qu'il soit toujours torturé par mes révélations.

— Je t'interdis de me refaire aussi peur ! s'exclame-t-il.

Je n'ai pas le temps de lui promettre quoi que ce soit, ses lèvres rencontrent les miennes. D'un geste naturel, je passe mes bras autour de son cou, laisse mes mains dériver dans ses cheveux. Je réponds à son baiser comme si mon existence en dépendait.

J'entends vaguement Laura rire – de nervosité ou de joie ? –, mais je n'en ai cure.

Jamais je ne me suis sentie aussi bien de toute ma vie !

Chapitre 32

Un taxi nous dépasse et freine soudainement. Je relève la tête pile au bon moment pour regarder ma grand-mère en sortir, aussi vite que si elle était poursuivie par un animal enragé. En quelques enjambées, elle se retrouve à nos côtés.

— Dieu merci, j'arrive à temps ! s'exclame-t-elle.

— Grand-mère ?

Je suis perdue, que fait-elle ici ? Comment a-t-elle pu venir si rapidement ? Jamais je ne l'ai vue si alarmée !

— Toi, jeune fille, j'aimerais que tu me dises ce qu'il t'est passé par la tête ! Tu as de la chance que je sois là avant qu'il ne soit trop tard !

— Je…

— Imagine mon état lorsque ton frère m'a téléphoné avec ce… ce message ridicule ! m'interrompt-elle sans me laisser me justifier.

À côté de moi, Logan et Laura n'osent pas se regarder. Ils ont du mal à se retenir de rire. Je les comprends ; après ce que nous venons de vivre, cette scène est presque surréaliste. D'autant plus que je ne parviens pas à en placer une pour rassurer mon aïeule.

— Encore heureux, je n'étais pas chez moi. Je faisais des courses dans une ville moins éloignée. Je n'ai pas perdu une seconde, j'ai sauté dans le premier taxi ! Le pauvre chauffeur a dû commettre plus d'une infraction au Code de la route par ma faute.

— Grand-mère… c'est fini. Nous sommes sortis de la gare il n'y a pas longtemps.

— Quelle imprudence ! Retourner là-bas sans y être préparée ! Je pensais d'ailleurs que tu ne voulais plus toucher à la magie et… Qu'est-ce que tu viens de dire ?

Enfin, elle m'offre son attention.

— C'est fini. J'ai réussi, grand-mère. La malédiction est rompue.

Je suis incapable de m'empêcher de sourire. « La malédiction est rompue. » Combien de fois ai-je souhaité entendre ou prononcer ces mots au cours des derniers mois ? Plus que je ne peux m'en souvenir.

Mon aïeule en reste pantoise : elle n'arrive pas à le croire. Nous demeurons tous silencieux et lui laissons le temps de réaliser.

— C'est… fini ? m'interroge-t-elle.

On pourrait penser qu'elle cherche à savoir si elle a bien saisi. Elle doute, ce qui est normal. À l'instar de beaucoup d'autres avant elle, ma grand-mère était persuadée que rien ni personne n'effacerait jamais ce cauchemar.

Je hoche la tête. Une fois qu'elle prend conscience de mes propos, je lui relate mon entrevue avec Ariane. Je me montre prudente sur les détails, surtout concernant ma « presque mort ». Je préfère qu'elle imagine que l'idée du sacrifice a suffi, qu'il n'y a pas eu besoin de vraiment me laisser emporter par Jons. Je sens qu'elle l'acceptera mieux ainsi. Plus égoïstement, je ne suis pas prête à subir un nouveau sermon sur mon intention de mourir.

Ma grand-mère ne prononce pas un seul mot une fois que j'ai terminé. Elle m'attire dans ses bras, me serre comme si nous ne nous étions plus vues depuis des années.

— Je t'interdis de reprendre un risque aussi grand à l'avenir. Mais je suis très fière de toi, Cassie. Tu es digne d'être une sorcière.

— Merci...

Puis, elle se tourne vers mes amis et ajoute :

— Et si nous rentrions tous nous reposer un peu ? Je suis sûre que Cassie n'y trouvera pas d'inconvénient.

Je hoche la tête. Je sais que Miguel ne sera pas fâché d'avoir du monde à la maison en revenant de la galerie, surtout si c'est sur mon initiative. Ces derniers temps, il n'a pas cessé de me dire que je ne devrais pas m'isoler chez nous. D'un accord tacite, nous nous mettons en route et avançons calmement. Cela nous apaise tous, nous avons encore un peu de stress à évacuer.

Ma grand-mère a l'air de vouloir me parler. Mon Protecteur et Laura marchent donc un peu devant nous. Bien qu'ils puissent nous entendre et que je désire me blottir contre Logan, j'apprécie ce geste, ce semblant d'intimité.

— Je peux te poser une question ? me demande mon aïeule.

— Oui.

— Maintenant que tout est fini, que choisis-tu vis-à-vis de ton Don ? Es-tu toujours résolue à l'ignorer comme s'il ne faisait pas partie de toi, ou comptes-tu l'accepter pleinement ?

Je souris. Elle connaît déjà la réponse.

— Je suis une sorcière. Rien ne pourra changer ça.

— Je suis contente que tu l'aies compris. Je suis formelle : une fois bien entraînée, tu seras une grande sorcière, qui devinera sa voie avec facilité !

— En fait… j'ai ma petite idée là-dessus.

— Vraiment ? s'étonne-t-elle. C'est une décision importante. Beaucoup de sorcières mûrissent la leur pendant de nombreuses années. Certaines ne la trouvent parfois jamais.

Ce qu'elle dit est exact, mais je me sens sûre de moi. Je me lance :

— Je souhaite pouvoir apaiser d'autres esprits.

— Comment ?

La surprise se peint sur son visage. La crainte aussi, probablement. « Dans quoi s'engage ma petite-fille ? Qu'a-t-elle derrière la tête ? »

— Jons ne devait pas être la seule âme condamnée. Même en dehors des malédictions, il y a sans doute plusieurs esprits qui errent dans notre monde, perdus. Ce qu'il s'est passé aujourd'hui m'a donné envie de les secourir. Ça m'a également permis de réaliser une chose : les moyens de leur venir en aide sont peu nombreux ou méconnus. J'aimerais que ça change, que personne ne soit forcé de vivre ce que notre famille a vécu.

— C'est une lourde tâche. Il faut que tu sois certaine de ton choix avant de t'engager dans quoi que ce soit. Si tu te montres à la hauteur, il se peut que des esprits – bons ou mauvais – soient attirés par ton aura, je veux que tu en sois consciente.

Ces mots sont justes, mais ma décision est prise.

— J'ai vu le visage d'Ariane, la sérénité qu'il dégageait après avoir retrouvé Jons. Je sais qu'en empruntant cette voie, les morts ne seront peut-être pas les seuls que j'aiderai. C'est ce à quoi j'aspire de tout mon cœur, grand-mère.

— Dans ce cas, je serai ravie de t'épauler dans ton apprentissage, si tu m'y autorises.

J'acquiesce, le sourire aux lèvres.

Peut-être qu'une partie de ma rancœur est restée là-bas, dans la prairie. J'arrive de moins en moins à lui en vouloir pour ce qu'il s'est passé autrefois. Je suis contente qu'elle soit revenue pour moi aujourd'hui, qu'elle désire m'assister. Mes connaissances sur le monde des sorcières sont encore minces, je sais que j'aurai besoin d'elle à mes côtés.

Miguel a eu raison d'être optimiste pour notre famille. Il faudra que je pense à l'en remercier.

— Tu as seize ans, tu peux commencer ton initiation quand bon te semble. Ton frère m'a confié que tu rêvais de prendre la route. En un sens, c'est une bonne chose. Une sorcière n'apprend pas qu'au travers des livres. Elle voyage, découvre et échange.

— Cette manière de faire me plaît beaucoup.

Je frémis, déjà impatiente. Je sens que cette nouvelle vie va me convenir, que c'est ce qui m'a toujours manqué jusque-là : des découvertes et un brin d'aventure.

— Si je te disais que je suis prête, est-ce que nous nous y mettrions dans les prochains jours ?

— Tu as l'âge d'arrêter l'école. J'étais plus jeune que toi quand je l'ai quittée.

Je souris. L'idée est tentante. Il n'y a pas si longtemps, vivre avec mon aïeule m'aurait donné des sueurs froides. Aujourd'hui, cela ne me dérange plus. Nous avons des années à rattraper, et mon désir de connaître tout de mes origines est plus fort que le reste. Toutefois, je ne peux pas accepter ; je voulais juste m'assurer d'en avoir la possibilité. J'ai une promesse à tenir.

— J'aimerais beaucoup, mais je ne peux pas m'en aller. Pas encore. J'ai juré à Miguel que je terminerai mes études. Il est impensable que je parte si vite et le laisse seul du jour au lendemain.

— Sage décision.

J'opine d'un mouvement de tête.

— Je vais avoir besoin de temps pour le préparer, pour lui expliquer ce que je suis et lui raconter l'histoire de notre famille.

Ma grand-mère se fige quelques instants, surprise.

— Tu ne comptes quand même pas la lui révéler ? m'interroge-t-elle en se remettant en route.

— Si.

— Je croyais que tu désirais respecter le souhait de tes parents ?

— J'en étais aussi persuadée. Je me suis trompée. Je l'ai réalisé lorsque j'ai pensé qu'il était trop tard pour tout lui dire. Miguel est mon frère. Je ne veux pas qu'un secret nous sépare. Il m'a toujours soutenue jusqu'ici, pourquoi cela ne continuerait-il pas ? Il a le droit de connaître la vérité.

Pas de réponse. J'attends, inquiète quant à ce silence, et finis par me tourner vers elle. Ma grand-mère me dévisage avec un regard que je ne saurais définir.

— Qu'y a-t-il ?

— Je constate simplement à quel point tu as mûri.

Je n'ajoute rien. Je crois qu'elle a raison. La mort de Jared et les derniers événements m'ont changée. Je me sens plus sûre, sereine. Plus important encore : je ne suis plus seule. Plus comme avant. En observant Logan et Laura, je ne peux que me trouver bien entourée.

Ma grand-mère ayant terminé de me parler, Logan me rejoint.

— Je ne pensais pas que tu manquerais l'occasion de quitter l'école, me glisse-t-il avec amusement.

— Comme quoi, tout est possible.

— Ce n'est pas trop long à attendre, je devrais pouvoir y arriver.

Devant mon regard perplexe, il ajoute :

— J'espère que tu as conscience qu'il est hors de question que je parte d'ici sans toi, désormais.

Ma respiration se coupe tandis qu'il me prend la main.

— Si tu m'acceptes à tes côtés, j'aimerais t'accompagner dans ton apprentissage… et après.

Son ton de voix est assuré, mais je devine une hésitation dans ses yeux. « Et si elle ne voulait pas de moi ? », a-t-il l'air de se demander. Je souris. Croit-il réellement que je pourrai me passer de lui ?

— Il est possible que j'aie besoin d'un Protecteur,

oui, acquiescé-je en m'appuyant contre lui.

Table des matières

Un grand merci...

À Aislune pour sa relecture approfondie de l'histoire et pour ses nombreux conseils. Ce livre n'aurait pas été le même sans toi. Merci beaucoup !

À Justine et à Serenya pour leur relecture respective et pour leurs encouragements sans fin. Merci d'être là quoi qu'il arrive !

À Virginie, à Barbara et à Isabelle pour leur lecture et pour leur avis précieux sur l'histoire. Merci à chacune d'avoir répondu présente pour moi malgré votre emploi du temps bien rempli.

À Fleurine pour la magnifique couverture de ce livre. Je n'aurais pas pu rêver mieux !

À mon grand-père paternel pour ses corrections.

Aux membres de l'Allée des conteurs pour leur soutien pendant la rédaction de cette histoire. Vous êtes une communauté formidable !

Et enfin, merci à vous, qui tenez ce livre entre vos mains et me permettez de continuer à vivre ma passion.

Ce livre vous a plu ?

Retrouvez l'autrice sur sa page Facebook :

Rose P. Katell

CreateSpace
4900 LaCross Road
North Charleston, SC 29406

D/2017/Rose P. Katell, éditeur